Longtemps, j'ai rêvé de mon île

Lauren Wolk

Longtemps, j'ai rêvé de mon île

Traduit de l'anglais (États-Unis)
par Marie-Anne de Béru

l'école des loisirs
11, rue de Sèvres, Paris 6e

Titre de l'édition originale : « Beyond the Bright Sea »
(Dutton Children's Books, Penguin Young Readers Group, New York)
Loi n° 49.956 du 16 juillet 1949 sur les publications destinées à la jeunesse : janvier 2019
Dépôt légal : septembre 2019

ISBN 978-2-211-23448-1

À mon père, qui m'a emmenée
en mer pour la première fois

Elizabeth Islands,
au large de la côte de Woods Hole,
Massachusetts.
1925

Je m'appelle Corneille.

Quand je n'étais encore qu'un bébé, quelqu'un m'a déposée dans un vieux rafiot et m'a poussée en haute mer.

Je me suis échouée sur une île minuscule, comme une graine apportée par la marée.

C'est Osh qui m'a trouvée et m'a recueillie. C'est lui qui m'a aidée à m'enraciner et à pousser avec vigueur, dans la pluie et dans le soleil. Auprès de lui, je me suis épanouie.

L'île où nous nous sommes rencontrés était toute petite, mais solidement ancrée au fond de la mer par de grands rochers noirs qui abritaient notre maison – un cabanon construit de bric et de broc avec du bois récupéré sur des épaves. Blottie dans une petite crique de terre et de vase, elle était flanquée d'un côté par un jardinet et, de l'autre, par le canot qui nous emmenait là où nous ne pouvions aller à pied.

Nous n'avions besoin de rien d'autre, du moins pas au début.

À marée basse, nous pouvions facilement nous rendre sur l'île voisine de Cuttyhunk, en traversant à pied des hauts-fonds envahis de longues algues brunes et de petits poissons.

À marée haute, la mer s'approchait si près du cabanon qu'on se serait presque crus sur un bateau.

Pendant longtemps, c'était quand la marée nous isolait tous les deux, nous laissant seuls décider de notre vie, que je me sentais le plus heureuse.

Et puis, une nuit, l'année de mes douze ans, j'ai vu un feu brûler à Penikese, l'île où personne n'allait jamais, et j'ai moi-même décidé qu'il était temps de savoir d'où je venais et pourquoi j'avais été envoyée sur les flots.

J'ignorais alors ce que je risquais de perdre. Je l'ai compris au moment même où cela a failli arriver.

Chapitre 1

Je ne connaîtrai jamais la date exacte de ma naissance. Le matin où Osh m'a trouvée, nouveau-né âgé de quelques heures seulement, il n'avait pas de calendrier et ne se souciait guère de savoir quel jour on était. Nous avons donc toujours fêté mon anniversaire à la date qui nous semblait la bonne durant le solstice d'été.

Il en est allé de même pour tous les événements importants de ma vie, des moments qui n'avaient rien à voir avec le calendrier.

Tel le jour où Mia est apparue sur le pas de notre porte, maigre comme un clou, et a décidé que le cabanon lui appartenait aussi. Tout comme je l'avais fait avant elle.

Ou la première fois que Osh m'a donné le gouvernail du canot et qu'il est resté assis à la proue, adossé au mât, laissant le soleil réchauffer son visage et les embruns l'envelopper d'arcs-en-ciel. Ou le jour encore où, à marée basse, un dauphin à flancs blancs s'est échoué sur notre grève. Osh était parti je ne savais où, et moi, je revenais de Cuttyhunk quand j'ai trouvé ce dauphin qui se débattait et s'arc-boutait en poussant des cris de bébé effrayé. À mains nues, j'ai creusé le sable mouillé qui le retenait prisonnier, puis je l'ai agrippé par sa nageoire caudale et je l'ai traîné, centimètre par centimètre, jusqu'à ce qu'il y ait assez d'eau pour que soudain nous glissions tous les deux dans la mer.

Le dauphin s'est éloigné en me fixant du regard, comme pour se souvenir de ma personne à ce moment. Comme pour me dire que je devais me rappeler cette scène, quoi qu'il arrive

Rien de tout cela n'avait à voir avec un calendrier.

Je sais pourtant une chose : cela faisait huit ans que je vivais sur cette île minuscule quand j'ai commencé à me poser de nouvelles questions sur mon nom, après m'être réveillée d'un rêve empli d'étoiles, du souffle des baleines et du chant de la mer. J'ai ouvert les yeux et suis restée allongée à regarder Osh qui, debout devant le poêle, faisait cuire du porridge dans une casserole noircie.

Je me suis assise et me suis frotté les yeux, puis je lui ai demandé :

– Pourquoi est-ce que je m'appelle Corneille ?

Osh remuait le porridge, et la cuillère faisait le bruit d'un bateau tiré sur le sable.

– Je te l'ai déjà raconté. Le jour où tu t'es échouée ici, tu avais pleuré si longtemps que tu avais la voix cassée. Tu croassais, qu'est-ce que tu croassais ! C'est pour cela que je t'ai appelée Corneille.

Jusqu'à présent, cette réponse m'avait suffi, mais elle n'expliquait pas tout. Or je commençais à vouloir tout savoir.

Osh parlait parfois dans une langue que je ne comprenais pas, d'une voix musicale, surtout quand il priait et aussi quand il peignait – des tableaux des îles et de la mer. La première fois que je lui avais posé la question, il m'avait dit que c'est l'une des rares choses qu'il avait gardées de sa vie d'avant l'île. Avant moi.

Même s'il la parlait rarement, cet autre langage colorait son anglais, et Osh avait l'air différent. Miss Maggie appelait cela son accent, mais je pensais que c'étaient les autres, peut-être, qui avaient un accent.

– Tu m'as toujours appelée Corneille ?

– Non, pas au début, mais c'est comme ça qu'on dit ici, alors, c'est devenu Corneille.

Je me suis levée et me suis étirée. Dans la pâle lumière du matin, mes bras ne ressemblaient pas vraiment à des ailes. Mais en grimpant sur un tabouret devant notre glace, juste assez grande pour y apercevoir mon visage, je pouvais voir la similitude dans la courbe de mon nez. La tache de naissance sur ma joue, en forme de petite plume. Mes cheveux, plus foncés que ceux des autres, et mes yeux noirs. Ma peau, mate comme celle de Osh après six mois au soleil.

J'ai regardé mes jambes maigres, mes pieds osseux.

Il y avait plein de raisons de s'appeler Corneille, et pas seulement la façon dont j'avais pleuré un jour.

Osh, quant à lui, avait trois noms. Il était Daniel pour Miss Maggie, le Peintre pour les gens qui venaient en été, et Osh pour moi. C'est ainsi que je l'appelais, depuis que j'avais prononcé mes premiers mots.

Son vrai nom était compliqué et trop difficile à prononcer pour un petit enfant : tout ce que j'avais été capable de dire, c'était « Osh », et je n'en avais pas changé.

– J'aimerais bien connaître mon vrai nom.

Osh a gardé le silence pendant un long moment, puis il a demandé :

– Qu'est-ce que tu veux dire par « vrai » ?

– Mon vrai nom. Celui que mes parents m'ont donné.

Nouveau silence.

– Tu étais un nouveau-né quand tu es arrivée ici. Je ne sais pas si tu as eu un autre nom. (Il a rempli un bol de porridge.) Et si c'est le cas, je pense que nous ne saurons jamais comment tu t'appelais.

– Tu veux dire comment je m'appelle.

Je suis allée chercher deux cuillères.

Quand Osh haussait les épaules, ses cheveux longs ondulaient comme les vagues, la nuit.

– Comment tu t'appelais, comment tu t'appelles,

comment tu t'appelleras. Ça n'a pas beaucoup d'importance puisque tu es ici maintenant. Et que tu as un nom.

Il a rempli un second bol. Le toc de la cuillère contre le bord du bol et le plotch du porridge tombant au fond m'ont fait me demander qui avait donné leur nom à ces choses. Et à tout ce qui existait dans le monde. Y compris à moi.

Je sentais ma curiosité s'accroître, comme si elle était la moelle de mes os et qu'elle grandissait en même temps que moi. Plus que de la simple curiosité, j'avais un besoin irrésistible de découvrir ce que je ne savais pas.

Je voulais savoir pourquoi on trouve des perles dans certaines huîtres de Cuttyhunk et pas dans d'autres. Je voulais savoir comment la lune, si lointaine, peut attirer ou repousser la mer, alors qu'elle ne pouvait pas agiter le lait dans la tasse de thé de Miss Maggie. Mais ce que j'avais vraiment besoin de savoir, parmi tout le reste, c'était pourquoi autant d'habitants de Cuttyhunk m'évitaient, comme s'ils avaient peur, alors que j'étais plus petite qu'eux.

Je me demandais si c'était lié à l'endroit d'où je venais, mais cela n'avait aucun sens. Cet endroit avait-il quelque chose à voir avec ce que j'étais, ou qui j'étais ? Un peu, d'accord, mais pas complètement.

Il me fallait des réponses à ces trois questions : d'où venais-je ? Qu'étais-je ? Qui étais-je ?

Osh, lui, n'en avait pas besoin. Quand je l'interrogeais sur les perles ou les marées, il répondait de son mieux, mais si je tentais de regarder plus loin que notre vie sur ces îles, il devenait comme la lune elle-même et me retenait, comme si j'étais faite d'eau de mer et non de sang.

– J'ai entrepris un long, un très long chemin pour arriver ici, m'a-t-il dit un jour où je l'interrogeais sur sa vie d'avant. Un voyage suffisamment long pour fuir un endroit où les gens, mes propres frères, se sont jetés, tête baissée, dans un conflit si terrible que personne ne voyait rien dans ce chaos. Et pourquoi se battaient-ils ? Que se disputaient-ils ? (Il a secoué la tête.) Rien qui valait la peine de se battre. J'ai refusé d'être comme eux. Je suis donc ici et je vais rester ici.

En attendant que Osh apporte le porridge sur la table, j'ai cherché un autre nom qui me conviendrait, mais je n'ai rien trouvé de mieux que Corneille, celui que j'avais déjà.

Cela me plaisait de porter le nom d'un oiseau qui est plus intelligent que les autres. Plus intelligent même que certaines personnes. Et si différent des mouettes et des balbuzards pêcheurs, qui tournoyaient et fondaient sur les îles, que je me sentais proche de ces grands oiseaux noirs qui arrivaient de la terre ferme comme des cerfs-volants à la dérive, plongeant et se redressant dans le vent, avant de se poser bruyamment sur le grand charme qui s'élevait devant la maison de Miss Maggie. Ils semblaient étrangers aux îles ; j'avais parfois le même sentiment. Mais nous étions pourtant des insulaires, en dépit de ce que pensaient les autres habitants.

De temps à autre, Osh me donnait d'autres noms d'animaux. Petit ours. Renardeau. Mule quand j'étais têtue. Roitelet quand j'étais sage.

Parfois il m'appelait « la naufrageuse » parce que je parcourais la plage, la nuit, pour découvrir ce que la marée y avait déposé. Mais jamais je n'ai allumé de feu pour attirer les navires et les faire s'échouer au large de Cuttyhunk. Je cherchais des trésors perdus, je n'étais pas une voleuse qui fuit le clair de lune.

La plupart du temps, nous ne nous servions pas de nos noms. Si nous étions séparés, il y avait trop de distance entre nous pour nous appeler. Et si nous étions côte à côte, nous nous parlions comme les gens le font quand ils sont seuls ensemble. Nos noms n'avaient pas beaucoup d'importance.

Chapitre 2

Osh avait construit notre cabanon avec ce qu'il avait pu arracher aux épaves les plus proches du rivage, qui lentement s'enfonçaient au fond de la mer, se brisaient lors des tempêtes et disparaissaient peu à peu.

Le reste du cabanon était composé de morceaux de bois flotté apportés par les marées, comme moi, parfois ramassés dans notre petite crique ou à Cuttyhunk, où ils n'intéressaient personne.

Il avait bâti la charpente avec de longues poutres de marine et utilisé des planches de pont pour le toit et les murs. La bouche d'aération d'un vapeur naufragé lui avait fourni notre cheminée, et d'un hublot il avait fait une fenêtre. Notre porte était un morceau de quille, notre foyer, un panneau d'écoutille, et notre table, un nid-de-pie posé à l'envers.

Osh avait aussi récupéré de nombreux objets qui ne servaient à rien mais que nous aimions. Les plus beaux étaient deux figures de proue, deux femmes majestueuses à la longue chevelure, placées de part et d'autre de la cheminée d'où elles nous regardaient sans ciller. Et une paire d'os de baleine, blanchis par le soleil, qui formait un arc au-dessus de la porte. À son sommet, nous avions accroché une cloche de navire tout oxydée.

J'avais trouvé ma part de babioles en fouillant les débris laissés sur le rivage. De petits morceaux de verre dépolis par les flots, cachés entre les bourses de sirènes* et les berniques. Une pince à billets ornée d'un éléphant gravé, et couverte de vert-de-gris. Une pendule murale qui ne donnerait plus jamais l'heure, mais dotée d'un petit compartiment où je gardais tous ces colifichets. Voilà encore une chose que j'avais en commun avec les corneilles : l'habitude de chérir les trésors les plus modestes.

Quand je voulus savoir ce qu'il avait fait du canot dans lequel j'étais arrivée, Osh me raconta qu'il l'avait démoli et brûlé pour que j'aie chaud pendant mon premier hiver. Avant de comprendre ce que cela signifiait, je me suis longtemps demandé pourquoi, de tout le bois qu'il récupérait, il avait brûlé le canot plutôt que de l'utiliser pour bâtir notre maison.

Avec l'argent qu'il gagnait en pêchant des homards, en découpant des pains de glace dans l'étang de Wash Pond l'hiver et en vendant ses tableaux aux touristes l'été, Osh acheta des clous, un marteau et d'autres objets dont il avait

* Poches à œufs des roussettes, accrochées aux algues lors de la ponte.

besoin. Il alla chercher de l'argile à Cuttyhunk, du côté qui fait face à la terre ferme, et la rapporta dans son canot jusqu'à notre crique. Il la mélangea à de la cendre et à du sel, et en fit un enduit pour colmater les fissures des murs et protéger le cabanon de la pluie et des courants d'air. Il fit tout son possible pour le rendre solide et confortable.

Lorsque je fus assez grande, je me mis à l'aider. Mais pendant que nous bricolions la maison que nous avions bâtie, je ne pouvais m'empêcher de me demander qui m'avait construite, *moi*. Qui m'avait contemplée, fragile et fraîche comme une fleur, et avait décidé de me confier à la marée. Et pourquoi.

Je portais ces questions comme un fardeau qui s'alourdissait au fil des années, même si je m'étais faite à cette idée et que je n'étais pas malheureuse de la vie que je menais.

Je voulais juste savoir, comprendre et déposer ce fardeau.

Je connaissais certains événements par cœur.

Osh m'avait souvent raconté – si souvent que c'était devenu une sorte d'histoire avant d'aller dormir – comment il m'avait découverte dans un vieux canot échoué sur la plage pendant une nuit. S'il ne m'avait pas trouvée, la mer qui remontait m'aurait reprise et entraînée ailleurs. Mais comme il voulait manger du poisson pour son petit déjeuner, il était sorti ce matin-là avec sa canne à pêche pour attraper un bar rayé.

Le rafiot, tout délabré, avait pourtant survécu à la traversée en dépit des courants violents qui faisaient chavirer des bateaux beaucoup plus gros.

Je n'ai aucune idée de ce à quoi Osh s'attendait en s'approchant de ce petit canot, mais certainement pas à y découvrir un nouveau-né, attaché au banc par des lanières de linge sale, à quelques centimètres au-dessus de l'eau infiltrée dans la coque.

Osh me racontait que j'avais soudain cessé de croasser et que j'étais restée silencieuse comme une souris qui voit s'approcher l'ombre d'un rapace, mon regard fixé sur lui, son regard fixé sur moi, en ce matin de notre rencontre.

Il vivait seul, dans des conditions très rudes, même pour un adulte, mais il m'avait immédiatement ramenée chez lui, avant de décider de mon sort. Et j'étais restée.

Il m'a souvent raconté combien ces premiers jours avaient été difficiles, comment il avait échangé des homards contre du lait à l'épicerie de Cuttyhunk, comment il en avait rempli un petit flacon et fabriqué une tétine avec l'espèce de trompe par laquelle les palourdes avalent et rejettent l'eau de mer. J'ai donc tété du lait salé, comme si j'étais nourrie par l'océan lui-même. Il m'emmaillotait dans des lambeaux de vieilles voiles assouplies par le vent, me baignait dans un creux de rocher où l'eau de pluie s'accumulait et me couchait la nuit tout contre lui. Nous dormions à l'unisson.

Le temps que Miss Maggie et les autres habitants de l'île apprennent mon existence, il avait décidé que je lui appartenais, et cela jusqu'à ce que quelqu'un prouve le contraire.

Ce que Miss Maggie essaya de faire pendant un moment. Non pas, disait-elle, pour m'enlever à Osh, mais pour s'assurer que personne ne me recherchait. Peut-être n'était-ce pas ma mère qui m'avait poussée au large sur les flots. Peut-être que ma mère, la poitrine gonflée de lait, errait sur la grève, de l'autre côté de la baie de Buzzards.

Miss Maggie harcela le postier jusqu'à ce qu'il adresse un télégramme à tous les ports situés entre Narragansett et Chilmark, pour demander si quelqu'un recherchait un nouveau-né comme moi. Elle écrivit aussi des lettres qu'elle envoya dans des endroits trop petits pour être équipés d'un télégraphe.

Certains ne répondirent pas, tels Onset, Mattapoisett, ou Penikese, pourtant l'île la plus proche. Aucun de ceux qui répondirent n'avait entendu parler de la disparition d'un bébé. Mais cela n'avait guère d'importance.

Le temps que ces réponses parviennent à Miss Maggie, Osh et moi, nous nous appartenions. L'un à l'autre.

C'est un mystère que le rafiot soit venu s'échouer sur notre île minuscule et non sur Cuttyhunk, où arrivaient la plupart des trésors et débris charriés par la mer. Mais j'en étais heureuse.

Je pense qu'aucun autre habitant ne m'aurait recueillie si j'avais échoué chez eux. Il est bien plus probable qu'on m'aurait envoyée sur la terre ferme, là où j'aurais été privée de la mer et du ciel, ce qui aurait été épouvantable. Osh et moi vivions au cœur d'un monde sauvage, et j'étais bien plus heureuse comme cela.

Il y avait cependant à Cuttyhunk quelques personnes que j'aimais bien et qui semblaient avoir pour moi une certaine affection, à leur manière. Mais jamais ils ne me tendaient la main. Jamais ils ne s'approchaient de moi. Ils semblaient se contenter de me fréquenter de loin. Il en avait toujours été ainsi, je les avais toujours vus agir de la sorte. Je ne me suis guère posé de questions avant de devenir plus grande et de commencer à tirer les fils qui dépassaient de mon histoire.

Lorsque je me suis mise à le faire, tout a commencé à se détricoter, une couture a lâché, laissant passer de la lumière, ce qui me permettait de mieux entrevoir mon histoire. Mais parfois j'avais envie de fermer les yeux.

Miss Maggie était la seule habitante de Cuttyhunk qui ne semblait pas avoir peur de moi. Bébé, j'étais souvent malade, et cela m'arriva encore très fréquemment en grandissant. Elle était la seule à traverser le chenal pour nous apporter du pain, de la soupe et ses décoctions de cynorrhodon et de feuilles d'ortie. Elle était la seule personne qui m'ait touchée, sans compter Osh ou ceux avant lui (et eux, je ne les oubliais pas).

Elle avait beau travailler dur, la peau de ses mains était aussi douce que l'intérieur d'une coquille d'huître. Quand je lui demandais pourquoi, elle faisait la grimace et me répondait que c'était à cause de la lanoline qui imprégnait la toison de ses moutons. Elle les tondait elle-même et filait leur laine, ou la récupérait sur les moutons sauvages, morts dans les champs. « Mais cela ne veut pas dire que mes mains ne sont pas fortes », ajoutait-elle, comme si j'en doutais.

Quand elle posait ses mains douces sur mon front fiévreux, je pensais au mois d'avril et à la lavande de mer. Mais elle ne souriait presque jamais et les mots qui sortaient de sa bouche évoquaient le tonnerre au loin. Que je fasse quelque chose ou que je ne fasse rien, elle grondait toujours un peu.

– Tu vas manger cette soupe jusqu'à la dernière cuillère, grommelait-elle. Tu m'entends ?

Et je lui obéissais. Personne à Cuttyhunk ne mijotait de soupe plus savoureuse que la sienne, une soupe préparée avec les légumes du plus beau potager de l'archipel. Elle commençait ses semis sous abri dès que le soleil était plus vigoureux que la neige, et les repiquait après le dégel dans un grand potager enrichi de fumier et de vase de mer : des pommes de terre, du céleri, des haricots, des choux, du raifort, des petits pois, de l'orge, des melons, des oignons, des concombres, des tomates et des navets.

Si elle me parlait d'une voix brusque, elle était beaucoup plus douce avec ses vaches. Elle les nourrissait avec la même avoine que les autres vaches de Cuttyhunk, mais obtenait le lait et le beurre les plus riches de l'île. Et comme elle prenait grand soin de ses poules et leur donnait de l'orge et des œillets d'Inde en abondance, elles pondaient comme de bons petits soldats. Miss Maggie voyait éclore plus de poussins chez elle que dans n'importe quel autre poulailler des îles Elizabeth. Avec la farine et l'huile qu'elle récupérait en échange de ses œufs, elle pétrissait et cuisait un pain qui me rendait plus heureuse que si on m'avait donné un gâteau, ce qui n'arrivait pratiquement jamais. J'étais presque contente de tomber malade, parce que cela signifiait qu'elle allait m'apporter de la soupe et du pain.

« C'est vrai que sa soupe est excellente, disait toujours Osh, avant et après ses visites. Mais la soupe, ce n'est pas tout. » Le reste, c'était son courage.

– Vous n'avez pas peur de tomber malade, vous aussi ? lui demandai-je, allongée dans mon lit, la tête douloureuse.

– J'ai déjà été malade, et cela m'arrivera encore, avec ou sans ton aide.

Voilà ce que j'appréciais chez Miss Maggie. Elle rendait la vie toute simple.

Chapitre 3

Miss Maggie vivait dans une jolie petite maison à l'écart de la plupart des autres habitants, mais, avec tous ses animaux, elle n'était pas vraiment seule. Lors d'un mauvais hiver (Je ne me souviens pas d'un quelconque bon hiver), elle mit à l'abri chez elle son plus petit cochon et, quand le printemps arriva, elle dut le traîner dehors jusqu'à son enclos. Le jour où une demi-douzaine de dindons sauvages faillirent mourir de froid dans la haie de sassafras qui bordait sa grange, elle les porta un à un à l'intérieur, comme de gros nourrissons disgracieux, les enveloppa dans de la flanelle, les installa près du feu et leur donna à boire du lait chaud, additionné de whiskey. Ils survécurent tous. Quand le dégel survint, il n'y eut pas le moindre coup de bec ni la plus petite bousculade : ils sortirent tout simplement par la grande porte pour retrouver le soleil.

Quatre de ses lapins eurent moins de chance. Bien qu'elle les ait récupérés, transis, dans leur clapier et qu'elle leur ait donné à boire le même mélange revigorant, ils ne se ranimèrent qu'un instant, avant de mourir pour de bon.

Elle les dépeça donc et en fit un énorme ragoût auquel elle ajouta des carottes, qu'elle conservait à la cave, et du bacon de son fumoir.

– Je n'ai jamais préparé de meilleur ragoût. Et je l'ai mangé jusqu'à la dernière cuillère, mais j'étais triste de la façon dont ces pauvres lapins étaient morts, me raconta-t-elle.

Puis, avec leurs peaux, elle cousit une doublure pour son manteau, ce qui lui permit d'avoir encore plus chaud.

Mia avait, elle aussi, un manteau de fourrure dans lequel j'adorais plonger mon visage pour écouter son ventre gargouiller.

Comme Osh et Miss Maggie, elle n'avait pas peur que je la touche.

Nous l'avions appelé Mia, car c'est le cri qu'elle poussait indéfiniment quand elle avait faim.

Elle se contentait de restes de poisson et de viande de bœuf séchée que Osh préparait avec des myrtilles, ou des têtes de poisson que les pêcheurs de Cuttyhunk rejetaient à la mer après avoir découpé leurs prises.

Parfois elle nous apportait un cadeau, telle cette anguille qu'elle relâcha un jour à mes pieds, où elle se tortilla comme un serpent avant que nous ne la dégustions tous les trois en ragoût. Mais elle était d'habitude trop affamée pour être aussi magnanime. Nous étions tous très maigres, nous mangions ce que nous avions, sans rêver à ce que nous n'avions pas.

La plupart du temps, Mia était une chatte fort serviable, mais quand Osh la coinçait entre ses genoux et coupait ses plus longues touffes de poils pour fabriquer des pinceaux, elle se débattait et miaulait si misérablement que je me pressais les mains sur les oreilles et refusais de regarder.

– Je ne lui fais aucun mal, disait Osh. Ça repoussera.

– Mais pourquoi tu ne prends pas tes cheveux à toi ? lui demandais-je.

– Je le fais aussi. Mais les poils de chat, c'est mieux pour certaines choses.

Après avoir récupéré ce dont il avait besoin – en évitant le plus possible les griffes de Mia –, Osh examinait soigneusement le reste de son pelage et arrachait les tiques qu'il trouvait. Certaines étaient grosses comme des petits pois.

La première fois qu'il me les donna pour que j'aille les écraser contre les rochers, le sang de Mia avait dessiné de petites étoiles écarlates et, les fois suivantes, je les lançai dans la mer pour que le courant les emporte.

Quand Osh la relâchait, Mia filait hors de la maison, comme si sa queue était en feu.

– Pourquoi tu n'achètes pas des pinceaux, tout simplement ?

Miss Maggie pouvait commander presque tout ce qu'elle voulait depuis la terre ferme, et parfois elle se faisait livrer des choses que Osh ne trouvait pas au marché de Cuttyhunk.

– Ça ne coûte rien, ajoutait-il, en fixant une touffe de poils au manche d'un pinceau.

Il le taillait en une pointe si fine qu'il pouvait peindre le duvet d'une sturnelle juvénile ou les pétales d'un lys des prairies.

Osh ne prenait jamais la moindre touffe de poils à Mia quand l'hiver approchait.

Moi aussi, je dois le dire, j'ai souvent eu froid pendant ces longs mois d'hiver sur l'île en compagnie de Osh. Bien sûr, quand l'univers entier était blanc et gris, et le sol dur comme du métal, je rêvais de pommes et de fraises, mais plus encore je rêvais de bois flotté qui me permettrait d'avoir chaud aux mains et aux pieds en janvier.

Je n'ai pourtant jamais souhaité que surviennent les naufrages qui exauçaient ces rêves. Mais n'ayant rien fait pour causer de tels malheurs et ne pouvant rien faire pour les empêcher, je n'avais pas de remords à récupérer tout ce que nous pouvions quand des navires sombraient au large de Cuttyhunk, des parages si dangereux qu'on les appelait « le Cimetière ».

Vous imaginez peut-être que nous rêvions surtout de trouver de l'or ou de l'argent. Et je dois avouer que lorsque j'ai finalement découvert un tel trésor, j'ai été satisfaite pour différentes raisons. Mais nous n'avons jamais rien ramassé de plus précieux que des morceaux de charbon transportés par un bateau qui avait coulé lors d'une tempête d'août.

Tous les marins avaient survécu, raison suffisante de nous réjouir, mais nous étions également contents que le bateau se soit échoué sur les hauts-fonds, de sorte qu'à marée basse nous, les habitants de l'île, pouvions l'atteindre à pied. Chaussés de grandes bottes, nous traînions de petits canots que nous chargions de charbon pour le rapporter à terre. Les marées en déposaient aussi sur la plage où nous le ramassions comme des pêcheurs de coquillages qui ont trop souvent souffert de gelures.

Ce charbon était précieux, et nous l'avons brûlé avec parcimonie pour le faire durer pendant deux hivers. Même en juin, quand la froidure était un lointain souvenir, je pouvais adoucir un mauvais jour en me rappelant ce miracle : quand viendrait l'hiver, nous aurions chaud.

Seul quelqu'un qui a autant souffert du froid qu'un habitant des îles de Nouvelle-Angleterre en février peut accorder plus de prix à un morceau de charbon qu'à une pièce d'or.

Mais lorsque Miss Maggie m'apprit que si on le soumet à la pression du poids de tout l'univers, le charbon se transforme en diamants, je me mis à le regarder différemment et à me demander quels autres matériaux bruts et modestes contenaient la promesse d'une chose si rare.

Le charbon n'était pas le seul trésor que l'on trouvait sur les îles Elizabeth.

Les bateaux qui sombraient dans le Cimetière transportaient toutes sortes de marchandises, et pas seulement du bois, du coton ou du rhum.

De temps à autre, un insulaire tombait sur un véritable magot. Un collier de diamants coincé dans un casier à homards. Un lingot d'or rapporté par les dents d'une griffe à palourdes. Un jour, en relevant une ancre au large de Naushon, un homme remonta à la surface une vieille couronne restée enfouie dans la vase pendant un siècle. Un autre, parti pêcher à pied près de Nashawena, trouva une énorme boucle de ceinture en argent : l'ayant astiquée, il la portait aussi fièrement que les flibustiers qui avaient autrefois sillonné ces eaux, parmi lesquels de véritables pirates. L'un d'eux, le capitaine Kidd, était devenu célèbre, car il cachait son butin ou le distribuait, au lieu de le dépenser.

Il fit la fortune de Mercy Raymond, une habitante de Block Island, une autre île proche de chez nous, en remplissant son tablier de pièces d'or et de bijoux parce qu'elle lui avait longtemps donné l'hospitalité. Et il enterra un trésor plus grand encore dans un verger de Gardiners Island, non loin de Cuttyhunk, avant que le gouverneur

Bellomont ne le récupère pour l'envoyer en Angleterre et prouver que le capitaine Kidd était un voleur et qu'il n'avait pas dérobé que de l'or ou de l'argent.

Il existe toutes sortes de trésors, et le capitaine Kidd les avait tous convoités.

Miss Maggie se contentait, elle, de choses simples, mais elle agrémentait parfois mes leçons de géographie en me parlant des pierres précieuses volées, cachées et parfois enterrées par les pirates tel ce rusé William Kidd: des diamants d'Afrique, des rubis de Birmanie, des émeraudes du Brésil, toutes ces pierres forgées par l'alchimie des entrailles brûlantes de la terre, si dures et si inaltérables qu'elles pouvaient rester enfouies pendant des siècles dans le sable ou le sel glacial de nos îles.

Ils étaient nombreux à penser que le capitaine Kidd avait enterré une partie de son butin sur les îles Elizabeth, un archipel planté au milieu de ses parages favoris, mais aucun chercheur de trésor n'avait jamais rien déniché.

Cela ne dissuadait pas les habitants de la terre ferme de prendre le ferry, quand le temps était clément, et d'arpenter les plages de Cuttyhunk dans l'espoir de trouver ce que le capitaine Kidd y aurait enterré, ou ce que les courants arrachaient aux épaves qui pourrissaient lentement dans le Cimetière.

Nous nous amusions à les regarder suivre la marée descendante le plus loin possible. Ils enfonçaient de longues tiges dans le sable, espérant les entendre heurter un objet en métal. Parfois ils déterraient une vieille lanterne ou un bout de chaîne rouillée, avant de revenir précipitamment, chassés par la mer qui remontait.

Jamais, tandis que je les observais, il ne m'est venu à l'esprit que ce serait moi qui trouverais le trésor qu'ils convoitaient, ou que je le découvrirais en un lieu où personne n'aurait jamais osé chercher.

Chapitre 4

Avant que Miss Maggie m'explique pour quelle raison les autres habitants de l'île avaient peur de moi, je m'étais parfois demandé pourquoi les gens lui serraient la main, alors qu'ils se contentaient de me faire un signe.

Je me disais toujours que c'était parce que j'étais petite. Que je m'appelais Corneille. Et qu'en plus, j'étais très différente d'eux, un peu comme ces homards bigarrés qu'on trouve très rarement dans les casiers et dont on fait toute une histoire.

En grandissant, j'ai compris qu'il y avait autre chose.

Quand j'ai posé la question à Osh, il a tourné autour du pot, comme si je lui avais demandé pourquoi les femmes n'ont pas de barbe. Un jour, revenant chez nous avec un seau plein de coques, je l'ai entendu discuter avec Miss Maggie et j'ai compris qu'ils parlaient de moi. Alors, bien sûr, je les ai écoutés.

– C'est idiot, la façon dont ils la traitent. Comme si du poison coulait dans ses veines.

– Oui, c'est idiot, a renchéri Miss Maggie, la voix tranchante comme ces coquillages qu'on appelle des «couteaux». Mais ce serait quand même mieux qu'elle comprenne pourquoi.

– Elle est encore trop jeune.

Il était bizarre d'entendre cela de sa bouche, lui qui m'avait appris à accrocher un appât sur un hameçon quand j'avais quatre ans.

– Il faudra bien qu'elle le sache tôt ou tard, a rétorqué Miss Maggie.

– Le plus tard sera le mieux.

– Je ne suis pas d'accord. (Elle s'entêtait.) Je n'aime pas lui cacher quelque chose qu'elle a le droit de savoir.

C'est à cet instant que je suis entrée et que je leur ai demandé de m'expliquer ce «quelque chose».

Osh a évité mon regard.

Miss Maggie m'a lancé :

– Il ne faut pas écouter aux portes, Corneille.

– Elle est ici chez elle, Maggie, a dit Osh.

– Qu'est-ce que j'ai le droit de savoir ? ai-je répété.

Miss Maggie paraissait encore plus sérieuse que d'habitude.

– L'endroit d'où tu viens.

C'était une déclaration très surprenante de sa part.

– Vous savez d'où je viens ? ai-je demandé d'une toute petite voix.

– Non ! s'est exclamé Osh, avant qu'elle n'ait le temps de dire quoi que ce soit. Non, nous n'en savons rien. Il y a des centaines d'endroits d'où tu pourrais venir, mais c'est ici que tu es arrivée et c'est ici que tu vis.

Ce qui n'expliquait pas pourquoi les habitants avaient peur de moi.

– Les gens pensent que je suis empoisonnée ?

Osh a soupiré, les dents serrées.

– Non, mais...

– Penikese, a laissé échapper Miss Maggie. Ils pensent que tu viens de Penikese.

Je n'ai pas aimé l'expression qui alors est apparue sur le visage de Osh.

Penikese était une petite île située un peu à l'ouest des autres îles Elizabeth.

Aucun habitant de Cuttyhunk n'y allait jamais et aucun habitant de Penikese ne venait jamais non plus à Cuttyhunk.

– C'est là qu'allaient les gens malades, autrefois, a expliqué Miss Maggie.

Son visage avait pris la même expression que celui de Osh. Mi-effrayée, mi-désolée que nous ne soyons pas partis pêcher la palourde tous les trois, ramasser des moules, ou nous livrer à n'importe quelle autre activité. Rien n'aurait pu être plus pénible que cette conversation.

– Il y avait un hôpital à Penikese, Corneille. Jusqu'à ces dernières années. C'est tout.

J'ai réfléchi à ce qu'elle venait de dire.

– L'hôpital existait quand j'étais bébé ?

Miss Maggie a hoché la tête.

– Penikese était une île où l'on envoyait des gens malades.

– Et je suis souvent malade. C'est à cause de ça que les gens ont peur de moi ? Parce que je suis souvent malade ?

Osh a acquiescé.

– Mais c'est juste parce que tu es petite. Je suis sûr que c'est pour ça. Il y a des gens qui doivent attraper toutes sortes de maladies avant d'être forts.

– Et c'est mon cas ? lui ai-je demandé, peu convaincue.

Osh s'est penché pour me regarder droit dans les yeux.

– J'en suis certain.

Je me suis tournée vers Miss Maggie. Elle a hésité, puis elle a hoché la tête à son tour.

– C'est vrai. Certaines personnes ont plus de risques de tomber malades au début de leur vie. Elles sont plus… vulnérables. Plus faibles.

– Mais pas moi.

La veille, j'avais aidé Osh à rapporter un lourd baquet plein de crabes bleus depuis le bout de West End Pond jusque chez nous.

– Non, tu n'es pas faible, a dit Osh. Tu n'es plus faible. C'est pourquoi il est idiot que les gens pensent que tu pourrais leur transmette quelque chose. (Je me souviens encore de la façon dont il a posé la main sur mon épaule.) À moins que ce soit quelque chose de bon.

Couchée dans mon lit, cette nuit-là, j'ai écouté la mer se briser contre les rochers et le vent du sud, et je me suis demandé de quelle maladie ces gens avaient souffert.

Les gens de Penikese. Ceux qu'on avait envoyés sur une petite île-hôpital pour vivre loin des autres. Là où j'étais peut-être née.

Je ne voulais pas venir de Penikese.

Je ne voulais pas venir d'une colonie de gens malades.

Je voulais venir d'une famille qui aurait eu une très bonne raison de m'avoir envoyée en pleine mer dans un vieux rafiot qui risquait de couler à tout moment.

Mais j'avais beau chercher, impossible de trouver une explication.

Peu après m'avoir dit la vérité sur Penikese, Miss Maggie a décidé qu'il était temps que j'aille à la petite école de Cuttyhunk en compagnie de la poignée d'enfants qui habitaient les îles Elizabeth.

– Pourquoi donc ? lui a demandé Osh, elle est bien ici. Elle passe son temps à lire, et nous lui apprenons tout ce qu'elle a besoin de savoir. Laissez-la donc.

– Elle devrait être avec des enfants de son âge, a rétorqué Miss Maggie.

– Vous voulez dire, avec ceux qui ont toujours eu l'interdiction de jouer avec elle ?

– Elle va parfaitement bien ! Il suffit de la regarder pour s'en rendre compte.

– Ils ne le verront pas ou, s'ils le remarquent, ils penseront qu'elle devrait vivre dans un meilleur endroit que celui-ci et avec quelqu'un d'autre que moi.

Miss Maggie a ri.

– Comme si ça pouvait exister, un meilleur endroit, ou une meilleure personne ! Et comme si vous pensiez que je laisserais faire de toute façon.

Elle a refusé de lâcher le morceau jusqu'à ce que Osh soupire et dise : «Vous verrez», d'une voix lugubre comme un jour de novembre.

Un matin de cet automne, alors que le ciel était d'un bleu myosotis et la mer joueuse, j'ai traversé le chenal à contrecœur avec Miss Maggie pour aller à Cuttyhunk. J'ai monté les marches de l'école derrière elle, je suis entrée et je me suis retrouvée plongée dans le genre de situation qui me faisait écarquiller les yeux de confusion, puis me donnait envie de les refermer, sauf que c'était impossible.

– Regardez ! a lancé un garçon près de la porte, en sautant sur ses pieds. C'est la lépreuse !

Je me souviens d'avoir jeté un coup d'œil derrière moi pour voir où était « la lépreuse » et de n'avoir vu que Miss Maggie, qui semblait se redresser de toute sa taille.

– Ça, tu n'en sais rien, a-t-elle dit au garçon, qui avait filé à l'autre bout de la salle.

Le maître d'école, Mr. Henderson, a fait un pas en notre direction mais s'est arrêté à bonne distance.

– Nous n'en savons rien, effectivement, mais nous ne sommes pas sûrs du contraire non plus.

– Vous êtes un imbécile, lui a-t-elle lancé, à la fois triste et furieuse.

– Maggie, j'essaie juste de protéger les autres enfants.

– Et si elle leur ressemblait ? Ce serait la même chose ?

Il m'a regardée un long moment.

– Cela n'a rien à voir.

Ce qui a encore augmenté la confusion qui m'avait rendue muette.

Je me souviens d'être ressortie et d'avoir redescendu les marches avec Miss Maggie, mais, en me retournant, j'ai vu Mr. Henderson qui nettoyait la poignée de la porte avec de l'alcool, avant de la refermer.

– Qu'est-ce que c'est, une lépreuse ? lui ai-je demandé sur le chemin du retour.

– Quelqu'un qui a la lèpre, m'a-t-elle répondu, tout en descendant à grands pas le chemin menant aux pontons de pêche et au-delà, à Osh, qui attendait notre retour. C'est ce qu'avaient ces pauvres gens. Ceux qui vivaient à Penikese, dans l'hôpital.

– C'est une maladie grave ?

– Oui.

– Les gens pensent que j'ai ça ?

Elle s'est soudain arrêtée et m'a fait asseoir dans la bruyère, au bord du chemin.

– Il est très, très peu probable que tu aies la lèpre, Corneille, mais parfois on peut l'avoir pendant des années, sans le savoir.

Je me suis sentie brûlante et glacée en même temps, trop grande dans ma peau et trop petite à la fois.

– Cela veut dire que je vais mourir ?

J'avais l'impression de parler avec la voix de quelqu'un que j'aurais rencontré pour la première fois.

– Bien sûr que non, a-t-elle répondu d'un ton farouche. Nous ne savons même pas si tu viens de Penikese. Quand bien même, il est quasiment certain que tu n'as pas la lèpre, tu m'entends ? (Elle s'est un peu radoucie.) De plus, si tu l'avais, alors moi aussi, j'aurais pu l'attraper, ainsi que Osh.

Je me suis sentie à la fois soulagée et accablée.

– Les gens vont-ils avoir peur de moi toute ma vie ?

Miss Maggie a fait alors ce qu'elle faisait toujours quand j'étais inquiète : elle m'a dit la vérité.

– Pas pour toujours, mais certains laissent la peur planter son hameçon très profondément en eux, et il est difficile de l'arracher. (Elle s'est interrompue un moment.) La lèpre est une maladie terrible, Corneille. Elle... déforme les gens. Elle détruit leur corps. Leur peau. Elle transforme leurs mains en serres.

J'ai regardé mes jambes saines et vigoureuses, ma peau lisse et mes doigts bien droits.

– Et parfois elle endommage tellement les nerfs que l'on ne peut plus sentir la douleur.

Elle s'est éclairci la gorge une fois, puis deux.

– Ce ne serait pas une bonne chose de ne plus sentir la douleur ? ai-je demandé.

Elle a secoué la tête en signe de dénégation.

– Il y a plusieurs sortes de douleur. Si on n'a pas mal, on peut se faire mal.

– On peut se faire mal, même quand on a mal.

– Oui, mais souffrir et être blessé, ce n'est pas toujours pareil.

Cela m'a encore plus embrouillée. Tout comme l'idée que peut-être j'étais lépreuse.

– Je n'étais qu'un tout petit bébé quand je suis arrivée ici. C'est Osh qui me l'a dit. Je n'avais que quelques heures. Comment aurais-je pu tomber malade si vite ?

Miss Maggie m'a regardée dans les yeux.

– Je suis presque quasiment certaine que tu as une santé de fer, Corneille, mais je ne veux pas te mentir. La lèpre se propage par la toux, par les éternuements, par le contact et même par les larmes. (Elle a pris mes mains dans les siennes.) Il est impossible de donner naissance à un bébé sans le toucher. Ou sans pleurer, parfois.

– Et on ne peut pas en guérir ?

Miss Maggie, la meilleure guérisseuse des îles Elizabeth, la femme qui me disait toujours la vérité, m'a répondu :

– Non, je le crains. Même si la Bible nous dit que Jésus a guéri des lépreux.

J'ai réfléchi un moment.

– Elle dit comment ?

– Tantôt par un miracle. Tantôt par la foi.

Chapitre 5

En me voyant revenir de l'école si rapidement, Osh s'est retenu de déclarer: «Je vous l'avais bien dit», mais il avait l'air assez content.

– De toute façon, ce n'est pas vraiment une école, a-t-il conclu après avoir appris ce qui s'était passé.

Il avait raison. Parfois il n'y avait que deux ou trois autres enfants sur les îles, et Mr. Henderson, l'instituteur, qui était aussi pilote de bateau, les laissait seuls pour grimper tout en haut de Lookout Hill et regarder si des navires avaient besoin d'être guidés pour traverser le Cimetière, où des centaines de naufrages avaient eu lieu.

Il était difficile d'imaginer qu'il enseignait à ses élèves des choses qu'ils n'auraient pu apprendre tout seuls.

– Tu n'as pas besoin d'aller à l'école, m'a dit Osh. Miss Maggie t'a déjà appris à lire et à compter, et si tu as suffisamment faim tu apprendras à pêcher et à cultiver la terre. Le reste, c'est du sel et du poivre.

Mais j'aimais le sel et le poivre, et je voulais toujours en savoir davantage.

Je voulais des réponses aux questions qui montaient et descendaient sans fin, telles des vagues de curiosité qui faisaient autant partie de ma vie que l'océan lui-même.

Des questions comme pourquoi j'avais une tache en forme de plume sur la joue.

– Parce que c'est comme cela, m'a répondu un jour Miss Maggie, alors que je l'aidais à déterrer des navets et des carottes dans son potager.

J'ai insisté.

Elle a ajouté que certaines personnes y voyaient la marque de vœux qui n'avaient pas été exaucés.

– Les vœux de qui ?

– De ta mère, a-t-elle lâché d'un ton bourru.

Puis elle avait refusé de continuer la conversation.

Le jour où je lui ai demandé pourquoi j'avais les cheveux frisés, elle m'a de nouveau répondu : « Parce que c'est comme ça », mais je suis revenue à la charge et elle a reconnu qu'elle n'en savait rien.

– C'est peut-être un trait de famille.

– Mais Osh n'a pas les cheveux frisés, ai-je rétorqué, sans réfléchir.

Quand j'ai réalisé ce que j'avais dit, je n'ai plus posé de question sur mes cheveux.

La plupart des leçons de Miss Maggie étant très concrètes, elle n'avait pas de réponses à ce que je voulais savoir le plus : par exemple, pourquoi quelqu'un m'avait attachée sur le banc d'un vieux rafiot percé et avait laissé la marée descendante m'entraîner au large.

– Est-ce qu'on ne pourrait pas retrouver les médecins qui travaillaient à l'hôpital de Penikese pour leur demander si je viens de là ?

Elle a secoué la tête.

– J'ai déjà écrit à l'hôpital quand tu étais toute petite, mais personne ne m'a jamais répondu. Je suis sûre qu'ils l'auraient fait s'ils avaient su quelque chose. Et s'ils avaient su que quelqu'un à Penikese avait mis un nouveau-né à la mer, tu ne crois pas qu'ils seraient venus te chercher ?

À cela, je n'avais pas d'autre réponse que de poser une autre question :

– Et les lépreux ?

– Quoi, les lépreux ?

– Est-ce qu'on ne peut pas leur demander ?

– Je ne sais pas où ils sont partis après Penikese, Corneille. (Elle a poussé un soupir.) Quelque part dans le Sud. D'ailleurs, si quelqu'un t'a mise dans ce bateau en secret, pourquoi l'avouerait-il aujourd'hui ? Qui d'autre serait au courant ? Un vrai secret, un secret sérieux, important, ce n'est pas quelque chose que l'on découvre sans creuser profondément.

– Alors, mettons-nous à creuser, lui ai-je dit, même si j'étais désormais plus désireuse de savoir d'où je ne venais pas plutôt que d'où je venais.

Si j'arrivais à prouver que je n'étais pas de Penikese, les gens arrêteraient de me traiter comme une lépreuse. Ils me serreraient certainement la main, à moi aussi.

– D'après vous, pourquoi ont-ils quitté Penikese ?

Elle a haussé les épaules.

– C'est déjà terrible d'être malade. C'est encore pire quand les gens ne veulent rien avoir à faire avec vous. Pire encore lorsque l'on est emprisonné sur une île pelée et glaciale. Je suis sûre que les conditions de vie étaient trop difficiles pour les malades comme pour les médecins. Il était logique qu'ils s'installent dans un endroit plus chaud.

– Donc je ne pourrai jamais leur demander ?

– Leur demander quoi ?

– Si je viens de Penikese.

– Il ne faut jamais dire jamais, on trouvera peut-être un moyen.

Quand j'ai posé la question à Osh, un peu plus tard ce jour-là, il m'a répondu ce qu'il me disait toujours :

– Ta maison, c'est ici. Tu n'en as pas besoin d'une autre.

– Ce n'est pas une autre maison que je cherche, Osh. Je veux juste savoir d'où je viens et si je risque un jour de devenir lépreuse.

– Et qu'est-ce que ça changera ? Je ne te traiterai pas différemment. Miss Maggie non plus.

– Mais si je découvre que je ne suis pas de Penikese, les autres me traiteront différemment, lui ai-je dit, me rappelant comment l'instituteur avait nettoyé la poignée de porte que j'avais touchée. Ils seront obligés.

Osh n'en était pas si sûr.

– Ça, tu n'en sais rien.

– Pourquoi refuseraient-ils ?

– Est-ce qu'on sait pourquoi les gens agissent comme ils le font ? me dit-il d'un ton las. Tu ferais mieux de t'occuper de toi-même et de les laisser à leurs affaires.

J'ai suivi son conseil et, à ma grande surprise, j'y suis assez bien parvenu, pour un temps. Je me suis concentrée de toutes mes forces sur ce que je savais avec certitude au sujet de Osh, de Miss Maggie et de moi-même.

Je savais que Osh était autant un naufragé que moi, même si c'est lui qui avait provoqué son naufrage. Qu'il pouvait peindre des tableaux aussi réels que la réalité, mais en mieux. Qu'il était fort comme deux hommes, peut-être trois, peut-être mille.

Je savais que Miss Maggie était, elle aussi, une naufragée. Par choix, comme Osh. Elle ne disait pas grand-chose des raisons qui l'avaient amenée à vivre à Cuttyhunk. Seulement qu'elle était née dans une ferme, qu'elle y avait grandi, qu'elle avait épousé un fermier quelque part très loin de la mer et qu'elle avait tout perdu.

Et je savais aussi pas mal de choses sur moi-même, même si je ne savais pas tout.

– Personne ne sait tout, me disait souvent Osh. Surtout quand on est jeune.

Je me concentrais donc aussi sur tout ce que je pouvais apprendre en observant ce que j'avais sous les yeux : la pêche au homard, l'élevage des moutons et les constellations parcourant le ciel nocturne.

Je grimpais au sommet de Lookout Hill, où un marin-sauveteur montait la garde dans un minuscule poste de guet, balayant l'horizon avec une longue-vue pour s'assurer qu'aucun navire n'était en difficulté dans le Cimetière, là où les courants du détroit de Vineyard et de la baie de Buzzards s'enlacent dans une danse folle et dangereuse. Et c'est ainsi que j'en ai beaucoup appris sur le danger.

J'ai appris comment débarrasser les moutons de Miss Maggie des tiques en les emmenant se baigner dans Wash Pond après la tonte. J'ai même appris à les tondre : je m'entraînais sur les agneaux, dont la peau rose et fragile m'obligeait à être méticuleuse.

J'ai lu une dizaine de nouveaux livres, tels *Le Jardin secret* et *Le Magicien d'Oz*, des ouvrages qui éveillaient des échos dans mon cœur, et j'ai suivi avec passion les leçons de Miss Maggie, qui m'a expliqué, entre autres, pourquoi l'eau salée bout à une température inférieure à celle de l'eau douce, pourquoi les Français nous ont donné la statue de la Liberté et pourquoi le visage de Mr. Lincoln orne les pièces d'un penny.

Et pendant un moment, le fardeau que je portais m'a semblé moins lourd. Parfois même, je l'oubliais. Il paraissait désormais faire partie de moi, et j'ai découvert que je ne pouvais pas m'en débarrasser. Pas complètement.

J'étais aussi sans cesse à l'affût de signes annonciateurs d'une maladie.

Pendant une année entière, il ne s'est pas passé grand-chose : un rhume hivernal, une allergie le jour où j'ai marché dans du sumac vénéneux sans faire attention, quelques petits bobos habituels.

Puis, peu après mon onzième anniversaire, j'ai été la seule sur les îles à tomber malade de la grippe. Du moins, c'est ce que j'ai attrapé selon Miss Maggie.

– Vous ne devriez pas vous approcher de moi, lui ai-je dit, couchée dans mon lit, les articulations douloureuses, les lèvres si gercées qu'elles saignaient. Au cas où ce ne serait pas la grippe.

– Oh, balivernes ! a-t-elle répliqué. C'est la grippe, purement et simplement.

Et elle a pris ma température en m'embrassant légèrement sur le front, comme si j'étais propre et saine comme un sou neuf.

Mais je suis certaine que ni elle ni Osh n'ont dit à personne que j'étais de nouveau malade.

Et le jour où je me suis réveillée, fraîche et dispose, nous avions tous de grands sourires.

Chapitre 6

Cela faisait douze ans que je vivais sur l'île lorsque tout a changé. Je n'oublierai jamais que ce fut un petit événement très simple qui entraîna le reste.

C'était un jour de beau temps où la brise fredonnait une chanson facile à retenir.

En ce jour précis, à cet endroit précis, j'étais sous le charme de l'océan et des îles, comblée par le moment présent. C'est alors que Miss Maggie a prononcé ces mots :

– J'ai entendu dire que Penikese allait devenir une réserve naturelle pour les oiseaux. Un garde a été engagé pour vivre sur place.

Mon univers alors a bougé très légèrement, si légèrement que je l'ai à peine remarqué.

J'étais en train de l'aider à désherber son potager, une corvée qui revenait si souvent que les mauvaises herbes semblaient pousser comme par magie. Miss Maggie a arraché un pissenlit qui venait de faner et dont les graines ne s'étaient pas encore envolées.

– Un garde à Penikese ? Pourquoi les oiseaux auraient-ils besoin d'un garde ? ai-je demandé.

L'idée me paraissait tirée par les cheveux. J'imaginais ce garde préparant le dîner des mouettes, leur lisant des histoires avant d'aller dormir.

– C'est pour les compter, pour noter à quelles espèces ils appartiennent, s'ils se reproduisent bien, s'ils sont malades. Ce genre d'informations, m'a-t-elle répondu.

Ça m'avait l'air d'un drôle de travail, sans doute fait par une drôle de personne.

– Il va vivre là-bas ? Avec les oiseaux ?

– Et les lapins, aussi. Cela fera partie de son travail, s'assurer qu'ils aient beaucoup de petits lapins.

Là, j'ai compris qu'elle me taquinait.

– Je ne savais pas que les lapins avaient besoin d'aide pour cela.

J'ai cru qu'elle allait me tirer les oreilles mais, à ma grande surprise, elle a éclaté de rire.

– Moi non plus.

– Il n'a pas peur d'attraper la lèpre ?

Miss Maggie a levé les yeux au ciel.

– Bien sûr que si. Ils ont dû aller jusque dans le Maine pour trouver quelqu'un qui accepte ce travail. Mais l'hôpital a été désinfecté, et cela fait des années.

Quelques semaines auparavant, du haut d'une colline, nous avions regardé brûler une rangée de petites maisons délabrées, des bâtiments qui ne valaient pas la peine d'être désinfectés et qu'il était plus simple d'incendier.

Les flammes, qui s'étaient élevées jusque tard dans la nuit, avaient semblé mettre le feu à la mer elle-même.

Je ne comprenais pas comment Penikese pouvait se transformer en réserve ornithologique du jour au lendemain. Ne l'avait-elle pas toujours été ? L'appeler ainsi ne changeait pas grand-chose.

Je me suis demandé ce qu'elle deviendrait à l'avenir, quels seraient ceux qui auraient besoin d'y trouver refuge et pour quelles raisons.

Tout cela m'a donné du grain à moudre pendant que j'aidais Miss Maggie à arracher le reste des pissenlits avant qu'ils ne dispersent leurs graines.

Quelques semaines plus tard, mon univers a de nouveau été ébranlé.

Presque tous les jours, quel que soit le temps, je montais au sommet d'une des collines qui parsèment Cuttyhunk et j'observais la terre ferme, de l'autre côté de la baie de Buzzards. Quelqu'un se tenait-il aussi là-bas sur une colline, à regarder dans ma direction et à se demander où j'étais ?

Le vent, tout comme l'océan, était une présence constante dans nos vies, mais sur les hauteurs il soufflait encore plus fort. Je me raidissais pour lui résister, tel le mât d'un bateau, et mes cheveux flottaient comme un pavillon.

J'avais toujours sur moi une petite longue-vue que j'avais trouvée dans le sable. Un peu de buée restait piégée à l'intérieur, et la lentille portait des marques de berniques, mais je voyais quand même mieux avec que sans.

La plupart du temps, je montais au sommet de la colline en plein jour et je regardais au loin le fameux récif de la Truie et des Cochonnets, qui avait causé tant de naufrages, et les tourbillons qui se formaient là où des courants contraires se rencontrent ; parfois je voyais des baleines souffler.

Quand la nuit était claire et douce, et que la lune éclairait le chemin, j'y allais aussi le soir. Les lumières de la terre ferme m'étaient aussi familières que les constellations.

Jusqu'à présent, je n'avais jamais rien observé de très curieux.

Mais cette nuit-là brillait une lumière que je n'avais jamais vue.

C'était une petite lumière jaune qui tremblotait dans la baie de Buzzards, pas très loin de Cuttyhunk. Je la distinguais mieux dans ma longue-vue qu'à l'œil nu, mais pas suffisamment bien pour savoir ce dont il s'agissait, ni même où elle se situait précisément.

Cela ne pouvait pas être le fanal d'un navire, comme ceux que j'avais déjà vus. Cette lumière était plus grande et elle variait davantage.

Il n'y avait pas de bois sur la minuscule île aux Mouettes, à part les quelques débris qui s'y échouaient, et pas d'habitants non plus.

Après avoir envisagé toutes les possibilités, j'ai conclu que c'était un feu qui brûlait à Penikese. Un petit feu à l'air libre, peut-être sur la plage.

J'ai entendu Miss Maggie arriver derrière moi: elle haletait toujours un peu quand elle grimpait sur une hauteur, comme un petit engin à vapeur.

– Quelque chose qui ne va pas? m'a-t-elle demandé.

Je n'étais pas surprise que Miss Maggie soit dehors, la nuit. Elle avait du mal à trouver le sommeil et elle arpentait Cuttyhunk à toute heure. Elle allait rendre visite à ses moutons et à ses vaches qui paissaient en toute liberté sur l'île, sauf aux endroits clôturés où vivaient la plupart des habitants.

Nous nous croisions donc souvent les nuits de lune. Nous nous arrêtions parfois pour bavarder, ou bien elle me donnait une leçon improvisée sur les étoiles ou sur la météo.

– Il y a un feu qui brûle là-bas, lui ai-je dit en lui tendant ma longue-vue. À Penikese, je crois.

Elle a tourné son regard dans cette direction, a approché la longue-vue de son œil et, après un moment, me l'a rendue.

– C'est sans doute le garde.

– Je n'ai jamais vu de feu, là-bas. Vous pensez que c'est un signal de détresse?

– Il a une radio. Pas besoin de faire un feu.

– Et si sa radio était en panne et qu'il était en train de mourir de faim?

– Il a un bateau.

– Et si son bateau était hors d'usage ?

Miss Maggie, qui n'aimait pas beaucoup jouer aux devinettes, m'a pourtant répondu :

– Il a largement de quoi se nourrir sur l'île, s'il connaît quoi que ce soit à la nature.

– Quoi, les lapins ? Les oiseaux ? Ça n'est pas interdit de les chasser dans une réserve ?

Elle a haussé les épaules.

– J'imagine que si. Pourquoi se poser autant de questions au sujet d'un feu ? a-t-elle demandé en me regardant fixement.

– C'est juste étrange, voilà tout. (Je n'avais pas de meilleure réponse.)

– Eh bien, je ne sais pratiquement rien au sujet du garde de Penikese… Je n'ai pas la moindre idée s'il s'agit de son feu ou pas… Ni même si cette lumière provient bien de Penikese.

Elle a tourné les talons pour repartir.

– Peut-être que Osh, lui, il saura, ai-je dit.

Elle a secoué la tête.

– Tu l'as déjà vu s'intéresser à ce qui se passe là-bas ?

Elle avait raison.

Le monde au-delà des parages que Osh parcourait en bateau ou à pied ne l'intéressait pas, même s'il s'agissait d'endroits encore plus proches que Penikese, qui n'était pourtant pas bien loin.

J'essayais de toutes mes forces de faire ce que Osh

voulait – de ne pas me soucier de l'endroit d'où je venais –, mais j'en savais davantage sur ses origines que sur les miennes, et cela ne me semblait pas juste.

J'avais l'impression d'être trop légère, comme si je n'étais pas ancrée au sol par la même force que les autres. Miss Maggie m'avait un peu parlé de la gravitation et de la façon dont Osh était soudain apparu sur les îles Elizabeth, environ un an avant moi.

– J'ai aperçu sa voile alors qu'il longeait la côte, m'avait-elle raconté. Il venait peut-être de Newport, ou de Narragansett, ou de plus loin encore vers le sud. J'ai été intriguée, car c'était la première fois que je voyais une voile bleue.

Nous étions en train de repiquer des semis dans son potager, et j'ai failli planter deux plants de tomates dans le même trou pendant qu'elle me racontait cette histoire.

– Je suis descendue vers les pontons de pêche, je l'ai regardé traverser la baie et se diriger droit sur votre îlot, sans la moindre hésitation. Et voilà… il était là. Il a tiré son canot sur la plage, en dessous de l'endroit où se trouve votre maison aujourd'hui. Il a jeté ses affaires – pas grand-chose – sur le sable sec, il a examiné les rochers et le petit coin de bonne terre. Ensuite, il a affalé la voile, il a démâté le canot et retourné la coque. Puis il a ramassé une grosse pierre et l'a lancée dessus pour faire une énorme brèche.

Elle a déposé une petite pousse dans un trou et a délicatement tassé la terre tout autour de la tige fragile.

– Je n'ai pas su quoi en penser. Ni quand je l'ai vu

briser la coque pour en faire un tas de bois à brûler, alors qu'il y a du bois flotté pour cela.

Elle s'est interrompue et s'est redressée pour s'asseoir sur les talons.

– C'était la première fois que je voyais un capitaine saborder son propre bateau.

Moi, j'imaginais très bien Osh agir ainsi.

J'ai soudain eu envie de rentrer chez nous.

– Pourquoi a-t-il fait cela ? ai-je demandé.

Miss Maggie a secoué la tête.

– Je n'ai pas compris à l'époque et je n'en suis toujours pas certaine, mais c'est une chose que de vivre sur une île quand on a un bateau, et c'est très différent quand on n'en a pas.

J'ai fourré cette pensée dans ma poche pour y réfléchir plus tard.

– Il a un bateau, aujourd'hui, ai-je dit.

– Oui, aujourd'hui, il a un bateau.

Puis elle m'a pris le menton et elle s'est penchée pour me regarder droit dans les yeux, de si près que je voyais un peu de vert dans ses pupilles marron, comme deux petits jardins circulaires.

– Et il t'a, toi.

Chapitre 7

La nuit suivante, il y avait de nouveau un feu au loin. Cette fois-ci, j'avais convaincu Osh de venir avec moi.

– Regarde, ai-je dit, en désignant Penikese du doigt. Miss Maggie pense que c'est peut-être le garde de la réserve.

Osh a haussé les épaules comme à son habitude.

– Peut-être encore un de ces nigauds.

Parfois des chasseurs de trésors comme ceux que l'on voyait souvent à Cuttyhunk passaient quelque temps sur les îles inhabitées. Ou des gens riches venaient en bateau de Newport à l'île aux Mouettes, toute proche de Penikese, pour camper une nuit ou deux, loin de la civilisation.

Moi aussi, j'aimais dormir à la belle étoile lorsqu'il faisait beau et que le ciel ployait sous le poids des constellations. Mais ces gens riches dormaient sous la tente, ou dans des cabines dc luxe où il n'y avait pas d'étoiles. S'ils voulaient vraiment se retrouver en pleine nature, il fallait rester sur la terre ferme avec les ours, les coyotes et les moustiques. À l'île aux Mouettes, il y avait des crabes violonistes et des pluviers siffleurs.

Je savais pourquoi Osh les traitait de nigauds.

Miss Maggie m'avait raconté les débuts de sa vie sur l'île, après son naufrage volontaire, quand il n'avait que sa voile bleue pour s'abriter des tempêtes et de la soupe d'étoiles de mer pour se remplir le ventre.

– De la soupe d'étoiles de mer ?

Je n'arrivais pas à imaginer qu'on puisse avoir faim au point de se résoudre à avaler cela.

– Il avait du mal à attraper du poisson depuis la côte, surtout sans le matériel adéquat, me dit-elle. Je ne sais pas où il avait déjà pêché, mais cela ne devait absolument pas ressembler à ici. J'ai passé de longs moments à l'observer et à me demander pourquoi il ne traversait pas le chenal pour venir pêcher depuis les pontons. Au bout d'un jour ou deux, je l'ai vu ramasser des étoiles de mer sur les rochers, à marée basse.

J'ai dit à Miss Maggie que je n'avais jamais entendu parler de soupe d'étoiles de mer. Elle a poussé un petit éclat de rire.

– Daniel… Osh… ne disait rien. Pas un mot. Même si je l'ai appelé plusieurs fois, en espérant qu'il répondrait. Et certains par ici l'ont embêté parce qu'il s'installait dans leurs coins de pêche, mais il ne leur a pas adressé un seul regard ni même un seul mot. Ce n'est que beaucoup plus tard que j'ai appris ce qu'il faisait de ces étoiles de mer. (Elle en souriait encore.) Quand je l'ai suffisamment bien connu pour lui poser la question, il m'a dit qu'il ne leur prenait qu'un bras pour donner du goût à l'eau de pluie qu'il faisait bouillir sur son feu. « Mieux vaut n'avoir que quatre bras qu'être mort, m'a-t-il dit, et mieux vaut manger de la soupe d'étoiles de mer que de mourir de faim. »

J'imaginais les rochers couverts d'étoiles éclopées. Et Osh, affamé.

– Quand a-t-il commencé à parler ?

– Après ton arrivée.

Osh et moi, nous nous tenions donc en haut de la colline et nous regardions le feu au loin.

– J'aimerais bien aller là-bas en bateau pour voir à qui il est, ce feu, ai-je dit. J'ai regardé ce matin et je ne pense pas que ce soit des campeurs venus de Newport. Il n'y a pas de bateaux de plaisance.

Osh a poussé un petit rire.

– Eh bien, si tu n'en as pas vu, c'est qu'il ne doit pas y en avoir.

Dans le clair de lune, il paraissait beaucoup plus jeune qu'il ne l'était.

– Pourquoi est-ce que tu ne parlais pas quand tu es arrivé ici ?

Je m'attendais à ce qu'il soit surpris par cette question posée à brûle-pourpoint, mais Osh n'était pas quelqu'un de facile à surprendre.

Pourtant il a pris son temps avant de me répondre.

– Qu'est-ce que cela a à voir avec ce drôle de feu ?

– Rien, j'imagine. Sauf que le feu que tu as fait le jour où tu es arrivé ici a dû paraître étrange à ceux qui le regardaient depuis l'autre côté de la baie. Ils ont peut-être pensé que toi aussi, tu étais un nigaud venu de Newport, et pas un homme qui mangeait de la soupe d'étoiles de mer.

Quand Osh avait décidé de se taire, il se taisait. J'ai donc été surprise qu'il me réponde.

– Je ne parlais pas parce que je n'avais rien à dire. Et personne pour m'écouter.

– Il y avait Miss Maggie.

– Oui, il y avait Miss Maggie. Une femme à la voix de garde-chiourme, qui aboyait depuis les pontons de pêche. Elle s'est mise à m'appeler « Daniel » parce que ça la gênait de ne pas utiliser un prénom pour m'interpeller. Elle a tenté de me parler en français – un peu – et en espagnol – quelques mots –, au cas où ça aurait été ma langue maternelle. (Il a secoué la tête.) Cette femme ne renonce jamais.

– Finalement, tu lui as bien adressé la parole.

J'avais enroulé ce fil de l'histoire autour de mon doigt et je tirais dessus le plus doucement possible pour éviter qu'il casse. Osh ne m'avait jamais raconté grand-chose sur la période d'avant mon arrivée.

– Non, pendant longtemps, je ne lui ai pas parlé. Mais quand tu es arrivée et qu'elle a entendu tes pleurs, elle a traversé le chenal et s'est présentée devant la porte, avec une bouteille de lait si frais qu'il était encore tiède et un sac de farine transformé en nid d'ange pour que tu dormes au chaud. (J'ai attendu qu'il poursuive.) À partir de ce jour-là, elle n'a pas cessé de revenir, avec toujours quelque chose dans son panier.

– Comme quoi ?

– De la bouillie d'avoine et une petite cuillère à sel pour te nourrir quand le lait n'a plus été suffisant. Un peu d'eau-de-vie quand tu as eu mal aux dents. Ça, je lui ai fait remporter tout de suite. (Il fixait toujours le feu au loin.) Les bébés pleurent quand ils ont mal. Ça ne me dérangeait pas.

– Peut-être que ça me dérangeait, moi ?

Il a secoué la tête.

– Pas suffisamment pour justifier de l'eau-de-vie.

J'ai attendu encore.

– Quoi d'autre ?

– Oh, du miel de trèfle quand tu as été assez grande. Des habits, une paire de bottines apportées par le ferry. Des choses comme ça.

– Elle ne t'a jamais rien donné, à toi ?

– Elle m'a fabriqué ce pull. Elle a tondu la laine. Elle l'a teinte avec de l'indigo, l'a filée et tricotée... trop grand. Et elle me l'a apporté avec une gamelle de soupe bien épaisse, en me disant de grossir pour le remplir.

J'ai souri. Miss Maggie, maigre comme une chèvre après l'hiver, ne supportait pas les gens qui étaient trop minces. Osh a tourné les talons et a commencé à descendre la colline. Je l'ai suivi, en lui demandant :

– Alors, tu penses que ce feu est à Penikese ?

– Je suppose que oui. Mais un feu, c'est un feu, ça n'a rien de bizarre. C'est juste le garde, ou un campeur, ou un de ces nigauds de chasseurs de trésors. Pourquoi ça t'intéresse ?

– Parce que. Parce que, d'un seul coup, quelqu'un fait des feux de camp là-bas. Il y a certainement une raison.

– Il y a toujours une raison. Mais quel rapport avec toi ?

– Rien, sans doute, ai-je reconnu. Je veux juste aller jeter un coup d'œil là-bas. Tout le monde pense que je suis née à Penikese, mais personne n'en sait rien. Je veux savoir, Osh. Peut-être que le garde pourra me dire quelque chose sur les gens qui vivaient là autrefois. Et si un jour, il y a eu un bébé.

Osh, qui était devant moi, a accéléré un peu. J'ai presque failli ne pas l'entendre quand il a dit :

– Si tu regardes en arrière maintenant, tu ne verras peut-être pas vers quoi tu te diriges.

Et cela, venant d'un homme qui savait parfaitement où et quand il était né, et qui étaient ses parents.

J'ai pressé le pas pour me retrouver à sa hauteur.

– Tu m'emmèneras là-bas demain, pour jeter un coup d'œil ?

Osh a fait un signe de dénégation.

– Non, il fait assez doux pour sortir les semis. Demain, tu vas m'aider à les repiquer.

– Après-demain, alors ?

Osh ne m'a rien répondu.

C'est à ce moment que j'ai commencé à préparer mon expédition à Penikese, avec ou sans lui.

Le surlendemain, Osh est resté encore plus silencieux que d'habitude pendant que nous repiquions les semis. Le soleil me réchauffait très agréablement le dos, la terre ameublie était tiède, elle aussi, mais le souvenir de ce feu à Penikese restait plus ardent que tout, et j'avais du mal à me concentrer sur mon travail.

– Tu viens de replanter deux pieds de poivrons au même endroit, m'a dit Osh. Ce qui veut dire qu'on aura deux petits plants au lieu de deux grands.

– Au moins, ils ne se sentiront pas seuls, ai-je répondu.

Mais cela ne l'a pas fait rire. J'ai ressorti les deux pousses de la terre et j'ai soigneusement séparé leurs racines en les époussetant.

– Pardon, ai-je murmuré aux deux petits plants qui paraissaient heureux de s'être entortillés.

Osh n'a pas ajouté un mot de toute la matinée, mais, quand il est revenu dans le potager avec deux bols de ragoût de mouton pour notre déjeuner, il m'a dit :

– Nous pourrons y aller demain.

Cela m'a surprise à deux titres.

D'abord qu'il accepte de m'emmener.

Puis de me sentir un peu déçue de ne pas y aller toute seule. Je ne voulais pas avoir à m'excuser, en quelque sorte, d'avoir insisté pour y aller. Et je ne voulais pas subir l'impatience de Osh, son soupçon que je courais après la lune.

J'étais cependant soulagée de savoir qu'il m'accompagnerait. Peut-être n'aimait-il pas l'idée qu'une de mes racines plonge dans une terre que nous ne partagions pas, mais il n'était pas mesquin, et j'avais confiance en lui.

– Nous demanderons à Miss Maggie si elle veut venir, elle aussi, a-t-il ajouté.

Nouvelle surprise, et la plus grande. Osh semblait apprécier sa compagnie, mais il ne l'avait jamais recherchée jusque-là, sauf quand j'étais malade.

– Pourquoi ? ai-je demandé.

Il mangeait son ragoût en fixant le fond du bol comme si la réponse s'y trouvait.

– Elle apportera un pique-nique.

C'était une bonne raison, sauf que ce n'était pas la vraie, celle qu'il a énoncée juste après :

– Et elle pourra discuter avec le type aux oiseaux s'il est là.

Là, je comprenais mieux. Osh n'aurait pas besoin de parler à qui que ce soit si Miss Maggie venait avec nous.

– Moi aussi, je peux discuter avec le garde, ai-je dit.

– Tu es trop petite. Il s'adressera à moi plutôt qu'à toi et à Miss Maggie plutôt qu'à nous deux.

J'ai hoché la tête.

J'étais contrariée par ce qu'il venait de dire, mais contente que Miss Maggie vienne avec nous.

– Je lui demanderai après le dîner, ai-je déclaré.

Et bien sûr, elle a dit oui. Personne n'aimait autant l'aventure qu'elle, à la condition de pouvoir rentrer chez soi après.

Chapitre 8

Ce soir-là, alors que je grimpais dans mon lit, Osh m'a fait une surprise de plus en me tendant une petite boîte en bois qui avait autrefois contenu des épices de la terre ferme. Elle sentait encore la cannelle quand je l'ai ouverte.

À l'intérieur se trouvait une feuille de papier, pliée en quatre.

– Qu'est-ce que c'est ?

Il a incliné la tête.

– Regarde.

Le papier était vieux et abîmé. Osh s'est assis à côté de moi et a approché la lanterne tout près. Il savait raconter de belles histoires quand il était d'humeur, mais il ne savait pas lire.

– Tu sais ce qui est écrit dessus ? lui ai-je demandé.

Il a secoué la tête.

J'ai regardé la feuille attentivement. Les mots tracés à sa surface avaient pâli, certains étaient devenus illisibles. Par endroits, le papier était si endommagé que les lettres s'étaient effacées. Il ne restait pas grand-chose. Un petit archipel de mots. Je les ai lus à voix haute, pour nous deux.

si je le pouvais

pour le moment

j'espère que tu

mer de lumière

plus heureuse

agneaux

petite plume

j'ai laissé quelque chose

jour, cela puisse t'aider

– Qu'est-ce que c'est ? ai-je répété.

Osh ne me regardait pas.

– Quand je t'ai trouvée et que j'ai enlevé le linge dans lequel tu étais enveloppée, j'ai découvert cette feuille de papier, collée contre ta poitrine. Elle était détrempée, et l'encre avait coulé. Elle est partie en lambeaux quand je l'ai enlevée. (Sa voix était méconnaissable.) J'ai étalé les morceaux bien à plat, je les ai remis dans l'ordre et je les ai fait sécher. Pour toi, pour aujourd'hui.

De nouveau, j'ai regardé la feuille. Le tracé des lettres.

Le papier avait beau être très abîmé, l'écriture m'a semblé celle d'une femme.

Ma mère, ai-je pensé.

À cet instant, pour la première fois, j'ai été convaincue que j'avais une mère, même si je savais bien que je n'étais pas tombée du ciel. Mais c'est l'impression que j'avais.

– Je ne sais pas ce que cela veut dire, ai-je dit.

– Moi non plus, a répondu Osh. Je ne pensais pas qu'il restait assez de mots pour que cela ait un sens.

– Mais s'il y avait eu un sens ? Pourquoi ne m'en as-tu pas parlé avant ?

Osh a baissé la tête. Ses mains posées sur ses genoux étaient couvertes de cicatrices que lui avaient laissées tous ses labeurs, et tout ce qui avait bien pu lui arriver avant moi.

– Quand tu t'es échouée ici, je ne pensais pas qu'on me laisserait te garder. Si les gens n'avaient pas eu aussi peur que tu viennes de Penikese, ils t'auraient récupérée, c'est certain.

J'ai essayé de me représenter la scène : Osh verrouillant la porte, barricadant les fenêtres, me cachant sous le lit.

– Miss Maggie n'a pas peur, ai-je dit, et elle n'a pas essayé de me récupérer.

Osh a acquiescé.

– Miss Maggie n'est pas comme les autres.

Tout cela, j'imagine que je le comprenais, mais pas le fait qu'il ait attendu si longtemps avant de me montrer ce qu'il y avait dans la boîte à épices, et je le lui ai dit sans détours.

– J'ai toujours eu l'intention de te montrer cette lettre, m'a-t-il répondu, quand tu serais assez grande.

Cela faisait un bon moment que j'étais assez grande, et je lui ai rétorqué :

– Tu sais que je veux vraiment savoir d'où je viens.

Il a poussé un soupir et s'est passé la main dans les cheveux.

– Et alors ? Si tu découvrais d'où tu viens ?

– Alors, je saurais, ai-je dit, décontenancée de voir combien il était bouleversé. Pourquoi cela serait si catastrophique ?

– Tu es encore petite. Assez petite pour qu'on te retire à moi. (Il a regardé ses mains.) Ou pour que tu veuilles aller vivre dans un endroit plus confortable que cette cahute plantée sur un rocher au milieu de nulle part.

J'avais du mal à croire comment cet homme fort comme l'hiver, puissant comme l'été et intelligent de surcroît pouvait craindre une telle chose. J'ai appuyé ma tête contre son bras.

– Je suis heureuse ici avec toi. Je ne serai pas moins heureuse quand je saurai d'où je viens. Et je n'aurai pas envie d'y retourner, surtout s'il s'agit de Penikese. (J'ai fermé les yeux.) Je veux juste savoir.

J'ai senti qu'il poussait un soupir.

– Certaines personnes ne te laisseraient peut-être pas le choix. Ta famille pourrait vouloir te reprendre.

J'ai souri, sachant qu'il ne pouvait pas voir mon visage.

– Premièrement, s'ils avaient voulu me garder, ils ne m'auraient pas chassée, surtout comme ils l'ont fait. (Je lui ai rendu le papier et me suis glissée sous la couverture.) Deuxièmement, ma famille, c'est toi.

Il m'a regardée, les yeux brillant dans la lueur dorée de la lanterne.

– J'étais venu ici pour être seul, mais penser que maintenant, je pourrais vivre ici sans toi… (Il s'est éclairci la gorge.) C'est une idée que je ne peux garder assez longtemps dans mon esprit pour qu'elle ait du sens.

J'ai levé le bras et lui ai tiré l'oreille.

– Très bien, alors laisse-la s'envoler.

Et j'ai fermé les yeux.

– Il y avait autre chose avec la lettre.

J'ai rouvert les yeux.

– Quoi ?

De nouveau, il m'a tendu la boîte à épices. Je me suis redressée dans le lit et j'ai trouvé, au fond de la boîte, un petit morceau de tissu râpeux, entortillé avec de la ficelle. Cela ne pesait presque rien.

– Tu l'as déjà ouvert ? ai-je demandé.

– Oui.

J'ai défait le nœud et j'ai découvert, nichée dans les replis du tissu, une bague. En la tenant à la lumière, j'ai vu avec surprise l'éclat d'une pierre rouge.

Elle était trop grande, même pour mon majeur.

– Tu penses que je viens de Newport, alors ? ai-je chuchoté. D'une famille riche ?

Osh a secoué la tête.

– Tout ce qu'on sait de toi dit le contraire.

– Alors, d'où vient cette bague ?

Il a haussé les épaules.

– Elle est en or véritable. C'est tout ce que je sais.

– Comment peux-tu le savoir ?

– Elle est très ancienne. De la saleté s'est incrustée dans la monture du rubis, mais l'or n'a pas verdi, comme le cuivre ou le bronze l'auraient fait.

Je ne pouvais m'arrêter de la regarder et je ne pouvais m'arrêter de penser à la personne qui l'avait portée pour la dernière fois.

Je l'ai remise dans la boîte, que j'ai posée sur le rebord de la fenêtre près de mon lit.

– Est-ce que tu vas m'aider à trouver ce que cela veut dire ?

Il a poussé un soupir.

– N'allons-nous pas demain à Penikese ?

Je l'ai embrassé sur la joue.

– C'est vrai. Bonne nuit.

Il a prononcé quelques mots dans son autre langue, puis il est sorti dans la nuit pour appeler Mia d'une voix enrouée, sans raison apparente.

J'ai fermé les yeux et, dans ma nuit à moi, j'ai vu la lettre que quelqu'un avait posée contre ma poitrine. Le tracé des lettres, l'encre pâle, les blancs entre les mots.

Et de nouveau j'ai rêvé d'océan, de baleines, et d'un monde sombre et mouvant, empli d'étoiles.

Chapitre 9

Le lendemain, il faisait beau, la brise soufflait. Une journée idéale pour une sortie en bateau.

Portés par la marée montante et le vent d'est, nous n'avons pas eu de mal à atteindre le cap de Copicut où Miss Maggie nous attendait avec un panier de pique-nique.

– Rentre à la maison, a-t-elle dit à Cinders, sa jument.

Celle-ci était si docile et si intelligente que Miss Maggie pouvait la monter à cru et la laisser repartir toute seule à l'écurie.

– Prends plutôt le panier, m'a-t-elle ordonné quand je lui ai proposé mon aide pour monter dans le canot. Le jour où j'aurai besoin d'une gamine comme toi pour embarquer, il sera temps que je reste à terre avec les veuves et les bébés.

– Oui, Miss Maggie, ai-je répondu en grimpant après elle.

J'avais très envie de lui parler de la lettre et de la

bague, mais pas tout de suite, pas dans le bateau et pas en présence de Osh. Miss Maggie aurait certainement des questions à poser, mais je savais que Osh, étant resté très silencieux ce matin, ne serait pas d'humeur à lui répondre.

Il était assis à la poupe, la main sur la barre, tandis que Miss Maggie et moi étions perchées l'une en face de l'autre. À chaque virement de bord, nous baissions la tête pour laisser passer la bôme et nous profitions du soleil et des embruns.

Deux dauphins rieurs, le corps brillant, nous ont accompagnés pendant un moment. Je n'avais jamais rien vu d'aussi beau. Il n'y a pas si longtemps encore, le gardien du phare de Cuttyhunk utilisait de la graisse de dauphin pour alimenter son fanal, ce que je ne pouvais me rappeler sans frémir. Ils ont fini par s'éloigner vers le large, bondissant tous deux en rythme, tels des poulains dans une prairie bleue.

De loin, Penikese avait l'air toute petite, et elle n'était guère plus étendue vue de près. La côte en face de notre île n'était qu'un entassement de gros rochers sous un escarpement, sans aucun endroit où accoster. Nous l'avons donc longée jusqu'au port où l'accès était plus facile. Un canot y était amarré à un ponton. On voyait les vestiges de bâtiments en ruine et des cavités à l'emplacement des anciennes caves. En remontant de la grève sont apparus des petits murets de pierre qui parcouraient la lande comme des cicatrices, des pistes tracées par les lapins et un chemin de terre qui semblait mener nulle part. Mais pas le moindre signe du garde.

– Il est probablement quelque part en train de surveiller que les lapins font plein de petits lapins, ai-je dit.

Osh m'a regardée, perplexe. Miss Maggie a pouffé.

– Laisse tomber les lapins. Son bateau est ici, donc lui aussi. On le croisera suffisamment tôt. On ne peut pas aller bien loin sur Penikese, sauf si on tourne en rond.

Elle avait raison. De là où nous nous trouvions, nous pouvions voir la majeure partie de l'île, à l'exception des creux entre les dunes, ou des endroits cachés par de petites collines ou de gros rochers.

– Ils vivaient de l'autre côté, a dit Miss Maggie. De l'autre côté de cette colline-là.

Cette colline s'élevait comme si l'île elle-même avait voulu maintenir les malades à l'écart, dans un endroit solitaire.

Je me suis sentie deux fois plus pesante. Mais j'ai fait un pas, puis un autre, et j'ai poursuivi dans cette direction sur ce qui restait du chemin de terre où l'herbe peinait à repousser.

Il n'y avait pas le moindre arbre vert sur l'île, en dehors des cèdres morts et de quelques arbustes gris-vert. D'une côte à l'autre s'étendait une lande d'herbe rase et de fleurs sauvages, comme un couvre-lit moutonnant.

– Genêt, a dit Osh, s'arrêtant net.

Cela ne sonnait ni comme un mot de tous les jours, ni comme un mot de sa langue personnelle. Je savais qu'il s'agissait de son troisième langage, celui qu'il parlait quand il peignait.

– Pour le jaune, a-t-il ajouté, en pointant le buisson du doigt.

C'était quelque chose que nous faisions ensemble à Cuttyhunk ou dans d'autres îles où nous allions parfois chercher des fleurs que nous faisions ensuite bouillir ou que nous écrasions pour fabriquer de la teinture et de la peinture. Il m'avait appris quelle plante choisir pour obtenir telle ou telle couleur, et comment les mélanger pour créer d'autres nuances. J'adorais être son assistante dans la cuisine et dans les champs. Il n'avait qu'à prononcer un mot, parfois tout simple comme « aster », ou plus étrange comme « calopogon », et je me mettais en chasse, tel un setter pistant des canards, pour remplir son panier.

Je me suis donc éloignée du chemin pour aller cueillir du genêt, mais les branches coriaces ne voulaient pas me céder. Alors j'ai ramassé quelques poignées de fleurs que j'ai fourrées dans mes poches. Il n'y en aurait pas assez pour fabriquer grand-chose, mais parfois Osh peignait une fleur jaune au milieu d'un marais vert pâle, une fleur d'autant plus belle qu'elle était unique.

J'ai continué à marcher sur la lande, parallèlement au chemin, parce que j'espérais trouver des baies de thé des bois à mâchonner. Soudain, je me suis retrouvée coincée, le pied droit enfoncé dans un trou où le sol était meuble. Si j'avais été en train de courir, je me serais fait mal.

Miss Maggie est venue m'aider à me dégager.

– C'est peut-être le trou d'une ancienne souche.

– Si c'est ça, il est où, l'arbre qui poussait ici ?

– Parti en fumée, j'imagine. (Elle a regardé tout autour.) Tu vois, là ? Toutes ces branches mortes dans les bruyères ? C'est tout ce qui reste des arbres qui poussaient ici. L'île était entièrement boisée autrefois.

J'ai vu d'autres endroits sablonneux où rien ne poussait. Je suis allée les tâter du bout du pied : le sol cédait sous les pas, là aussi. J'imaginais les cèdres qu'on avait abattus, fait sécher et débités pour fabriquer des bardeaux, ces tuiles en bois dont on recouvre les toits.

– C'est bizarre que les trous soient encore si mous, après tout ce temps, ai-je dit.

Miss Maggie a fait une grimace.

– C'est à cause du sable.

Mais elle avait l'air dubitative.

Osh avait poursuivi sur le chemin sans nous attendre, et nous avons pressé le pas pour le rejoindre.

– Mouron rouge, a-t-il dit, en tendant le doigt.

De nouveau, je suis sortie du chemin pour en bourrer mes poches, en faisant plus attention cette fois-ci à l'endroit où je posais les pieds.

Quand nous avons atteint le sommet de la plus haute colline, nous avons trouvé un réservoir de briques et un gros rocher arrondi où nous nous sommes assis pour nous reposer.

De là, on apercevait au loin quelques petits lacs glaciaires et une rangée de bâtiments bâtis sur une falaise venteuse surplombant la baie de Buzzards. Au centre, un grand édifice. De part et d'autre, de modestes maisons rudimentaires tournées vers la mer.

– Ils vivaient là, a dit doucement Miss Maggie tandis que nous redescendions la colline.

En approchant des petites maisons, nous avons trouvé la trace d'un potager où tout était retourné à l'état sauvage. Un coin de cassissiers, des amas de terre comme si quelqu'un avait déterré des carottes ou des pommes de terre, même si je n'en voyais pas pousser là. Un peu plus loin, au bout de la rangée de maisons, un endroit noirci sur le sol où l'on avait fait du feu. Il restait quelques os, des plumes et des taches de graisse brillantes dans les cendres. *C'est un feu pour cuisiner,* me suis-je dit, *où quelqu'un a fait cuire un oiseau.* C'est ce feu que j'avais vu.

– Voici la léproserie, l'hôpital où l'on soignait les lépreux, a dit Miss Maggie, en nous menant jusqu'au perron du grand bâtiment qui s'élevait au milieu des petites maisons.

Osh et moi, immobiles, le regardions fixement.

– Je me demande combien de lépreux ont vécu ici.

– Pas tant que cela.

– Comment le savez-vous ?

– Je suis allée à la bibliothèque, a-t-elle dit, un peu embarrassée.

Elle savait ce que je pensais et elle partageait mon mécontentement. Des années auparavant, quand les gens avaient découvert qu'elle empruntait des livres pour mes leçons, ils les lui avaient donnés pour ne pas avoir à les remettre sur les étagères… et ils lui avaient dit qu'elle ne pouvait plus en prendre si elle avait l'intention de les mettre entre mes mains. Bien évidemment, elle avait continué à le faire et, quand elle devait les rendre, j'étais tentée en plus d'embrasser chaque page. « Quelle sottise ! C'est vraiment n'importe quoi ! » se plaignait-elle à chaque fois.

Quoi qu'il en soit, la bibliothèque de Cuttyhunk était très bien fournie pour un aussi petit village, et je ne regrettais pas qu'elle soit allée se renseigner.

– La plupart des lépreux étaient déjà malades avant d'arriver en Amérique. Certains venaient de Russie. D'autres du Japon, de Turquie, de Tobago, de Chine et du Cap-Vert. Ou d'ailleurs.

Je connaissais le cap Cod, la grande terre qui s'étendait au nord de nos îles, mais je n'avais jamais entendu parler du cap Vert. Je me suis tournée vers Miss Maggie :

– C'est où, le cap Vert ?

Elle a continué à regarder l'hôpital.

– Ce sont des îles au large du Sénégal.

– C'est où, le Sénégal ?

– En Afrique.

– Et Tobago ?

– C'est une autre île au large du Venezuela.

– Et le Venezuela ?

– Oh, pour l'amour du ciel, Corneille ! Il va vraiment falloir qu'en rentrant nous ayons une leçon de géographie.

– C’est où, le Venezuela ? ai-je insisté.

– En Amérique du Sud.

J’ai regardé mes bras. Ils étaient de la couleur que Osh obtenait quand il mélangeait du violet et du jaune, du bleu et de l’orange, du vert et du rouge.

Je me suis demandé à quoi ressemblaient les gens qui habitaient ces îles.

Peut-être étais-je une vraie fille des îles. Pas juste une habitante des îles Elizabeth, même si c’était ici que je vivais, sur les îles Elizabeth, quel que soit cet autre pays qui était peut-être aussi le mien.

– Beaucoup de gens ici sont originaires d’autres pays, n’est-ce pas ? ai-je demandé.

– Comment ça, ici ? À Penikese ? C’est précisément ce que je viens de t’expliquer, Corneille.

– Je ne voulais pas seulement dire ici.

Osh s’est mis à monter les marches.

– Faut-il vraiment entrer dans ce bâtiment ? a demandé Miss Maggie.

Il a continué à grimper et a dit :

– C’est pour cela qu’on est venus, non ?

Nous sommes restées où nous étions, Miss Maggie et moi, pendant que Osh traversait le perron couvert et frappait à la porte.

Personne n’a répondu, même lorsqu’il a frappé plus fort une deuxième fois.

Il a essayé d’ouvrir la porte mais elle était fermée à clef.

– Quel genre d'homme ferme sa porte à clef quand il est seul à vivre sur une île ?

Il a regardé à l'intérieur par une des fenêtres qui donnaient sur le perron, puis il est redescendu en haussant les épaules.

– Peut-être qu'il ne t'a pas entendu, ai-je dit en montant les marches.

– Il n'y a personne là-dedans, Corneille, a ajouté Miss Maggie.

J'ai quand même frappé fort à la porte. Et c'est là que j'ai entendu un bruit sourd à l'intérieur. Un bruit qui venait d'en haut, comme si quelque chose de lourd était tombé.

Au moment où j'ai levé le poing pour frapper de nouveau, un homme est soudain sorti de derrière la rangée de petites maisons.

Dans une main, il tenait une pelle et dans l'autre, un fusil.

Chapitre 10

L'homme s'est arrêté net en nous voyant.

Son fusil s'est levé, puis, dans le même mouvement, s'est rabaissé.

Nous devions présenter un étrange tableau : Osh, immense, Miss Maggie et moi.

– Qu'est-ce que vous fichez ici ? a-t-il demandé d'une voix forte en s'approchant à grands pas.

Il parlait avec un accent que je ne reconnaissais pas. Il n'était pas étranger, pas vraiment, mais il n'était pas du coin non plus. Il était grand, plus grand que Osh lui-même ; il avait une tête carrée, un visage plat et rougeaud. Il n'était ni jeune ni vieux. Ses vêtements étaient couleur de terre, de la tête aux pieds.

– Qu'est-ce que vous cherchez ?

– Je m'appelle Maggie, voici Daniel et voici Corneille, a dit Miss Maggie avec un large sourire, au moment où je revenais vers elle. Nous avons fait une sortie en mer depuis Cuttyhunk et nous avons eu envie de jeter un coup d'œil. Cela ne vous dérange pas, j'espère ?

Le garde ne lui a pas rendu son sourire.

– Si, ça me dérange et ça dérange les oiseaux. Et j'ai pas envie qu'on les dérange.

Il a jeté un coup d'œil vers l'étage de l'hôpital, puis, tournant les talons, il nous a lancé: «Venez voir par ici», tout en nous faisant signe de le suivre.

Nous l'avons accompagné jusqu'au bord de la falaise, au-dessus de la grève envahie de rochers.

– Des cormorans, a-t-il dit en désignant du doigt les gros oiseaux noirs perchés sur les rochers. Des goélands. Des sternes. Des chevaliers guignettes. Des pluviers. Des grands chevaliers. C'est moi, le gardien. Le garde-chasse. La chasse est interdite ici.

– Est-ce que nous avons l'air de chasseurs? a demandé Miss Maggie.

– Des chasseurs, y en a de toutes sortes.

– Alors pourquoi vous avez un fusil si on ne peut pas chasser ici? ai-je demandé.

– Les grandes mouettes mangent les œufs des petites mouettes, a-t-il répondu. Y a trop d'oies, aussi.

– Et vous les faites rôtir? ai-je dit en me rappelant le feu.

Il n'a pas répondu.

– Et pourquoi vous avez une pelle?

Il a grimacé.

– On aurait dû t'appeler «la fouine».

Osh s'est écrié: «Dites donc!» et a fait un pas vers lui, mais Miss Maggie l'a attrapé par le bras, m'a pris la main et a dit à l'homme:

– Bon. Si cela ne vous ennuie pas que nous fassions un tour, nous allons faire très attention à ne pas perturber les oiseaux.

Le garde a secoué la tête.

– Dans le sable, les œufs de pluvier, on dirait des cailloux. Quand vous aurez marché dessus, il sera trop tard.

Miss Maggie a acquiescé.

– Très juste, mais aucune mère pluvier digne de ce nom ne nous laissera s'approcher de son nid.

C'est alors que les mots ont jailli de mes lèvres avant même que je les aie sentis venir :

– Est-ce qu'il y a eu un bébé ici ?

Miss Maggie m'a écrasé la main.

– Un bébé quoi ?

– Un bébé. Un tout petit enfant. Quand il y avait des lépreux ici.

Il a fait un pas en arrière, ce qui n'avait aucun sens.

– J'ai rien à voir avec cela, a-t-il dit un peu trop fort. Ça fait des années qu'ils sont partis, et bientôt tout ce qu'ils ont laissé derrière eux sera incendié. On devrait aussi mettre le feu au cimetière si vous voulez mon avis. Si la terre et les os, ça pouvait brûler.

C'était à mon tour de reculer. Je me suis retournée et me suis éloignée de quelques pas. Osh m'a suivie. J'ai entendu Miss Maggie dire à l'homme :

– Nous ferons attention aux oiseaux.

– Vaudrait mieux, oui, a-t-il dit en montant les marches de l'hôpital. Et n'allez pas fouiner là où vous n'êtes pas chez vous. Je veux vous voir repartir très vite et sans rien de plus que ce que vous aviez en arrivant ici.

Je pensais aux fleurs dont j'avais rempli mes poches, soulagée à l'idée qu'elles soient muettes. Même si elles avaient pu parler, je ne pensais pas qu'elles m'auraient dénoncée, pas à un homme comme lui.

Il a fait tourner la clef dans la serrure, puis nous a regardés, l'air à la fois mauvais et mal à l'aise.

C'est bizarre, me suis-je dit.

– Vous êtes sur une réserve d'État. Pas sur un terrain de jeu.

Il a claqué la porte un peu trop violemment. Je l'ai entendu la refermer à double tour. Et c'était tout.

– Quel homme désagréable ! a lancé Miss Maggie.

– Il cache quelque chose, a dit Osh.

– Il parle bizarrement, ai-je ajouté.

– Pas bizarrement, a repris Miss Maggie, pensive. Il est de quelque part dans le Sud.

– Je croyais que vous aviez dit qu'il était du Maine.

Elle a secoué la tête.

– Je le croyais aussi, mais j'ai dû me tromper.

Je me suis tournée vers la maisonnette la plus proche :

– Je veux aller y jeter un coup d'œil. (Mais en regardant vers l'hôpital, j'ai vu l'homme qui nous surveillait derrière une fenêtre.) Ou peut-être, faisons une petite promenade d'abord.

Nous sommes repartis en file indienne le long d'un

sentier qui serpentait sur la lande ondulée entre les prunes des grèves et les bruyères, et nous avons traversé toute l'île jusqu'au point le plus au nord. Ici aussi, il y avait de-ci de-là des endroits où rien ne poussait. Je les montrais du doigt au fur et à mesure.

– Cet homme se promène avec une pelle, a dit Osh, il cherche quelque chose.

– Ou bien il l'enterre, a suggéré Miss Maggie. Peut-être les charognes, pour ne pas attirer les vautours.

– Qu'est-ce que c'est, des charognes ?

– Des animaux morts. Des choses mortes.

– Il doit y avoir plein de choses mortes sur cette île, ai-je dit.

C'est alors que nous sommes tombés sur le cimetière des lépreux, avant même de comprendre où nous étions. Il était délimité par une palissade. Nous avons poussé la grille et avons longé en silence les rangées de petites pierres tombales ornées de médaillons en métal. Près de la clôture, il y avait un simple poteau de bois avec, gravés en creux, un agneau et un seul nom : « Morgan ».

– Il y a un agneau enterré là ? ai-je demandé.

Miss Maggie s'est approchée. Elle avait les yeux fixés non pas sur le poteau, mais sur moi.

– Cela veut dire que c'est un bébé qui a été enterré ici. Un bébé appelé Morgan. Mais c'est impossible.

Je me suis agenouillée et j'ai passé la main sur l'agneau gravé.

– Pourquoi c'est impossible ?

– Parce qu'un bébé est bien né ici, juste après le début de la colonie, mais il a été envoyé sur la terre ferme, dans un orphelinat. Il doit être un homme maintenant.

– Comment savez-vous cela ?

– À la bibliothèque, il y a un récit que le médecin a publié. Le docteur Eastman. Il ne parle absolument pas d'un autre bébé. Juste de ce petit garçon, qui n'est pas mort à Penikese.

– Alors, qui est le bébé qui est enterré ici ?

Elle a secoué la tête en disant :

– Je n'en sais rien.

Je me suis remise debout et j'ai frotté les herbes sèches collées à mes genoux.

– Est-ce qu'on peut se renseigner ?

– Enfin, Corneille, ce n'est pas toi qui es enterrée ici. Pourquoi est-ce que tu veux savoir ?

– Est-ce qu'on peut se renseigner ? ai-je répété.

Miss Maggie a poussé un soupir.

– On peut toujours essayer, je pense.

Osh n'a rien dit.

Il a regardé fixement l'agneau gravé sur le poteau, puis moi, puis la mer. Quand il a tourné les talons pour sortir du cimetière, nous l'avons suivi. Nous avons coupé à travers l'île pour revenir au port, en suivant les pistes sinueuses des lapins jusqu'à atteindre l'escarpement qui surplombait le ponton où nous avions accosté.

De là, j'ai vu une longue série de cercles dénudés alignés en bas de l'escarpement, comme si un cheval géant avait laissé de grandes empreintes en galopant le long de la falaise.

J'ai tendu le bras et crié :

– Regardez !

– Des trous, encore des trous, a dit Miss Maggie. C'est de plus en plus curieux.

– Il n'enterre rien, il creuse, a dit Osh.

– Qu'est-ce qu'il peut bien chercher ? C'est trop sec à cet endroit pour les palourdes, a repris Miss Maggie.

– La même chose que les autres nigauds.

Je savais à quoi Osh pensait : à ceux qui venaient de la terre ferme avec leurs longues tiges et leurs pelles, dans l'espoir de trouver l'or des pirates ou les trésors des naufragés.

– Hum… il n'avait pas l'air d'être ici pour rigoler, a dit Miss Maggie, songeuse.

– Il avait plutôt l'air mauvais, et mal à l'aise de nous voir sur l'île, a ajouté Osh.

Je me suis souvenue du choc sourd que j'avais entendu à l'intérieur de l'hôpital, juste avant que le garde surgisse avec son fusil. Je n'avais aucune idée de ce qui avait causé un bruit pareil, mais j'étais d'accord avec Osh : l'homme avait paru mal à l'aise.

– Et pressé de nous voir partir, a renchéri Miss Maggie.

J'imaginais le garde retournant toute la surface de l'île, creusant trou après trou, pendant que les sternes et les pluviers piquaient sur lui, craignant pour leurs œufs.

Et j'ai pensé à la bague ornée d'un rubis rangée dans la boîte à épices sur le rebord de ma fenêtre.

– Il doit avoir une bonne raison de penser qu'il y a quelque chose ici, a dit Osh.

– Ou bien il s'ennuie à mourir. Rien que le vent qui souffle suffirait à rendre fou n'importe qui.

– Je ne pense pas qu'il soit fou de cette manière-là, ai-je dit. Il est plutôt fou de colère.

– Il n'a pas trouvé ce qu'il était venu chercher, a affirmé Osh, et il n'est pas là pour les oiseaux.

Miss Maggie s'est dirigée vers notre canot.

– Nous allons pique-niquer, puis nous repartirons. Mais quand nous serons rentrés, nous allons, nous aussi, creuser la question.

– Je voulais voir les petites maisons.

– Nous reviendrons un autre jour. N'est-ce pas, Osh ?

Il n'a rien répondu.

Après cela, j'ai été tentée de tout laisser tomber.

Peut-être Miss Maggie disait-elle vrai : je n'étais pas lépreuse, que je vienne ou non de Penikese. Pourquoi se faire du souci ?

Peut-être Osh disait-il vrai : même si je pouvais trouver que je ne venais pas de Penikese, les autres habitants de l'île continueraient à me traiter comme un être bizarre et effrayant, pour toutes sortes de raisons. Ou sans aucune raison.

Mais peut-être mon cœur disait-il vrai : il reconnaissait cette île désolée, les vieilles maisons délabrées, le petit cimetière entouré de sa palissade, les pierres tombales et l'agneau. Et surtout cette lettre en lambeaux, collée sur ma poitrine comme une cicatrice.

Tout était lié.

Peut-être. Du moins je le pensais.

Mais sans savoir comment.

Chapitre 11

Je n'avais jamais écrit à personne, et ce n'était pas moi qui tenais la plume, mais Miss Maggie a affirmé que c'était à moi de composer la lettre.

– Comment allons-nous savoir à qui l'envoyer ?

– Nous avons ce livre de la bibliothèque, le livre du docteur Eastman. Il l'a écrit en Louisiane, à Carville. Combien de léproseries peut-il y avoir dans une petite ville ? La lettre lui arrivera, il n'y a aucun doute.

La lettre consistait principalement en une liste de questions. Je tournais autour de Miss Maggie, qui les notait, assise à la table de sa cuisine. Je me sentais géante.

Mia, qui m'avait accompagnée chez elle, me suivait comme mon ombre pendant que je déambulais, ce qui me donnait l'impression d'être encore plus grande.

Voici ces questions :

Quel était le prénom du premier bébé ? Celui qui est né juste après l'établissement de la léproserie ?

Où a-t-il été envoyé ?

Qui était sa mère ? Qui était son père ?

Y a-t-il eu un autre bébé appelé Morgan, qui est enterré à Penikese ?

A-t-il la même mère ?

De quoi Morgan est-elle morte ?

Y a-t-il eu un troisième bébé, qui a été mis dans un canot et poussé au large ?

Miss Maggie s'est interrompue.

– Si le médecin avait entendu parler de cela, tu peux être certaine qu'il serait venu te chercher.

– Vous m'avez dit qu'il n'a jamais répondu à votre lettre. Celle que vous aviez écrite quand j'étais toute petite pour savoir d'où je venais.

– C'est exact.

– Peut-être va-t-il vous répondre maintenant.

Elle a donc noté ma dernière question en poussant un soupir.

– Je l'imagine très bien lire cela et se demander pourquoi nous l'interrogeons ainsi.

J'ai relu ce qu'elle avait écrit et j'ai ajouté deux questions :

La mère est-elle toujours vivante ? Et le père ?

Ma voix tremblait un peu. Mia m'a regardée d'un air bizarre et s'est frottée contre ma jambe.

Miss Maggie s'est levée pour aller chercher une tranche de bacon pour Mia – qui l'a jetée en l'air avant de la plaquer au sol et de la traîner dehors au soleil –, et un petit gâteau au gingembre pour moi.

Nous sommes restées assises, en silence, et je l'ai mangé le plus lentement possible pour avoir le temps de réfléchir.

Il y avait de si nombreuses hypothèses. J'avais peut-être une mère. Et un père. Et un frère. Trois personnes. Ou deux seulement. Ou une. Ou aucune. Et aucun moyen de savoir où chercher après. Ni même de savoir s'il fallait chercher.

Tout cela me donnait mal à la tête.

– Je n'ai pas d'autre question pour le moment, ai-je dit. Rien auquel le docteur puisse répondre.

– Moi non plus, a-t-elle dit en me tendant le stylo. Signe tout en bas.

J'ai pris le stylo.

– Qu'est-ce que je dois écrire ?

– Ton nom, a-t-elle dit en riant.

– Quoi ! Juste Corneille ?

– Oui. Corneille.

– Et rien d'autre ?

Elle a haussé les épaules.

– Qu'y a-t-il d'autre à écrire ?

C'était l'une des choses qui allait peut-être revenir avec la réponse. Un autre nom. Soudain, je n'étais plus certaine de vouloir creuser davantage.

J'ai passé la semaine suivante à travailler dur. Pendant que nous nous occupions de notre potager, Osh et moi-même, j'imaginais ma lettre traversant la baie dans le ferry de New Bedford. Je la voyais dans un camion se dirigeant vers Boston pendant que nous réparions nos filets et que nous rebouchions les fentes des murs par lesquelles l'hiver avait pénétré dans notre cabanon. J'avais plus de difficultés à imaginer l'avion qui l'emporterait vers le sud. J'avais déjà vu un ou deux aéroplanes survoler les îles et je savais ce que c'était, mais je n'arrivais pas à comprendre comment une si lourde machine n'allait pas plonger vers le sol et entraîner ma petite lettre dans sa chute. Au bout d'une semaine, j'ai commencé à aller attendre le courrier chaque matin au débarcadère.

Je devais avoir l'air si impatiente et pleine d'espoir que le postier, Mr. Johnson, a été un peu moins bourru avec moi que d'habitude. En arrivant au débarcadère pour récupérer le courrier, il m'a fait un petit signe de la tête et m'a dit :

– Je m'arrangerai pour que la lettre te parvienne directement et le plus vite possible, quand elle arrivera.

Mais tout en disant cela, il est resté à bonne distance.

Même si je lui faisais confiance, j'ai continué à venir m'asseoir sur les rochers chaque matin et à guetter le ferry, en espérant qu'il apporte une lettre.

En espérant aussi qu'il n'en apporte pas.

Toute cette affaire laissait Osh dubitatif.

– On est ce que l'on fait.

Je savais qu'il avait raison, mais je lui ai quand même demandé :

– Est-ce qu'on peut avoir été quelqu'un et devenir quelqu'un d'autre ?

Il a acquiescé.

– Oui, j'étais quelqu'un. Je suis devenu quelqu'un d'autre.

– Et alors ?

– Alors ça, c'est gravé dans la pierre. Le reste, dans l'eau.

Il était assis à l'ombre de la maison et peignait des nuages d'orage surplombant un petit bateau.

J'ai attiré Mia sur la plage avec un bout de ficelle et je l'ai regardée essayer de l'attraper en tournant sur elle-même jusqu'à ce qu'elle culbute.

– T'es vraiment idiote ! lui ai-je dit pendant qu'elle revenait à la raison et se roulait dans le sable sec.

– Si tu n'as rien à faire, tu peux aller ramasser du bois mort, m'a lancé Osh.

Cela et bien d'autres tâches.

Les oiseaux n'arrêtaient pas de planter des mauvaises herbes dans notre potager. Miss Maggie avait besoin de paille fraîche pour son clapier, et je n'avais pas encore ramassé les moules que nous voulions manger pour notre dîner.

Comme s'il avait lu dans mes pensées, Osh m'a lancé :

– Rapporte des moules avec beaucoup d'eau de mer et va déterrer quelques oignons verts.

Mais le ferry arriverait bientôt, et je me suis dit que j'allais commencer par cela. La marée était à moitié haute, et j'ai dû traverser le chenal en luttant contre le courant pour ressortir trempée de l'autre côté. Mes vêtements dégoulinaient agréablement en ce jour de chaleur. Après chaque traversée, je m'ébrouais comme un chien et j'essorais mes habits du mieux que je pouvais. Ils séchaient, tout plissés et blancs de sel.

Cela ne me dérangeait pas. Ni Osh. Nous étions lavés par la mer, séchés par le soleil, et cela nous convenait parfaitement. Mais pas à Miss Maggie : elle fabriquait elle-même son savon et me forçait à en accepter un morceau, de temps à autre, « pour éviter les démangeaisons ».

Elle avait raison : l'eau de mer, en séchant, donnait envie de se gratter. Mais son savon me donnait une odeur plus sucrée que d'habitude, et Mia préférait que ma peau ait un goût salé.

– Pas de lettre pour toi, je le crains, a dit Mr. Johnson en remontant du débarcadère, le sac de courrier sur l'épaule. Peut-être demain.

Il a fait un détour pour ne pas passer trop près de moi et a poursuivi son chemin.

– Si elle arrive demain et que je ne suis pas là, où la déposerez-vous ?

Il s'est arrêté net.

– Si c'est ton nom qui est sur l'enveloppe, c'est ta lettre à toi. Mais tu n'as pas d'adresse, Corneille, alors je la donnerai à Miss Maggie. Elle te la donnera ensuite.

Et c'est ce qu'il a fait.

Parfois, lorsque c'était nécessaire, un deuxième ferry accostait dans l'après-midi, et ce jour-là, ce fut le cas. Il apportait un deuxième sac de courrier avec une seule lettre à l'intérieur : la mienne.

– Corneille !

Miss Maggie m'a appelée depuis un ponton de pêche érigé en face de notre île, pendant que je ramassais des moules sur les rochers en contrebas.

– Je suis là, en bas ! J'arrive !

J'ai escaladé les rochers jusqu'à un endroit où nous pouvions nous voir.

– Ta lettre, m'a-t-elle dit en la brandissant.

Je me suis redressée.

– Vous l'avez ouverte ?

– Bien sûr que non !

– Vous allez l'ouvrir ?

– Bien sûr que non ! a-t-elle répété.

Elle a fait demi-tour pour quitter le ponton, et je l'ai rejointe, les moules clapotant dans mon seau plein d'eau.

Je me suis assise à côté d'elle au soleil sur une pierre plate, pas trop près pour que mes vêtements trempés ne dégoulinent pas sur elle. Elle m'a tendu l'enveloppe sur laquelle j'ai lu : *Corneille, Île de Cuttyhunk, Massachusetts.*

Il y avait trois jolis timbres, rayés bleu et rouge, et des cachets circulaires à l'encre violette où figuraient des chiffres. Si ce devait être la seule lettre de toute ma vie, cela m'était égal : elle me suffirait.

– Allez-y, lui ai-je dit. J'ai les mains mouillées. Ouvrez-la.

De l'autre côté du chenal, je voyais Osh en train de désherber notre potager.

Je suis restée les yeux fixés sur lui pendant que Miss Maggie ouvrait l'enveloppe et en tirait une lettre qu'elle a dépliée.

Chapitre 12

Chère Corneille, a lu Miss Maggie.

Je vous remercie beaucoup pour votre lettre. Je me suis souvent demandé, depuis que j'ai quitté Penikese, s'il y avait d'autres personnes comme vous qui s'intéressent non pas à la maladie elle-même, mais aux personnes que je soignais. Trop souvent, on me demande d'être médecin et de parler en tant que tel. On me demande rarement de raconter l'histoire des gens qui ont passé les dernières années de leur vie sur cette île, ou de ceux qui sont venus avec moi quand nous l'avons quittée.

Vos questions concernent à la fois ceux qui y sont restés après notre départ, et une infirmière qui a fait le long voyage jusqu'à notre nouvelle demeure dans le Sud.

J'y répondrai de mon mieux.

Pour commencer: «Quel était le prénom du premier bébé? Celui qui est né juste après l'établissement de la léproserie?»

À la différence d'autres questions, je peux y répondre, mais peut-être pas d'une manière qui vous satisfera. Ce bébé s'appelait Jason Dias. Il était en pleine santé, mais pas sa mère, Susanna. Ni son père, Elvan, malheureusement. Tous deux sont morts à Penikese. Je n'ai aucune idée de la façon dont Jason s'appelle désormais. Il a été envoyé dans un orphelinat à New Bedford dès sa naissance, sans que ses parents puissent le prendre une seule fois dans les bras. Après cela, je n'ai eu que trois fois l'occasion de le voir, une fois par an, jusqu'à son troisième anniversaire. Il ne montrait aucun signe de maladie, c'est pourquoi je ne l'ai pas revu. Et je n'ai jamais entendu dire qu'il soit tombé malade, ou qu'il ait été adopté. En bonne santé ou pas, il venait d'un endroit qui explique que la plupart des gens n'aient pas voulu s'occuper de lui. Mais s'il a été adopté, il se peut qu'il porte désormais un autre nom que celui que sa mère lui a donné.

Cela me faisait de la peine d'avoir à dire à Susanna que Jason était encore à l'orphelinat et qu'il grandissait à l'écart des autres enfants, à l'écart de tout le monde, et qu'il ne voulait pas parler. Après ma première visite à l'orphelinat, j'ai essayé de lui mentir, mais je ne sais pas mentir, et elle était très fine. Elle savait que la vie ne serait pas facile pour son fils. Mais apprendre que personne ne le berçait jamais pour qu'il s'endorme, ou ne lui faisait de câlins, c'était comme un poison, et je reconnais que ce fut un soulagement de ne plus avoir à lui raconter de telles choses.

Miss Maggie a levé les yeux et poussé un soupir.

– Et l'autre bébé ? ai-je demandé. Que dit-il sur Morgan ?

Miss Maggie a repris, mais la lecture semblait l'épuiser.

L'histoire du bébé Morgan qui est mort est très étrange. Oui, la même mère, Susanna, a attendu un autre enfant plusieurs années après la naissance de Jason, mais elle habitait alors dans l'une des petites maisons et elle a accouché seule avec son mari et mon infirmière, Miss Evelyn.

Je ne l'ai su qu'après la naissance, qui a eu lieu pendant la nuit. Au matin, ils avaient enterré l'enfant et ils refusèrent d'en parler, sauf pour me dire qu'il était mort-né, mais qu'il avait paru sans défaut. Je n'ai jamais compris pourquoi ils n'étaient pas venus me chercher quand elle était entrée en travail, ou pourquoi ils l'avaient enterré si rapidement, sans même attendre le pasteur. Mais la douleur a ses raisons et elles sont profondes.

Ils m'ont dit que peut-être Morgan était mieux auprès de Dieu que solitaire dans ce monde.

Miss Maggie s'est interrompue de nouveau. Elle a regardé au loin, avant de reprendre sa lecture.

Après cela, la santé de Susanna s'est rapidement dégradée et elle est morte quelques mois plus tard. Elle est enterrée à Penikese, aux côtés de son mari, qui ne lui a survécu qu'un an.

Il y a une autre personne qui peut vous donner des détails sur cette histoire, l'infirmière, Miss Evelyn Morgan, qui a vécu à Penikese avant que nous nous installions en Louisiane. Susanna et elle étaient très proches, si proches que Susanna a donné le nom de « Morgan » à son deuxième enfant, en l'honneur de son amie, qui était comme une sœur pour elle.

Miss Evelyn est très émue de savoir que vous avez écrit pour poser des questions au sujet de Susanna.

Je n'ai aucune information sur un troisième enfant qui aurait été placé dans un bateau – quelle étrange question ! Il n'y a pas eu de troisième enfant, j'en suis tout à fait certain. Mais Miss Evelyn désire beaucoup que vous lui écriviez, car elle a peut-être quelque chose à vous raconter, m'a-t-elle dit, qui pourrait satisfaire votre curiosité.

La mienne, je dois l'avouer, a été éveillée non seulement par vos questions, mais par les raisons que vous avez de les poser.

Si vous acceptiez de m'en faire part, n'hésitez pas à m'écrire de nouveau.

Je reste…

Il avait alors signé en traçant son nom avec beaucoup de fioritures, puis la date : *Le 8 juin 1925*, et son adresse : *Carville, Louisiane.*

– Voilà, a dit Miss Maggie, la lettre encore dans la main, la main posée sur ses genoux. Il n'y a pas eu de troisième bébé, Corneille. Il n'y a que Jason, qui a été envoyé à l'orphelinat, et Morgan, qui est morte à la naissance. Tu n'es pas de Penikese.

J'étais surprise, déroutée : je n'étais pas du tout convaincue par cette conclusion. J'avais peur d'y croire. Plus profondément, je n'avais *pas envie* d'y croire.

J'étais presque… déçue.

Je ne comprenais pas pourquoi je n'étais pas satisfaite.

Je n'avais jamais voulu venir de Penikese.

Je n'avais jamais voulu être née de parents lépreux. Désormais, je savais que ce n'était pas le cas. Si je le voulais, je pouvais monter en haut de Lookout Hill, m'avancer au pupitre un dimanche pendant le service ou grimper sur le toit de la maison la plus haute de l'île et crier la nouvelle à tous ceux qui voudraient m'écouter.

Mais je m'étais mise à imaginer ma mère comme une femme courageuse, triste, malade. Une femme comme Susanna. Une femme que j'aurais voulu connaître.

Pendant des semaines, à chaque fois que j'avais pensé à elle, ce n'était pas son visage que je voyais, c'était le mien.

Il faudrait mettre fin à cela.

– S'il vous plaît, ne dites rien à personne à Cuttyhunk.

Miss Maggie a eu l'air surprise.

– Pourquoi ?

– Je ne sais pas, ai-je dit lentement.

Je me souvenais de ce que j'avais ressenti devant l'hôpital de Penikese en apprenant que certains lépreux étaient venus d'autres îles, du Cap-Vert ou de Tobago. Que certains avaient eu la même couleur de peau que moi, la teinte qu'obtenait Osh quand il mélangeait ses arcs-en-ciel de peinture. Que de vraies personnes avaient vécu là. De vraies personnes portant des noms, Elvan, Susanna. Pas des mystères. Pas des peut-être. De vraies personnes. Comme moi.

Mais si j'étais l'une d'entre elles, comment pouvais-je être aussi une habitante des îles Elizabeth ?

Ou fallait-il que je choisisse ?

– Je sais ce que le médecin a écrit, ai-je dit, les yeux levés vers Miss Maggie. Mais vous ne pensez pas qu'il soit tout de même possible que je vienne de Penikese ?

Miss Maggie a eu un sourire triste.

– Je ne vois pas comment. Serait-ce que tu préférerais être de Penikese plutôt que de venir de nulle part ?

Peut-être. Il fallait que je le reconnaisse : c'était sans doute la vérité. Ou une partie de la vérité.

– Quoi qu'il en soit, pourquoi ne rien dire aux autres habitants ?

Je savais que Miss Maggie n'apprécierait pas ma réponse. Elle considérait l'orgueil comme un péché.

– Si je n'étais pas assez bien pour eux avant, je n'ai pas envie d'être l'un d'entre eux maintenant.

– Oh ! C'est dur, ce que tu dis là, Corneille, et tu n'es pas quelqu'un de dur. (Elle a pris ma main dans la sienne.) Quand on a l'occasion de se rapprocher des gens, il faut la prendre. Ce n'est pas que tu n'étais pas assez bien. Les gens ont peur de ce qu'ils ne comprennent pas.

– Qu'est-ce qu'il y a de difficile à comprendre chez moi ? Ce sont eux qui sont difficiles à comprendre, pas moi.

– Tu n'as pas tort, a dit Miss Maggie, mais je ne peux pas t'expliquer ce que pensent les autres.

– Moi non plus. Et je n'ai pas envie de me donner mal à la tête en essayant.

Chapitre 13

J'ai transporté la lettre entre les dents jusque chez nous, afin de pouvoir faire passer librement le seau de moules, qui était très lourd, d'une main à l'autre.

– Tu voudrais que je t'appelle le Chien ? m'a demandé Osh quand j'ai franchi la porte.

Je me suis dirigée droit vers lui avec la lettre, qu'il a récupérée, le temps que je me sèche les mains sur un bout de tissu et que je la reprenne.

– Elle vient du médecin, ai-je dit en la posant sur la table.

Osh a versé les moules et l'eau de mer dans une casserole.

Je suis sortie, j'ai enlevé mes vêtements trempés pour les accrocher sur le fil. Avant d'enfiler ceux qui avaient séché au soleil, je les ai battus contre les rochers pour ôter le sel qui les rendait tout raides, soulevant ainsi de petits nuages de cristaux blancs.

Osh avait laissé la lettre sur la table, dans l'enveloppe.

Je savais qu'il ne l'aurait pas lue, même s'il avait pu, sans me demander.

– Tu veux savoir ce qu'elle raconte ?

Il était en train de frotter les moules pour les débarrasser de leurs filaments et n'a pas levé les yeux de sa tâche.

– Plutôt oui que non, je pense.

Je lui ai lu la lettre en déchiffrant facilement les mots les plus difficiles parce que je les avais déjà entendus de la bouche de Miss Maggie, puis j'ai attendu sa réaction.

– Donc tu ne viens pas de Penikese.

J'ai remis la lettre dans l'enveloppe et j'ai dit :

– C'est ce que croit Miss Maggie, elle aussi, mais je ne sais pas. Moi je pense que si, peut-être.

Osh a arrêté ce qu'il faisait, il s'est essuyé les mains et il est venu s'asseoir à côté de moi. Il m'a regardée avec intensité.

– Pourquoi dis-tu cela ?

J'ai haussé les épaules.

– Miss Maggie pense que je veux simplement venir de quelque part, de n'importe où, même d'une colonie de lépreux. Mais ce n'est pas cela. (Je me suis frotté le front avec la paume de ma main.) Peut-être que je réfléchis à cette possibilité depuis si longtemps qu'elle a l'air vraie maintenant. Sauf que ce n'est pas tout.

Mais ce qu'il y avait en plus, je ne savais pas comment l'exprimer.

Au bout d'un moment, Osh a poussé un soupir, il a croisé les mains et m'a dit :

– Tu dois être plus patiente, Corneille. Ce que tu fais, c'est perturbant – essayer de trouver ce qui est le plus important pour toi. Ce qui compte, ce qui ne compte pas… C'est très perturbant, je le sais. C'est comme être pris dans un ouragan. Il faut réussir à reculer un peu pour observer la tempête, sans être emportée par elle. Sinon, tu risques de te jeter tête baissée dans quelque chose de pire.

J'ai réfléchi.

– Ce que tu veux me dire, c'est qu'il faut que j'arrête de rechercher ma famille ?

Il a fermé les yeux et, après un moment, il m'a dit :

– Non, Corneille, mais je pense vraiment que tu devrais regarder à l'intérieur autant que tu regardes à l'extérieur.

– Je ne comprends pas ce que tu veux dire.

Osh a pris son temps pour choisir ses mots.

– Parfois, a-t-il expliqué lentement, les gens savent les choses. Ils ne les apprennent pas. Ils ne les déduisent pas. Ils ne les découvrent pas. Ils les *savent*. Et tout ce que les autres ont à dire à ce sujet n'a aucune importance. (Il a détourné les yeux.) J'ai atterri ici parce que mon pays n'était pas vraiment mon pays. C'était juste l'endroit où je vivais. Un endroit où certains d'entre nous comptaient moins que les autres. Où nous faire souffrir était un jeu.

J'ai attendu aussi silencieusement que possible. Osh ne parlait jamais de sa vie avant l'île.

– Et face à cette… rage, gratuite, cruelle, stupide, je n'ai pas pu protéger les gens que j'aimais. Je les ai suppliés de venir avec moi mais ils n'ont pas voulu. Alors, quand j'ai quitté tout ce que je détestais, j'ai aussi quitté tout ce que j'aimais, Corneille. Et cela m'a brisé, cela m'a fendu comme on fend du bois pour le feu. Et j'ai été plongé dans un feu pendant une période. (Il a poussé un soupir.) Je ne parlais pas anglais quand je suis arrivé. Je n'avais pas d'endroit où vivre. J'ai travaillé dans des usines, j'ai construit des machines pendant si longtemps que j'avais l'impression d'être une machine moi-même. C'était ça, ou mourir de faim. J'ai finalement choisi de mourir de faim. J'ai choisi un bateau avec une voile bleue. Tout petit. Propre. Silencieux. Je me souviens avoir su – su de cette façon dont je te parle – qu'il m'emmènerait dans une autre vie.

Il m'a souri.

– C'est ce qu'il a fait. Et peu après, tu es arrivée ici, de la même manière.

– Moi, je ne suis pas arrivée ici à cause de ce que je savais. J'étais juste un bébé.

– Non, c'est vrai. Quelque chose d'autre t'a amenée ici, et cela, tu le sais – quel que soit le nom qu'on lui donne, à cette chose. (Il m'a regardée droit dans les yeux.) Tu peux apprendre des choses des gens, ou apprendre en gardant les yeux ouverts. Mais tu peux aussi apprendre à partir de toi-même. De ce que ton instinct te dit. Si tu y es attentive.

– Je croyais que tu voulais que j'arrête d'être aussi curieuse.

Il a poussé un profond soupir.

– C'est vrai. Mais ce que je veux, moi, n'a aucune importance. C'est juste que je n'aime pas t'imaginer toi, seule, dans le vaste monde.

– Alors, arrête, lui ai-je dit, en tendant le bras au-dessus de la table pour poser ma petite main sur ses grandes mains. Je ne vais nulle part.

Chère Miss Evelyn, ai-je écrit un peu plus tard ce soir-là sur une feuille de ce papier spécial, un beau papier épais, que Osh utilisait pour peindre.

J'ai pris soin d'écrire aussi lentement et clairement que possible.

Le docteur Eastman m'a dit que je pouvais vous écrire pour vous poser d'autres questions sur Penikese et sur les bébés qui sont nés là-bas, Jason et Morgan.

Je me suis arrêtée pour lécher la mine de mon crayon.

J'ai été tentée d'écrire ma propre histoire, de raconter comment je m'étais échouée dans un vieux rafiot, une lettre presque illisible et une bague ornée d'un rubis cachées dans mes langes.

Si Miss Evelyn avait des réponses à mes questions, alors elle connaissait déjà mon histoire. Si ce n'était pas le cas, je ne voyais pas l'intérêt de lui raconter quelque chose d'aussi intime. Mais comment poursuivre sans raconter mon histoire de manière directe ? Alors je me suis laissé entraîner par mon crayon.

Mes questions sont seulement des mots, je me demande s'ils veulent dire quelque chose pour vous.

Je me suis interrompue de nouveau et j'ai relu ce que j'avais écrit. Si le papier n'avait pas coûté aussi cher, je l'aurais déchiré et j'aurais recommencé. Au lieu de ça, j'ai écrit une liste de mots qui pourraient ouvrir toutes sortes de vieilles portes :

Bébé
Canot
Bague
Petite plume
Agneaux

Je me suis rappelé la lettre dans la boîte à épices.

Mer de lumière

Puis plus rien.

Neuf mots. Seulement neuf mots. Presque rien qui vaille la peine d'écrire.

Je suis désolée, vous allez me trouver stupide. Peut-être que je le suis vraiment. Merci.

Puis j'ai imité le médecin et terminé ma lettre ainsi :

Je reste…
Corneille

Je ne voyais pas comment je pouvais « rester » autre chose que Corneille, mais la lettre était terminée. Je l'ai pliée et mise de côté. Demain, Miss Maggie saurait comment la poster.

– Ça va te coûter de l'argent, a-t-elle dit en brandissant une enveloppe. Ça et le timbre.

J'ai acquiescé.

– Le poulailler ?

– Oui. Nettoie-le et remets de la paille fraîche. Mets le fumier dans la brouette et va la vider derrière la grange. Puis viens déjeuner quand tu auras fini.

J'aurais fait cette corvée pour rien. Pour payer mes leçons. Pour payer mon déjeuner. Mais Miss Maggie refusait de se faire rémunérer pour cela.

Osh tenait absolument à la remercier et lui offrait des tableaux qu'elle accrochait chez elle. Au-dessus de sa cheminée il y avait un champ et des moutons ; entre les deux fenêtres de sa cuisine, un petit bateau luttant contre le courant dans le Goulet.

Les poules m'aimaient bien, à condition que je ne vienne pas avec Mia, qui n'avait pourtant pas de mauvaises intentions, mais elles étaient farouches et signalaient toujours son arrivée en courant dans tous les sens, dans un raffut d'enfer et un tourbillon de plumes.

– Toi, tu restes là, ai-je dit à Mia, qui m'a obéi en se laissant tomber sur le sol au soleil. Elle s'est mise à se lécher une patte, sa manière de me dire : «Très bien. Les poules, ça sent mauvais, de toute façon.»

C'est vrai que ça ne sentait pas bon du tout dans le poulailler plein de détritus. J'ai relevé le col de ma chemise pour le plaquer contre mon nez pendant que je nettoyais l'endroit. Le temps de finir cette corvée, j'étais en sueur, couverte de poussière et de plumes qui me collaient à la peau. J'ai mis un bon moment à m'en débarrasser en me frottant et en m'aspergeant d'eau à la citerne où Miss Maggie récupérait l'eau de pluie, avant d'aller la rejoindre. Elle m'a tendu un torchon en disant :

– J'ai l'impression qu'à chaque fois que je te vois tu dégoulines. Sèche-toi avant de rentrer.

Je lui ai vite obéi, alléchée par la bonne odeur de soupe qui mijotait sur la cuisinière.

Miss Maggie a pris deux assiettes pour nous et posé une soucoupe pour Mia près de la porte. Puis elle a sorti les petits pains du four. Ils étaient croustillants à l'extérieur, moelleux et tout chauds à l'intérieur.

Je ne connais rien de meilleur qu'un petit pain trempé dans une bonne soupe bien épaisse de palourdes et de pommes de terre. Nous avons mangé en silence jusqu'à ce que Miss Maggie désigne de la tête la lettre posée sur la desserte.

– C'est pour l'infirmière ?

J'ai fait signe que oui.

– J'espère que cela ne vous ennuie pas que je l'aie écrite toute seule ?

Miss Maggie a reniflé comme Cinders quand elle a un moucheron coincé dans les naseaux.

– Quel est le professeur qui ne serait pas content qu'un de ses élèves n'ait plus besoin de lui ?

– Oh ! ce n'est pas ça du tout, j'ai encore besoin d'apprendre plein de choses.

– Mais plus comment écrire une lettre.

Elle a rajouté un peu de poivre dans sa soupe et m'a tendu le moulin.

– Vous voulez la lire ?

– Tu me le proposes vraiment ?

J'ai hoché la tête.

– Il y a des choses que je ne vous ai pas encore racontées. Mais je préfère que vous la lisiez d'abord.

Je l'ai regardée déplier la lettre. Elle l'a parcourue, un sourcil levé. Puis les deux.

– C'est sans doute la lettre la plus courte que j'aie jamais lue, a-t-elle commenté, et la plus cryptique.

– Qu'est-ce que ça veut dire ?

– La plus mystérieuse. La plus intrigante.

Peut-être Miss Evelyn en Louisiane aurait-elle la même réaction.

– Qu'est-ce que vous comprenez alors ?

Les lèvres pincées, Miss Maggie a relu la lettre.

Puis elle a fini par dire :

– Eh bien, je sais pourquoi le mot « bébé » est sur la liste. Ainsi que « canot ». Mais les autres mots ? « Bague » ? « Mer de lumière » ?

Je lui ai donc raconté l'histoire de la bague et de la lettre en lambeaux qui étaient arrivées avec moi dans le vieux rafiot.

– Je vous aurais tout raconté plus tôt, mais ça ne fait pas longtemps que je l'ai appris. C'était juste avant que nous allions à Penikese.

– Je suis heureuse que tu me confies tes secrets et je les garderai. (Elle m'a resservi une assiette de soupe avec un deuxième petit pain.) Mange ça, tu n'as vraiment que la peau sur les os.

Quant à Mia, elle a fini toute sa soupe, sauf deux petits cubes de pomme de terre et de carotte que Miss Maggie a mis de côté pour les cochons en maugréant :

– Comme si un morceau de légume, ça allait te faire du mal.

Dès qu'elle a eu le dos tourné, j'ai glissé à Mia un bout de poitrine de porc que j'avais dans mon assiette ; elle l'a avalé d'un coup avant de sortir dans la cour à la poursuite d'une libellule.

– Tu iras la poster toi-même, a dit Miss Maggie en mettant ma lettre dans une enveloppe.

Encore une chose que je n'avais jamais faite. Ces derniers temps, je multipliais les premières expériences et, jusqu'à présent, je ne m'en sortais pas trop mal.

Le bureau de poste était à peine plus grand que le poulailler de Miss Maggie, mais il sentait nettement meilleur malgré les cigares de Mr. Johnson.

Quand Miss Maggie est entrée, il a dit :

– Oh ! Bonjour, Maggie, que puis-je...

Mais il s'est brusquement interrompu quand il a vu que je la suivais et que je me dirigeais vers le comptoir. Je lui ai tendu la lettre en disant :

– J'aimerais envoyer cette autre lettre.

Il ne l'a pas prise.

– Maggie, le courrier qui venait de Penikese était désinfecté avec du formol avant de quitter l'île. Et je n'en ai pas.

– Nous ne sommes pas à Penikese, a-t-elle répliqué, et cela fait des années que Corneille vit ici. Vous allez vraiment vous comporter comme cela ? Alors que Dieu vous regarde ?

– C'est injuste de dire cela, Maggie. J'ai toujours été correct avec vous.

– Cela n'a rien à voir. C'est Corneille qui veut poster cette lettre, pas moi.

J'ai regardé Mr. Johnson droit dans les yeux et je lui ai dit :

– Je voudrais envoyer cette lettre à Carville, en Louisiane, s'il vous plaît.

Je l'ai posée sur le comptoir. Au bout d'un moment, il a demandé :

– Par avion, comme la dernière fois ?

J'ai jeté un coup d'œil à Miss Maggie, qui a hoché vigoureusement la tête.

– Oui, sinon on sera vieux comme les murs quand la réponse arrivera.

Elle a payé l'affranchissement. Nous avons regardé Mr. Johnson se débrouiller pour coller les timbres sans toucher l'enveloppe.

Au moment de partir, je me suis retournée et je l'ai aperçu en train de glisser ma lettre dans le sac postal, la main enveloppée de papier journal.

J'ai failli rire, mais je me suis retenue.

Chapitre 14

Je me demande parfois ce qui se serait passé si je n'avais pas trouvé cette petite longue-vue dans le sable, celle que j'ai utilisée pendant des années pour observer tout ce que je pouvais découvrir.

Depuis notre expédition à Penikese, j'avais cessé de scruter la mer en quête d'indices sur mon passé, mais je continuais quand même à rester une heure, presque tous les soirs, au sommet d'une colline ou d'une autre, pour regarder le jour s'éteindre. Et je continuais à transporter ma longue-vue dans ma poche, surtout par habitude, mais aussi pour être prête au cas où le vaste monde aurait décidé de me montrer quelque chose de nouveau.

La veille, j'avais envoyé ma lettre à Miss Evelyn et je n'attendais pas de réponse avant un bon moment. J'étais beaucoup moins impatiente que je ne l'avais été en attendant la réponse du médecin. Je commençais à comprendre que certaines choses prennent du temps, et que s'inquiéter n'y change rien.

La journée avait été douce et belle, le soir rose et doré à l'ouest, d'un bleu sombre au-dessus de l'océan.

Je ne cherchais rien de plus que cela.

Mais en montant au sommet de Lookout Hill, j'ai furtivement aperçu une petite tache blanche qui avait reflété le soleil couchant avant de disparaître, un peu au large de Penikese.

Grâce à ma longue-vue, j'ai repéré un petit voilier qui sortait du port et contournait la pointe de Penikese, avec une seule personne à la barre. Je l'ai vu mettre le cap sur la baie de Buzzards, en direction de la terre ferme.

Ce devait être le garde. Mais pourquoi partait-il comme ça, dans les ténèbres ?

Lorsque je suis rentrée, trempée jusqu'à la taille, j'ai ôté tous mes vêtements et les ai suspendus sur le fil à linge. Je me suis rincée en m'aspergeant avec l'eau de pluie retenue dans les creux des rochers. Je me suis séchée avec une serviette qui était sur le fil, si raide qu'elle aurait pu rester toute droite dans la brise, puis j'ai attrapé une chemise de nuit propre, je l'ai secouée pour lui rendre sa souplesse et je l'ai enfilée.

Les fenêtres éclairées m'offraient le plus chaleureux des accueils.

Osh, occupé à mélanger des peintures à l'intérieur, m'a jeté un coup d'œil et m'a dit :

– Ce n'est pas trop tôt.

Je me suis assise à table et j'ai tapoté mon genou jusqu'à ce que Mia y grimpe d'un bond. Elle m'a raconté sa journée en tournant en rond, puis s'est confortablement installée dans mon giron. Nous regardions Osh écraser des pétales de fleurs dans un mortier.

– J'ai vu quelqu'un quitter Penikese à la voile, ai-je dit, tout en massant Mia derrière les oreilles.

Osh a ajouté un peu d'eau dans le mortier et il a continué à faire son mélange.

– Le type des oiseaux ?

J'ai haussé les épaules.

– Qui d'autre ?

– Nous aussi, nous y sommes allés. Il a peut-être d'autres visiteurs.

– Peut-être.

– Même si c'est bizarre qu'ils sortent en bateau la nuit.

– Oui.

Puis le silence, seulement troublé par le toc toc assourdi du pilon dans le mortier, et les ronronnements de Mia.

– Je pense que le garde n'était pas seul quand nous sommes allés à Penikese. J'ai entendu un bruit à l'intérieur de l'hôpital juste avant son arrivée.

De nouveau, j'ai ressenti ce tout petit moment furtif s'élever à travers tout ce qui s'était passé depuis, comme une bulle dans un pot sur le point de bouillir.

– Qu'est-ce que tu as entendu ?

– Un boum, comme si quelque chose était tombé.

Osh a transvasé la pulpe de pétales dans une petite bouteille orange.

– Il a peut-être un chat qui a sauté au bas d'un lit quand nous avons frappé à la porte.

Je ne le pensais pas. Il aurait fallu que ce soit un très gros chat pour faire un tel bruit.

J'ai pris Mia dans les bras, je me suis mise debout et je l'ai lâchée. Elle a atterri presque sans bruit.

– Miaou, a-t-elle protesté.

Mais dès que je me suis rassise, elle est revenue d'un bond sur mes genoux.

– Si c'était un chat, alors ce serait un tigre, ai-je lancé.

– Un bâtiment, ça fait parfois du bruit tout seul, a dit Osh.

Je le savais, mais…

– J'aimerais y retourner.

Osh m'a jeté un coup d'œil.

– Ça m'aurait étonné.

– On pourrait faire une véritable expédition de cueillette et revenir avec un sac entier de genêt.

– Demain, on va relever les casiers, a-t-il déclaré.

C'était l'époque où les gens de la terre ferme arrivaient en nombre et ils auraient besoin de queues de homard pour appâter leurs lignes.

– Ça va durer combien de temps ?

– On ira le matin. Je pense qu'il va pleuvoir l'après-midi. (Osh était réputé pour ses prédictions qui se révélaient exactes, la plupart du temps.) Et je ne vois pas l'intérêt de retourner là-bas juste parce que tu penses avoir entendu un bruit.

– J'ai *vraiment* entendu un bruit. Et ce sera peut-être l'occasion d'aller visiter l'une des petites maisons.

Il a secoué la tête.

– Je n'en vois pas l'intérêt non plus. Qu'est-ce que tu espères trouver ?

Je l'ai regardé essuyer le mortier et le remplir avec le genêt que j'avais ramassé à Penikese.

– Je ne sais pas.

Bizarrement, il a hoché la tête.

– On ira jusqu'au port si on a le temps, mais, si le bateau de ce type y est, on reviendra directement.

– Mais…

– Directement, a-t-il répété. On n'embête pas quelqu'un qui a un fusil.

Le lendemain matin, nous sommes sortis en bateau pour aller relever nos casiers.

À chaque flotteur, Osh se mettait nez au vent pour que le canot s'immobilise, les voiles battant et faseyant dans le vent. Nous nous accrochions à la bouée et hissions le casier à bord, à la force de nos bras. Puis je devais plonger la main dedans pour attraper le homard qui faisait claquer ses pinces et s'arc-boutait, fouettant la cage de sa queue avec fureur.

Je m'étais fait douloureusement pincer plus d'une

fois et j'avais appris quelques trucs au fil des années. Du coup cela faisait bien longtemps qu'un homard n'avait pas réussi à m'attraper.

Une fois que j'avais vidé le casier, Osh fixait une tête de poisson en guise d'appât à l'intérieur et le remettait à l'eau. Puis nous nous dirigions vers le flotteur suivant, en vérifiant la marque pour nous assurer qu'il nous appartenait, et nous recommencions la manœuvre.

Les premières fois, je m'étais demandé avec inquiétude si d'autres n'allaient pas nous prendre nos homards, mais Osh m'avait expliqué que les îles Elizabeth, c'était comme l'Ouest où voler un cheval signifie la corde.

– Personne ne braconne. Pas ici. Si le flotteur d'un casier porte ma marque, le homard est à moi. Il n'y a pas de triche.

J'aimais bien l'idée que les gens ne volent pas le bien d'autrui, même s'ils avaient pu le faire en pleine nuit sans que personne ne les voie. Et ce n'étaient pas les homards qui les auraient dénoncés.

C'était un code que nous suivions, et je le respectais, mais, à vrai dire, je trouvais très étrange que les mêmes personnes qui suivaient ces règles non écrites ignorassent parfois celles qui étaient rédigées en toutes lettres dans leurs livres saints.

Chapitre 15

Le temps de traverser le Goulet et de revenir au port, nous avions douze gros homards enfermés dans un panier.

Quand nous sommes arrivés près du bord, Osh a remonté la dérive, j'ai affalé la voile et j'ai sauté du bateau pour le tirer vers le sable. Osh est descendu et il a hissé le panier dégoulinant d'eau de mer sur son épaule. J'ai amené le bateau un peu plus haut et je l'ai amarré à un poteau, puis j'ai suivi Osh qui remontait le sentier en direction de l'épicerie.

Je pensais trouver plusieurs habitants de l'île sur la véranda, où ils se retrouvaient pour échanger nouvelles et potins, et peut-être même quelques estivants déjà arrivés pour profiter du début de la saison. On les voyait souvent à l'épicerie, où ils venaient remplir leurs paniers de pique-nique de bouteilles de soda frais et de gros sandwichs, les dames en jolies robes et chapeaux de paille, les messieurs en pantalons foncés, vestes blanches et chapeaux mous.

Mais il n'y avait pas un seul touriste sur la véranda

quand nous sommes arrivés. Pas un seul habitant de l'île non plus, à l'exception de Mr. Benson, un des nombreux pilotes de Cuttyhunk qui guidaient les navires dans la traversée du Cimetière.

Quand Osh a monté les marches, Mr. Benson l'a salué d'un « Daniel », auquel Osh a répondu d'un « Benson ».

Je suis restée devant l'épicerie, de l'autre côté de la balustrade, par habitude.

Mr. Benson était assis dans un des fauteuils à bascule et bourrait sa pipe, une blague à tabac à la main. Il m'a dit : « Bonjour, Corneille », et je lui ai répondu : « Bonjour, Mr. Benson. »

Osh a laissé les homards sur la véranda, puis il est entré pour faire affaire avec Mr. Higgins, l'épicier. Il se faisait généralement payer en nature – farine, café, épices, haricots secs ou boîtes de conserve. Ou bien il alimentait son compte pour le jour où nous aurions besoin de quelque chose de plus cher que ce que nous avait rapporté la pêche du jour.

– J'ai entendu dire que tu étais allée à Penikese, a dit Mr. Benson, en me regardant avec curiosité. Et que tu avais aussi écrit au médecin qui a travaillé là-bas.

Je n'aimais pas beaucoup que les gens soient au courant de mes affaires, et encore moins faire l'objet de leurs potins.

Avant même que j'aie le temps de lui répondre, Mr. Benson a poursuivi :

– Le garde de la réserve dit que le docteur a désinfecté absolument tout avant de quitter l'île. Je me demande bien pourquoi il s'est donné autant de mal. Ils auraient mieux fait de tout brûler.

Il semblait dire que rien de ce qui avait existé à Penikese n'aurait dû subsister ; je ne l'avais pourtant jamais vu se comporter avec méchanceté.

– C'est le garde des oiseaux qui vous a dit cela ? Au sujet du médecin des lépreux ?

Il a hoché la tête.

– Oui, il s'est installé dans l'hôpital après la désinfection. Il vient ici de temps en temps prendre un vrai repas et avoir un peu de conversation, même si cela fait un moment qu'on ne l'a pas vu. (Il a poussé un petit rire.) C'est le type parfait pour ce boulot. Il ressemble vraiment à une bécasse.

– Que voulez-vous dire ?

– Que c'est un petit gars tout maigre, avec un nez pointu comme un bec.

Je me suis représenté l'homme de haute taille et au visage plat que nous avions rencontré à Penikese.

– Il vient du Sud ? ai-je demandé.

Mr. Benson a secoué la tête.

– Non, c'est un habitant du Maine, pure souche.

Ce n'était absolument pas le garde que nous avions croisé.

Osh est ressorti de l'épicerie, les bras chargés d'un gros sac. Il a salué Mr. Benson, qui nous a salués à son tour, et nous sommes redescendus à notre canot.

J'ai laissé mes pieds trouver leur chemin tout seuls,

l'esprit occupé à autre chose. Si le garde de la réserve était un petit homme maigre originaire du Maine, alors qui était le grand costaud à l'accent du Sud que nous avions vu ?

Alors que nous ressortions par le Goulet pour rentrer chez nous, j'ai dit à Osh ce que Mr. Benson m'avait raconté.

– Peut-être qu'un premier garde a quitté Penikese pour être remplacé par celui que nous avons rencontré ?

C'était possible sans doute, mais mon instinct me soufflait une autre histoire, et j'ai décidé de l'écouter.

Il a plu sans interruption pendant l'après-midi ainsi que la nuit et le matin suivants. Il n'y a pas eu de coup de vent, mais une longue pluie grise qui tombait à la verticale sur une mer plate. Osh a décidé que j'irais prendre mes leçons chez Miss Maggie.

– Elle va venir ici si elle ne te voit pas arriver. Ça lui évitera de se faire saucer.

Il avait raison : la pluie nous amenait toujours Miss Maggie, enveloppée dans un grand ciré, la jupe mouillée d'avoir traversé le chenal. J'ai donc enfilé mon poncho, relevé la capuche et je suis sortie dans l'air gris. La marée n'étant pas très haute, je ne me suis pas trop trempée en traversant et j'étais au sec sous mon poncho. La pluie qui frappait la capuche me donnait l'impression que le monde était devenu tout petit, et je me suis laissé envahir par mes pensées.

Quand je suis arrivée chez Miss Maggie, je n'ai trouvé personne, ce qui était étrange étant donné le mauvais temps. Je l'ai appelée en faisant le tour de la grange où les chevaux et les vaches restaient à l'abri quand il pleuvait. Mia m'attendait dans l'un des box, blottie dans une mangeoire. Elle a poussé un petit miaulement quand elle m'a aperçue, penchée au-dessus de la demi-porte.

– Bonjour, Mia, bonjour, Cinders. (La jument m'a répondu en renâclant et en secouant la tête.) Où est Miss Maggie ?

Ni l'une ni l'autre ne le savaient ou n'ont voulu me répondre. J'ai posé la question à ses vaches, qui se sont contentées de cligner leurs grands yeux paisibles.

J'ai regardé partout dans la grange en l'appelant, mais il n'y avait personne. Debout près de la grande porte, je voyais les moutons paître au loin et, derrière eux, j'ai aperçu Miss Maggie qui revenait vers sa maison. Je suis sortie pour aller à sa rencontre.

La pluie et la capuche m'empêchaient de voir les larmes couler sur son visage, mais je l'entendais pleurer. Ses mains étaient couvertes de boue.

– Des faucons, a-t-elle dit, ou un hibou peut-être. Ils ont attrapé Perce-Neige et elle est morte.

Elle parlait du plus minuscule de ses agneaux, un petit encore fragile alors que les autres étaient devenus de jeunes moutons robustes et pleins d'énergie. Miss Maggie ne donnait pas souvent de nom à ses agneaux parce qu'il est plus difficile de tuer et de manger ce qu'on a nommé. Mais elle avait eu l'intention de garder Perce-Neige pour sa laine, et d'autres l'avaient dévorée.

– J'ai enterré sa dépouille, m'a-t-elle lancé en avançant à grandes enjambées. Viens m'aider à panser les chevaux.

Tout en la suivant jusqu'à la grange, j'ai pensé à la pierre tombale de Penikese, au petit agneau qui y était gravé, et mes douze ans ont pesé sur moi comme des siècles, comme si j'étais jeune et âgée à la fois.

Une fois dans la grange, nous nous sommes débarrassées de nos cirés. Nous avons pris une étrille et une brosse chacune. Je me suis occupée de Cinders et Miss Maggie de Clover, un cheval à la robe brune, installé dans le box d'à côté.

Nous nous parlions pendant que nous travaillions, principalement parce que nous avions des choses à nous raconter et aussi parce que cela calmait les chevaux qui aiment bien qu'on les panse, mais qui sont parfois un peu nerveux quand la brosse s'approche d'endroits sensibles.

J'ai raconté à Miss Maggie que j'avais vu un voilier quitter Penikese à la tombée de la nuit et je lui ai rapporté la description que Mr. Benson avait faite du garde-chasse.

– L'homme que nous avons vu ne ressemblait pas du tout à une bécasse. C'était plutôt un bouledogue.

– C'est étrange, je le reconnais, mais est-ce si important ? a-t-elle demandé. Je ne vois pas ce que cela a à voir avec toi, ou avec la raison pour laquelle tu es allée à Penikese.

Alors je lui ai parlé du bruit sourd que j'avais entendu à l'intérieur de l'hôpital.

– Osh pense qu'il s'agit peut-être d'un chat qui a sauté, ou d'un bruit fait par le bâtiment lui-même, mais je ne crois pas.

Nous sommes restées un moment en silence. On n'entendait que les chevaux qui bougeaient pendant que nous les brossions.

Miss Maggie a éternué à cause de la poussière soulevée par l'étrille, puis elle m'a dit :

– Alors, qu'as-tu l'intention de faire ?

Je n'ai pas eu besoin de réfléchir pour répondre :

– Retourner là-bas et continuer à chercher.

– Chercher quoi ?

– Tout ce que je pourrais trouver. Il y a quelque chose que je suis censée faire, mais je ne sais pas ce que c'est.

Au bout d'un moment, Miss Maggie a repris :

– Peut-être est-il temps de renoncer. De dire à ton cœur d'écouter ton cerveau.

Je n'ai pas beaucoup apprécié le conseil. J'ai trempé un chiffon dans l'eau, je l'ai essoré et j'ai commencé à nettoyer la tête de Cinders.

– Pourquoi est-ce que Perce-Neige, ça vous a fait pleurer ?

Au bout d'un moment, Miss Maggie est apparue sur le seuil de mon box.

– C'est toi, plus que n'importe qui, qui devrais connaître la réponse à cette question.

Je me suis interrompue et je me suis tournée vers elle.

– Oui, je la connais.

Elle m'a longuement regardée, avant de dire en hochant la tête :

– Très bien.

Puis elle est retournée dans le box de Clover, que j'entendais remuer et renâcler pendant qu'elle brossait sa robe pleine de poussière.

– Quand as-tu l'intention d'y retourner ? a-t-elle demandé à travers la cloison.

– Dès que la pluie s'arrêtera.

Au bout d'un moment, elle est réapparue dans l'embrasure de la porte et m'a dit d'un ton vif :

– Je vous attendrai au cap de Copicut. Et dis à Osh que son potager peut se passer de lui pendant quelques heures.

– Il faut s'occuper du potager, a dit Osh quand j'ai proposé de retourner à Penikese dès qu'il cesserait de pleuvoir.

– Miss Maggie a dit qu'il pouvait se passer de toi pendant quelques heures.

Il était en train de remplir un seau avec les cendres de la cheminée, qu'il utilisait pour nourrir la terre et aussi pour lutter contre les limaces.

– Elle a dit cela, tiens donc ? (Il s'est remis debout et

s'est épousseté les mains.) Et j'imagine qu'elle va nous accompagner ?

Parfait. Il était d'accord pour venir. J'ai souri.

– Bien sûr. Comme les Mousquetaires.

– Tous pour un, a-t-il dit.

– Elle nous attendra au cap de Copicut dès qu'il arrêtera de pleuvoir.

Et plus tard dans la journée, quand les nuages se sont déchirés sous l'effet de la brise qui fraîchissait, elle était bien là.

Chapitre 16

J'ai été soulagée de voir, au moment où nous entrions dans le port de Penikese, qu'il n'y avait pas de bateau au débarcadère. Nous n'en avions pas non plus croisé dans les parages, et j'ai donc pensé que nous serions seuls sur l'île, au moins pour un moment.

– Le type des oiseaux n'est donc pas revenu.

– Pas encore, a ajouté Osh.

Il a débarqué du bateau et il a tendu la main à Miss Maggie qui, à ma grande surprise, a accepté son aide. Je suis descendue à mon tour et nous avons tiré le bateau sur le sable.

– Bon, a dit Osh, qu'est-ce qu'on fait maintenant ?

– On va trouver ce qui a causé ce bruit.

– Je ne suis pas venu pour cela, je suis venu chercher du genêt.

Cette fois-ci, il avait pris un sac en toile.

– Je vais vous aider à en ramasser, a dit Miss Maggie. Pars devant nous, Corneille. Nous te rejoindrons.

– Mais si tu aperçois cet homme, reviens immédiatement, a précisé Osh.

J'ai promis et j'avais bien l'intention d'obéir. Cet homme me faisait peur, et je n'avais pas du tout envie de me retrouver nez à nez avec lui.

Je me suis un peu éloignée mais, dès que j'ai atteint le vieux chemin herbeux, je me suis mise à courir, en montant et en redescendant les petites collines à toute vitesse, entraînée là où mes jambes voulaient me mener, poussée par un puissant mélange de curiosité et d'un peu de crainte. En un rien de temps, je me suis retrouvée devant l'hôpital. Miss Maggie et Osh continuaient leur cueillette au loin.

J'ai monté les marches du perron et j'ai frappé à la grande porte, doucement tout d'abord, puis plus fort.

De nouveau j'ai entendu du bruit à l'intérieur – cette fois-ci, une série de petits coups, comme si quelqu'un frappait pour me répondre.

La porte n'était pas fermée à clef. Je l'ai ouverte.

– Ohé ! Y a quelqu'un ?

De l'étage me parvenaient ce bruit de coups et quelque chose d'autre : des gémissements étouffés.

J'ai pensé à un gros chien, impatient que quelqu'un comme moi vienne lui ouvrir la porte pour le libérer. Je me suis dit que j'allais attendre Osh et Miss Maggie, et j'ai fait demi-tour pour retourner les attendre dehors.

C'est alors que j'ai entendu une lourde chute et le bruit de quelque chose qui se brisait, alors je me suis précipitée à l'intérieur et j'ai monté l'escalier sans réfléchir.

– Y a quelqu'un ? ai-je lancé en grimpant les marches.

Le bruit provenait d'un long couloir où toutes les portes étaient fermées. J'ai ouvert la première porte, mais il n'y avait là qu'un cadre de lit, et une cuvette et un broc posés sur une petite table.

Je suis restée dans le couloir et j'ai tendu l'oreille, puis je me suis dirigée en silence jusqu'à la troisième porte, d'où venait le bruit.

Je dois dire qu'en tendant la main vers la poignée j'étais terrifiée.

Terrifiée quand j'ai lentement poussé la porte.

Terrifiée quand j'ai vu la personne qui m'attendait à l'intérieur, plus pour elle que pour moi-même.

Là, sur le sol, gisait un homme, tout le corps enroulé dans un drap et ligoté par une corde. Il était bâillonné avec un mouchoir, un chiffon fourré dans la bouche, de sorte qu'il ne pouvait que grogner ou gémir. Seuls ses pieds pouvaient bouger, et c'est le talon de sa chaussure, en frappant sur le sol, qui avait fait le bruit que j'avais entendu d'en bas. À côté de lui se trouvaient une table renversée et une carafe brisée.

Quand il m'a vue dans l'embrasure de la porte, il a fermé les yeux, et tout son corps s'est détendu et immobilisé. On n'entendait plus que le bruit pitoyable de ses sanglots étouffés. J'ai commencé par lui enlever son bâillon, le plus rapidement possible, et je l'ai jeté dans un coin.

L'homme a alors fondu en larmes, il hoquetait et sanglotait si fort que je ne comprenais pas un mot de ce qu'il disait.

Je me suis rendu compte que moi aussi, je parlais, tout en essayant de le libérer. Je n'arrêtais pas de répéter :

– Tout va bien, là. Tout va bien maintenant, m'sieur. Tout va bien.

– Je ne sais pas qui vous êtes. Je ne sais pas qui vous êtes, bégayait-il pendant que je m'escrimais sur les nœuds de la corde. Il est – où il est ? Il est parti ?

– Il n'est pas là. Je m'appelle Corneille. Et je vais vous faire sortir d'ici.

Le drap était répugnant, trempé de tout ce que peut produire le corps, et la puanteur de la pièce, insoutenable. J'ai défait les nœuds de la corde et je l'ai doucement dégagé du drap jusqu'à ce qu'il soit libre de bouger, ce qu'il a fait lentement et avec précaution, après être resté attaché des journées entières.

Je me suis redressée et je l'ai regardé se frotter les bras et les jambes pour faire revenir la circulation. Il pliait les doigts, inclinait la tête à droite et à gauche, sans cesser de pleurer.

C'était un homme de petite taille, maigre, le nez pointu comme un bec d'oiseau.

– Vous êtes le garde de la réserve.

À cela, il s'est tu, il a passé la main sur le visage et il a soupiré plusieurs fois.

– Oui, c'est moi, a-t-il fini par dire, la voix enrouée.

Est-ce que tu pourrais sortir un moment, s'il te plaît? Je voudrais… Peux-tu sortir, s'il te plaît?

Il s'est remis à pleurer, mais plus doucement.

Je suis retournée dans le couloir et j'ai fermé la porte derrière moi. Au bout d'un moment, il l'a rouverte et s'est avancé sur le seuil, enveloppé dans une couverture, ses vêtements entassés sur le sol derrière lui.

– Est-ce que…

Il a levé la main pour m'interrompre. Il est passé près de moi dans le couloir et s'est dirigé vers l'escalier. Je lui ai emboîté le pas, il est sorti du bâtiment et il a traversé la cour. Il s'est dirigé en pressant le pas vers l'escarpement, puis il est descendu sur la grève. D'en haut, je l'ai vu escalader les gros rochers. Il est tombé deux fois mais il s'est relevé, avant d'abandonner la couverture et de se précipiter dans la mer.

Je l'ai suivi et j'ai ramassé la couverture que j'ai secouée pour la nettoyer pendant qu'il s'aspergeait et se rinçait dans les vagues. Puis il s'est assis à un endroit où l'eau était peu profonde et il s'est frotté de la tête aux pieds avec du sable mouillé.

Lentement, il s'est mis à genoux, avant de se relever avec peine, en se couvrant le bas-ventre avec les mains. Il était terriblement maigre et pâle. Du sang coulait le long de ses jambes mouillées, car il s'était écorché en tombant, et un de ses genoux commençait à enfler.

Je lui ai tendu la couverture, puis je lui ai tourné le dos.

– Appuyez-vous sur mon épaule. Je vais marcher lentement.

Je sentais sa main m'agripper comme des serres. À plusieurs reprises, pendant que nous avancions de rocher en rocher, il a failli tomber, et je savais que j'aurais des bleus à l'épaule.

J'ai entendu Osh m'appeler et je lui ai crié : « Nous sommes ici ! Ici ! » aussi fort que possible, mais le garde s'est mis à suffoquer et à trembler. J'ai cherché à le rassurer.

– Tout va bien. C'est Osh. C'est juste Osh.

Il a refusé de faire un pas de plus jusqu'à ce que Osh et Miss Maggie apparaissent en haut de l'escarpement.

Dès qu'ils nous ont aperçus, ils se sont précipités en bas du talus. Osh a pris le garde dans ses bras comme s'il avait été un enfant et l'a porté jusqu'au pied de l'escarpement où il l'a allongé sur le sable. Miss Maggie s'est laissée tomber à genoux à côté de lui. Elle a ajusté la couverture autour de l'homme qui claquait des dents, bien qu'il fasse chaud.

– Mon Dieu, comme vous êtes maigre ! s'est-elle écriée en enlevant son chapeau et en le glissant sous la tête du garde. Que vous est-il arrivé ?

Debout, Osh nous dominait de sa haute taille. Il observait et il écoutait.

J'ai gardé un œil sur le large, un œil sur le visage du garde pendant qu'il reprenait lentement ses esprits. Il a fini par dire :

– Je m'appelle Sloan. Je suis le garde de la réserve.

– C'est vous, le garde ? Pas l'autre homme ? a demandé Osh.

Mr. Sloan a secoué la tête.

– La dernière fois que je suis allé à New Bedford pour me ravitailler, un homme au port m'a demandé de l'emmener à Cuttyhunk. Il m'a dit qu'il était pilote, et qu'il venait pour trouver du travail. Je n'ai rien pensé de spécial. Ça ne me dérangeait pas de faire un détour d'un mile ou deux pour le déposer là-bas, avant de revenir chez moi. Je me suis même dit que je passerais à l'auberge pour y déjeuner et faire un brin de conversation.

Il s'est arrêté et s'est rassis, les cheveux blanchis par le sable qui y restait collé. Il a serré la couverture contre ses épaules, puis, en tremblant, il a pris une profonde inspiration.

– Mais quand nous nous sommes retrouvés au milieu de la baie, il m'a dit que c'était à Penikese qu'il voulait aller en fait, qu'il avait quelque chose à faire là-bas, ce qui m'a fait rigoler. Je lui ai dit : « Quoi donc ? Il n'y a rien à faire à Penikese, il n'y a que des oiseaux et des lapins. » Mais là, il m'a dit que j'avais le choix : soit je l'emmenais à Penikese, soit il me jetait par-dessus bord, en pleine mer, et me laisserait me noyer.

Mr. Sloan a secoué la tête d'un air triste.

– Je ne suis pas costaud, je ne suis plus très jeune et je nage comme un fer à repasser. Alors je l'ai emmené à Penikese, Dieu me pardonne. Je ne sais pas si je l'aurais fait, à vrai dire, si j'avais su qu'il me garderait prisonnier si longtemps, pendant qu'il faisait... je ne sais trop quoi. Je ne comprends pas ce qu'il fabrique ici. Ou pourquoi il m'a séquestré comme cela. Pour quoi faire ?

– Nous n'en savons rien, a dit Miss Maggie.

– Ou pourquoi il me ligotait et me bâillonnait à chaque fois qu'il partait quelque part, a-t-il continué comme s'il ne l'avait pas entendue. Je vous le demande (et là, il nous a tous fixés, un à un), où est-ce que j'aurais bien pu m'enfuir ? Et qui m'aurait entendu si j'avais crié ?

– Nous, quand nous sommes venus pour la première fois, ai-je dit.

– C'était vous ? Ce jour-là aussi ?

Miss Maggie a acquiescé.

– Nous sommes de Cuttyhunk. Nous... nous aussi, nous avions quelque chose à faire ici.

Mr. Sloan a poussé un long soupir.

– Je vous ai entendus frapper. J'étais ligoté sur une chaise et je l'ai fait basculer pour faire du bruit. En espérant que vous m'entendriez.

Miss Maggie a jeté un regard à Osh, qui le lui a rendu.

– C'est elle qui vous a entendu, a-t-elle dit en me désignant d'un coup de menton, mais, au même moment, cet homme est arrivé et il nous a chassés. Je suis désolée que nous ne soyons pas revenus plus tôt.

Mr. Sloan a secoué la tête.

– Non, il ne valait mieux pas. Il a changé après votre

visite. C'était pire, il est devenu enragé. Impossible de savoir ce qu'il aurait fait si vous étiez revenus.

Il s'est remis debout avec difficulté.

– Si cela ne vous ennuie pas, on pourrait peut-être y aller maintenant.

Il a jeté un regard craintif tout autour et a commencé à remonter le talus.

– J'ai quelques vêtements propres à l'hôpital, mais ce que je veux par-dessus tout, c'est quitter l'île avant qu'il revienne.

Osh l'a aidé à marcher jusqu'à l'hôpital, et nous l'avons attendu dehors pendant qu'il y entrait seul. Il s'est habillé et il a fait son sac en un rien de temps, puis il nous a rejoints. Il avait l'air plus en forme dans des vêtements propres, même si son pantalon était taché de sang au niveau du genou et que ses cheveux emmêlés étaient pleins de sel et de sable.

– Je vous dois une fière chandelle, a-t-il dit. Je serais mort ici si vous n'étiez pas venus.

– C'est elle qu'il faut remercier, a dit Miss Maggie en passant la main sur mes cheveux. C'est à cause d'elle que nous sommes revenus.

– Oui, je la remercierai, a-t-il dit. Vous me direz comment et je le ferai.

– À Cuttyhunk, l'a coupé Osh en se tournant vers le port. Il est temps d'y aller.

Mais j'avais encore une chose à faire.

– Je vous rattraperai, je veux juste aller jeter un

coup d'œil dans les petites maisons. Une minute, pas plus.

Osh était d'accord. Miss Maggie m'a dit :

– Une minute et pas une seconde de plus, puis tu nous rejoins.

– Qu'est-ce que tu peux bien vouloir aller chercher là-dedans ? m'a demandé Mr. Sloan. Ces vieilles baraques sont toutes vides, on n'a rien laissé dedans.

Mais il s'est retourné sans attendre ma réponse et, lentement, il a suivi Osh et Miss Maggie qui redescendaient le chemin.

La première maison était exactement comme Mr. Sloan l'avait dit. Vide. Pas le moindre meuble. Pas de rideaux aux fenêtres. Même le poêle avait été enlevé. On ne voyait plus que le trou du tuyau au plafond. Pire encore, il ne restait que les murs : quelqu'un avait arraché le plancher et s'en était probablement servi pour alimenter les grands feux qui avaient brûlé devant l'hôpital, destinés à rôtir des oies. Le sol de la maison ainsi mis à nu avait été complètement retourné. De nouveau, des trous.

J'ai refermé la porte derrière moi et je me suis dirigée vers la maison suivante.

Comme dans la première, il n'y avait plus ni meubles ni plancher. Et le sol était envahi de trous et de tas de terre.

Je me suis demandé ce qu'il cherchait. Et s'il avait trouvé.

Cette fois-ci, j'ai fait le tour de la pièce, en marchant avec précaution pour éviter les trous, à la recherche de ce qu'il y avait à découvrir. Si je n'avais pas ainsi longé les murs, je n'aurais pas vu ce qui était gravé dans un coin, juste à hauteur de mon regard.

Un autre agneau, à côté duquel avait été gravé quelque chose d'autre.

Une plume.

Je me suis souvenue de la lettre en lambeaux, collée contre mon torse minuscule. Des mots « agneaux », « petite plume ».

J'ai entendu Osh m'appeler au loin.

J'ai passé mes doigts sur l'agneau, qui n'était pas plus grand que la paume de ma main, et sur la plume, pas plus longue que mon index.

– J'arrive !

Je suis sortie de la petite maison et je me suis mise à courir le long du chemin pour rejoindre sans tarder les trois grandes personnes qui m'attendaient. Nous étions tous impatients de quitter l'île.

Je ne savais pas ce que je laissais derrière moi, ce que je n'avais pas encore découvert.

Je ne savais pas non plus ce qui m'attendait de l'autre côté de la baie, sur la terre ferme.

Chapitre 17

Pendant toute la traversée du retour vers Cuttyhunk, Mr. Sloan est resté blotti à l'arrière, grelottant et baissant la tête dès qu'il risquait d'être éclaboussé par les embruns légers. Je me sentais coupable d'apprécier autant la chaleur de ce bel après-midi de juin alors que lui souffrait.

– Miss Maggie prépare la meilleure soupe du monde, lui ai-je dit. Elle va vous remettre sur pied en un rien de temps.

Le mot «soupe» a enfin réussi à lui arracher un sourire.

– Je serais déjà bien heureux de manger un vieil épi de maïs tout sec, alors de la soupe, ce sera divin.

À cela Miss Maggie a rétorqué, avec une grimace de réprobation :

– Je n'irais pas jusque-là, mais cela devrait vous redonner des forces.

– Tenez, a dit Osh en tirant de sa poche un petit sachet de toile cirée.

Il emportait toujours avec lui un peu de viande séchée, au cas où. Mr. Sloan l'a sorti du sachet et a mordu un morceau qu'il a mâché les yeux fermés, en tenant le reste de viande à deux mains juste sous son nez, comme un écureuil qui grignote la dernière noisette de ses réserves d'hiver.

Quand nous sommes arrivés, je suis vite allée chercher Cinders afin que Mr. Sloan n'ait pas besoin de marcher, tandis que Miss Maggie se rendait au bureau de poste où Mr. Johnson gardait l'appareil du télégraphe. Nous savions qu'il allait immédiatement prévenir la police de Falmouth et que, dans la foulée, il répandrait la nouvelle : Mr. Sloan avait été séquestré dans la léproserie par un mystérieux homme du Sud.

Les habitants des îles avaient l'habitude des catastrophes. Quand un ouragan balayait l'archipel, comme cela avait été le cas l'année précédente, arrachant les toits et précipitant les bateaux sur la grève, tout le monde endurait les conséquences, lourdes ou légères. Et quand un navire sombrait dans le Cimetière, il y avait parfois des morts – des marins, des sauveteurs, ou les deux –, et tous les habitants étaient frappés par le désastre.

Mais cette fois, c'était différent. Quand ils apprendraient ce qui était arrivé à Mr. Sloan, l'excitation se répandrait comme un éclair de chaleur, et on ne parlerait plus que de cela.

– Que cherchait-il en creusant partout ? ai-je demandé à Mr. Sloan quand nous nous sommes retrouvés attablés chez Miss Maggie devant une assiette de soupe et un morceau de pain.

Il n'y avait pas encore grand-chose dans le potager, à part des oignons verts et des choux frisés miniatures, mais il lui restait encore à la cave quelques carottes et pommes de terre, auxquelles ses talents de cuisinière et son excellent beurre avaient redonné toute leur saveur. De toute façon, Mr. Sloan aurait avalé une vieille chaussure si elle la lui avait servie chaude. Tout en mangeant, penché sur le bol fumant, il semblait ronronner de plaisir et plissait les yeux, un peu comme Mia.

– Laisse-le donc manger tranquillement, le pauvre homme, a-t-elle dit. Tu lui poseras des questions après.

Mais il a secoué la tête et s'est redressé.

– Oh non, ce n'est pas grave, je vous assure que tout va bien. Je suis content de vous raconter ce que je sais. Que cherchait-il en creusant partout ? Je ne savais pas qu'il creusait des trous partout. Je ne le voyais que lorsqu'il venait déposer de la nourriture dans ma chambre le matin et prendre… le pot. (Il a rougi et baissé les yeux.) Désolé, m'dame.

– Vous n'avez pas à vous excuser, a-t-elle dit avec une grimace.

– Il a creusé des trous partout sur l'île et même dans les petites maisons, ai-je repris.

Mr. Sloan a paru surpris, puis il a hoché la tête.

– C'est donc pour cela qu'il est resté si longtemps à Penikese. Il retournait le sol de l'île. Mais pour quoi faire ?

– Pour trouver un trésor, peut-être ?

Ça lui a fait pousser un petit rire :

– Quel trésor ? Il y a beaucoup d'oies sauvages à Penikese, mais aucune n'a pondu des œufs d'or.

– Donc, vous ne savez pas s'il a trouvé quelque chose avant de partir ?

– Non. La seule chose que je peux te dire, c'est que cet homme était cruel. Pire que cruel : me condamner à mort comme ça, en m'abandonnant, alors qu'il aurait pu me libérer avant de quitter l'île avec mon bateau. Je n'aurais pas pu le poursuivre. Et comme il avait détruit ma radio, je n'aurais pas pu demander de l'aide. Personne ne serait venu à Penikese avant des jours, voire des semaines. Il avait largement le temps de disparaître sans être inquiété.

Il a dégluti, et j'ai eu peur qu'il se remette à pleurer.

– Vous n'avez pas à en dire davantage, vous savez, a dit Miss Maggie.

Mais il a levé la main.

– Non, non, tout va bien. Ce n'est pas de parler qui va me faire du mal.

Il m'a adressé un petit signe de tête avant de reprendre quelques cuillères de soupe.

– Vous ne savez rien de plus sur lui ? lui ai-je demandé.

Il a fait une pause. Il s'est concentré.

– Je peux vous dire ce qu'il m'a demandé quand nous avons débarqué à Penikese. Il m'a traîné jusqu'en haut de l'escarpement, au-dessus du débarcadère, et il m'a dit : « Elle habitait où ? »

– Qui habitait où ?

– C'est exactement ce que je lui ai demandé ! Mot pour mot ! Et il m'a répondu : « La lépreuse », comme s'il n'y en avait eu qu'une. Et comme si je savais quoi que ce soit au sujet de ces gens-là. (Il a écarquillé les yeux et secoué la tête.) Je suis arrivé à Penikese bien après leur départ.

– Et après, qu'est-ce qui s'est passé ? ai-je demandé.

– Je lui ai répondu que je ne savais strictement rien au sujet des lépreux, à part l'endroit où ils avaient vécu et celui où ils avaient été enterrés. Je lui ai montré l'hôpital et les petites maisons. Le cimetière. Il a regardé tout autour de lui, puis il m'a fixé de nouveau et il a dit : « Et l'infirmière ? » Je pense qu'il était un peu borné. Ou qu'il ne comprenait pas que je n'avais jamais vécu à Penikese en même temps que les lépreux. Je lui ai dit et répété que je ne savais rien, ni des lépreux, ni de l'infirmière, ni de quiconque ayant jamais habité là. Point à la ligne.

Il a fini sa soupe et son pain, puis il s'est appuyé sur le dossier de la chaise avec un soupir :

– Mais cela ne lui a pas suffi.

C'est alors que Miss Maggie s'est levée pour aller chercher des pansements. Elle a demandé à Mr. Sloan de relever son pantalon afin qu'elle puisse jeter un coup d'œil à ses écorchures.

Osh et moi avons échangé un sourire en le voyant tenter de la dissuader et en la voyant elle le forcer à accepter.

– Si vous insistez, a-t-il fini par dire, en remontant le bas de son pantalon au-dessus de ses genoux.

J'ai lavé mon assiette et je me suis dirigée vers la porte où j'ai attendu que Osh me rejoigne, mais il m'a adressé un petit signe de la tête et m'a dit :

– Rentre à la maison, je vais rester ici.

Miss Maggie l'a regardé d'un drôle d'air.

– Dans la grange, a-t-il ajouté, en faisant tourner son chapeau entre les mains.

– Je peux me débrouiller toute seule, a dit Miss Maggie.

Mr. Sloan avait fermé les yeux et, tout doucement, il s'est mis à ronfler.

– Aidez-moi à le mettre dans un lit et je vous promets qu'il va dormir jusqu'à demain matin, a-t-elle murmuré.

– N'importe, a dit Osh, je ne serai pas loin si vous avez besoin de quelque chose.

Il est venu me voir.

– Ça ne t'ennuie pas de rentrer toute seule ?

Pour dire la vérité, cela ne me plaisait pas beaucoup, et j'ai failli le lui dire. Mais j'aimais bien la manière qu'avait Osh de vouloir veiller sur Miss Maggie. Et j'aimais bien aussi qu'il considère que je pouvais me débrouiller toute seule.

– Ça ira, lui ai-je répondu, puis je l'ai pris par la manche. C'est toi qui reviendras demain ou c'est moi qui vous rejoindrai ici ?

Il a posé la main sur ma tête.

– Je serai à la maison dès l'aube.

C'était la première fois que je disais un tel « au revoir » à Osh et j'ai franchi la porte sans lui.

C'était étrange de passer la nuit seule sur notre île. Mia a essayé de remplacer Osh, en ne disant presque rien et en s'installant tout doucement parmi ses affaires de peinture.

À la tombée de la nuit, j'ai allumé une lanterne, et je l'ai transportée partout où j'allais, c'est-à-dire pas très loin – l'endroit était si petit. Un coin de notre cabane était occupé par mon lit, un autre par celui de Osh, et, dans le reste, il y avait de quoi cuisiner et s'asseoir, ainsi qu'une table et un chevalet. La grande bassine, dans laquelle nous faisions parfois une vraie lessive suivie d'un vrai bain, était à l'extérieur, tout comme notre matériel de pêche, et tout le reste.

Je me suis assise près de la cheminée où le feu était éteint, et je me suis dit que j'allais lire un livre. Mais j'avais déjà fini tous ceux que je possédais. Alors j'ai pensé m'entraîner à faire des additions, mais cela m'a semblé un piètre moyen de passer cette soirée de solitude inhabituelle.

Quelle est la chose la plus intéressante à faire quand on est seul ? me suis-je demandé. C'est ça qu'il fallait que je fasse. Mais je ne trouvais rien à faire de plus intéressant sans Osh qu'avec lui. Alors je me suis mise à réfléchir. À rien de particulier.

Je n'ai pas essayé de résoudre un problème, ni de suivre une idée, ni d'en inventer une.

J'ai simplement laissé mon esprit vagabonder, et mon corps a suivi. Tout d'abord, dans le fauteuil près de la cheminée. Puis près de la fenêtre, en regardant la mer. Enfin, je suis sortie et je suis allée m'allonger sur le sable frais, les mains croisées derrière la tête.

Mia m'a suivie, mais en faisant quelques détours. Elle s'est assise près de mon visage et s'est léché les pattes jusqu'à ce que quelque chose se faufile dans l'herbe et qu'elle se lance à sa poursuite.

Les étoiles étaient énormes. Elles vibraient, comme si elles respiraient. J'ai entendu un bruit au large. Un bar sautait hors de l'eau. Ou un oiseau qui avait plongé.

Une énorme puce de mer, lourde comme un galet, a sauté sur ma poitrine, puis sur ma joue. Je me suis brusquement redressée pour la chasser avant qu'elle ait le temps de me piquer.

Je me suis frotté la joue à l'endroit où elle s'était posée. Sous mes doigts, ma peau était douce et fraîche. Toute lisse. Même ma petite tache de naissance.

La petite plume.

La petite plume que j'avais toujours eue.

Avant même de m'échouer sur cette plage.

Chapitre 18

Je me suis levée en silence dans le noir. La mer était plus bruyante qu'un instant auparavant, les étoiles plus grandes.

Je suis rentrée doucement dans la cabane, j'ai récupéré la lanterne et l'ai posée sur ma petite table près de mon lit. La boîte à épices était sur le rebord de la fenêtre.

Je l'ai ouverte lentement, j'ai pris la lettre, je l'ai dépliée, je l'ai mise sous la lumière de la lampe et je l'ai relue.

si je le pouvais
pour le moment
espère que tu
mer de lumière
plus heureuse
agneaux
petite plume
j'ai laissé quelque chose
jour, cela puisse t'aider

Je me rappelais les figures gravées sur le mur de la petite maison de Penikese. Un petit agneau. À côté d'une petite plume.

J'ai remis la lettre dans la boîte. J'ai pris la lanterne pour m'approcher de notre seul et unique miroir. J'ai tourné la tête et examiné la marque que j'avais sur la joue.

Une petite plume.

Le docteur Eastman avait écrit qu'il n'y avait pas eu de troisième bébé. Seulement le premier, qui avait été envoyé à New Bedford. Et celui qui avait été enterré.

Mais la lettre que je tenais dans ma main, aussi abîmée soit elle, me racontait une histoire différente.

Je l'ai relue. À plusieurs reprises.

Puis je me suis couchée avec ses mystères. Et je les ai retrouvés à mon chevet, qui m'attendaient, pile où je les avais laissés, lorsque je me suis réveillée.

Avant même que le jour ne soit une pâle idée, j'étais levée, lavée, habillée et sortie de la maison.

J'ai retrouvé Osh qui revenait, un peu au-delà des pontons de pêche.

– Je t'ai manqué ? a-t-il demandé, une ombre de sourire aux lèvres.

J'ai hoché la tête. C'était vrai, il m'avait manqué. Mais ce n'était pas tout.

– Je crois que je sais qui sont mes vrais parents, ai-je dit.

Le sourire à peine esquissé a disparu, comme s'il n'avait jamais existé.

Il est passé devant moi à grandes enjambées, il a dépassé les pontons, il a descendu le talus et traversé le banc de sable, presque à sec pour une fois, car la marée était basse.

– Tu ferais mieux d'aller chez Miss Maggie, m'a-t-il lancé tandis que je marchais à toute vitesse pour ne pas me laisser distancer. Les policiers vont bientôt arriver, et toi et Mr. Sloan, vous pourrez leur raconter vos histoires.

Il ne s'est arrêté devant la maison que le temps de prendre un filet à appât et un seau, puis il s'est dirigé vers les flaques d'eau de mer qui restaient au pied des rochers et dans lesquelles des petits poissons – vairons ou lançons – se retrouvaient souvent piégés à marée basse.

Il a commencé à en attraper et à les jeter dans le seau. On voyait des éclairs d'argent dans la lumière du matin.

– Osh, ai-je dit, qu'est-ce qui se passe ?

Il ne m'a pas répondu.

– Tu es en colère ?

Je ne voyais pas pour quelle raison. Il m'a regardée, puis il a détourné les yeux.

– Je ne suis pas en colère. Fais ce que tu as à faire.

– Oui, je vais le faire, comme toi-même tu me l'as dit. Tu m'as dit qu'il fallait que je sois attentive aux choses. Tu t'en souviens ?

– Oui.

– Alors, pourquoi tu es fâché contre moi ?

Il me regardait droit dans les yeux désormais, et je pouvais voir combien il était triste.

– Est-ce que je n'existe pas pour de vrai ? m'a-t-il alors demandé.

Je n'ai pas compris ce qu'il voulait dire avant de réaliser ce que j'avais dit moi-même.

– Osh, tu es la personne la plus vraie du monde.

– Mais je ne suis pas ton père.

– Bien sûr que si ! Mais tu n'es pas mon seul père. Et tu n'es pas ma mère.

– Ça, je le sais.

Il m'a tourné le dos et s'est remis à pêcher, jusqu'à ce que je lui dise :

– La lettre que tu m'as donnée. Elle disait « petite plume ». Eh bien, il y a quelque chose de gravé dans l'une des petites maisons de Penikese. (Là, je l'ai attrapé par le bras.) Osh, arrête !

Ce qu'il a fini par faire avec un soupir. Il a retourné le filet pour faire tomber trois lançons de plus dans le seau et a rajouté de l'eau pour qu'ils puissent respirer. Il a posé le seau et s'est assis sur un rocher. Je me suis installée à côté de lui. Le rocher était froid, humide et très inconfortable.

– J'ai trouvé deux images gravées dans l'une des maisons : un agneau, comme celui de la tombe, mais plus petit, et, à côté, une petite plume.

Il m'a regardée avec intensité.

– Comme la marque de ta joue ?

J'ai fait signe que oui.

– Et tu penses que cela veut dire quelque chose ?

J'ai hoché la tête, plus lentement cette fois-ci.

– Oui.

Osh a bougé le seau pour le mettre plus à l'ombre et pour que les poissons ne meurent pas de chaud, puis il a dit :

– Moi aussi, j'imagine que cela veut peut-être dire quelque chose.

– Deux agneaux. Deux plumes, dont l'une est ici. (Je me suis touché la joue.) Des malades qui venaient de tous les pays de la terre. D'îles proches de l'Afrique ou de l'Amérique du Sud. D'endroits où les gens ont la peau qui ressemble plus à la mienne qu'à la tienne. Et l'un d'eux était une mère qui a perdu un enfant parce qu'il a été emmené sur la terre ferme, dans un orphelinat, où il n'avait personne. (J'ai cru que j'allais me mettre à pleurer et j'ai dû faire un grand effort pour me retenir.) Si tu étais le père de ce petit bébé, est-ce que tu serais capable d'en envoyer un autre vivre là-bas, aussi seul que le premier ?

Osh a secoué la tête.

– Non, je n'en serais pas capable, quelles que soient les personnes qui seraient prêtes à la recueillir.

Je lui ai pris la main.

– Je pense que cette petite plume sur ma joue veut dire quelque chose. Je pense qu'elle signifie que le second bébé n'est pas mort, qu'ils l'ont poussé en mer dans un vieux canot, sans le dire à personne. Je pense que cela veut dire que la tombe marquée d'un agneau est vide.

Il a baissé la tête et a regardé ailleurs.

J'ai pensé au cimetière de Penikese.

– Si j'ai raison, alors mes parents sont morts. Les lépreux qui sont enterrés là-bas. Susanna et…

– Elvan. Si c'est le cas, je suis profondément désolé.

Une tristesse différente se peignait maintenant sur le visage de Osh, qui a posé la main sur ma joue.

– Ce n'est rien, ai-je dit. Tu n'as rien à voir avec tout cela, à part le fait que tu m'as sauvée.

Il m'a regardée avec curiosité.

– Tu voulais prouver que tu n'étais pas de Penikese, mais maintenant, tu sembles presque heureuse de penser que tu viens de là, Corneille.

– Je sais. J'en suis presque heureuse, mais cela n'a aucun sens. Pourquoi est-ce que je voudrais tout ça ? Avoir des parents qui sont morts d'une maladie terrible ? Des parents qui m'ont poussée au large dans un vieux bateau qui prenait l'eau ? Alors que je venais tout juste de naître ?

Osh m'a souri d'un sourire triste.

– Ils avaient la meilleure raison qui soit de faire cela. De te confier à la mer pour qu'elle t'emporte en sûreté, au loin, et te fasse aborder un autre rivage.

– Laquelle ?

– Ils t'aimaient, Corneille. Ils ne voulaient pas que tu tombes malade comme eux. Et tu l'as dit toi-même : ils savaient combien Jason était seul et malheureux à l'orphelinat. Ils voulaient que tu aies une vie meilleure. (Puis son sourire a disparu.) Je me demande ce qu'il fera quand il découvrira qu'il a une sœur.

Chapitre 19

J'ai aidé Osh à pêcher d'autres appâts pendant un moment, puis nous avons mangé du porridge avec un peu de miel. Je suis alors allée travailler au potager. J'étais si perdue dans mes pensées que j'ai fini ce qu'il y avait à faire sans même m'en apercevoir.

J'ai passé la tête par la porte et j'ai dit :

– Je vais chez Miss Maggie avant d'aller ramasser des palourdes. Est-ce que tu veux venir avec moi ?

– Oui, mais quand les policiers seront repartis. Je vais aller pêcher un peu. Vas-y, toi, et donne-leur cela.

Il m'a tendu une feuille de papier roulée comme un tube et attachée par un bout de ficelle.

– Qu'est-ce que c'est ?

– Cet homme. Attention à ne pas le mouiller.

J'ai tenu le rouleau de papier bien haut pendant que je traversais le chenal où la marée remontait. Puis j'ai pris le chemin qui mène au village et j'ai bifurqué vers la ferme de Miss Maggie.

Il y avait deux policiers dans sa cuisine : un vieux, plutôt petit, et un jeune, très grand, tous deux rasés de près et vêtus d'uniformes identiques, pleins de poches et de boutons. À la ceinture, ils avaient chacun un revolver.

– Qui est-ce ? a demandé le grand quand je suis entrée.

– Voici Corneille. C'est grâce à elle que Mr. Sloan est encore en vie. Corneille, voici l'officier Kelly (Miss Maggie a désigné le grand) et l'officier Reardon.

– Bonjour, ai-je dit.

Ils m'ont saluée de la tête et se sont retournés vers Mr. Sloan, assis à la table de la cuisine. Il avait l'air rajeuni et ragaillardi par une bonne nuit de sommeil.

Je suis restée debout dans un coin et je l'ai écouté finir de raconter ce qu'il nous avait dit le soir précédent. Miss Maggie a ensuite décrit les trous que nous avions vus partout sur l'île. À mon tour, je leur ai dit que même le sol des petites maisons avait été retourné.

– Corneille ici présente pense qu'il cherchait un trésor, a ajouté Mr. Sloan.

L'officier Kelly a poussé un petit rire.

– Et moi, je pense que quelqu'un ici présent a lu trop de romans d'aventures.

Mais il n'avait pas vu la couronne qui avait été remontée du fond de l'eau, accrochée à une ancre, ou la boucle de ceinture géante en argent, ou ma petite bague en or, dans la boîte à épices.

– Moi, je suis du même avis qu'elle, a repris Mr. Sloan.

Cela peut sembler tiré par les cheveux, mais pourquoi retournerait-il ainsi toute une île ? En plus, dans des parages autrefois infestés de pirates ?

Cela a fait réfléchir l'officier Reardon.

– Un trésor de pirates ? À Penikese ?

Mr. Sloan a haussé les épaules.

– Cet homme m'a retenu prisonnier pendant qu'il passait un temps fou à creuser d'innombrables trous dans cette île. Qu'est-ce que ça pourrait être d'autre, sinon ?

Alors les policiers ont demandé à Mr. Sloan de leur décrire l'homme qui l'avait maltraité et il ne s'est pas trop mal débrouillé, mais j'ai tendu à Miss Maggie la feuille de papier que m'avait confiée Osh. Elle l'a déroulée, puis l'a donnée aux policiers.

– C'est son portrait craché, a dit Mr. Sloan quand il a vu le visage que Osh avait dessiné. Y compris ce qu'il y avait dans son regard. De la cruauté, voilà ce que c'était.

– C'est toi qui as dessiné ceci ? m'a demandé l'officier Reardon.

La question m'a fait rire.

– Non, c'est Osh.

Les deux policiers m'ont regardée avec sévérité.

– Osh, ai-je répété.

– C'est un artiste, a expliqué Miss Maggie. Il est venu avec nous à Penikese ce jour-là et il a vu l'homme, lui aussi.

L'officier Kelly a roulé le dessin. L'officier Reardon a fermé son petit carnet et l'a remis dans sa poche.

– Nous allons faire tout ce que nous pouvons pour le retrouver, mais il a une bonne longueur d'avance et il pourrait être n'importe où maintenant.

Mr. Sloan a poussé un soupir.

– J'espère qu'il est très loin d'ici, même si j'aimerais bien qu'on l'arrête. Vous voulez bien me ramener sur la terre ferme avec vous ?

Ils lui ont répondu que oui.

– Merci, Miss Corneille, a dit Mr. Sloan en nous quittant. Merci à vous aussi, Miss Maggie. Et remerciez aussi Mr. Osh pour moi, s'il vous plaît.

Puis, encadré par les deux policiers, il est reparti sur le continent, pour retourner à d'autres oiseaux dans un autre lieu.

– C'est si triste de penser que, peut-être, tu es leur enfant, a dit Miss Maggie quand je lui ai raconté ce que pouvait signifier la petite plume sur ma joue.

Nous étions dans son potager, en train de faire les deuxièmes semis de maïs et de haricots qui donneraient leur récolte après que les semis de mai auraient donné la leur.

– Leur premier enfant avait été emmené sur la terre ferme, vers une vie de solitude. Je suppose que l'on peut comprendre qu'ils aient décidé de donner à leur second enfant un destin meilleur, peut-être. (Elle a secoué la tête.) Mais l'envoyer en mer ? Toute seule ? Si petite ?

Je me sentais prête à les défendre farouchement, à dire qu'ils ne m'avaient fait aucun mal. À ses trois questions, je ne voulais répondre qu'une seule chose : ils n'avaient pas eu le choix.

– Peut-être ont-ils pensé qu'ils n'avaient pas le choix, a alors déclaré Miss Maggie.

J'ai ressenti une immense affection pour elle.

– Mais rien que de les imaginer tous les deux, t'attachant dans ce vieux rafiot et te poussant vers le large pour que la marée t'emporte, puis allant graver une pierre à poser sur une tombe vide afin de convaincre les gens que leur bébé était mort… j'en ai le cœur brisé.

– S'ils ne l'avaient pas fait, quelqu'un serait peut-être venu me chercher. On m'aurait envoyé à l'orphelinat de New Bedford, comme Jason.

– Peut-être. (Elle m'a tendu une clayette remplie de petits plants de haricots et m'a désigné un rang vide.) Commence par me repiquer ceux-là.

Pendant que je replantais les haricots, j'essayais d'imaginer la vie dans cet orphelinat, j'essayais d'imaginer Jason tout seul pendant des années. Avec personne de suffisamment courageux ou de suffisamment compatissant pour le toucher.

– Je veux retrouver mon frère, ai-je déclaré.

Miss Maggie s'est interrompue dans son travail et a levé les yeux.

– Tu penses que c'est possible après tout ce temps ? Il a probablement... (Elle a calculé de tête.) Presque vingt ans. Ça fait longtemps qu'il est tout seul.

– Mais il vit peut-être encore à New Bedford. L'orphelinat pourrait savoir où. Pourquoi est-ce que je n'essaierais pas de le retrouver ?

Du dos de la main, elle a repoussé une mèche de cheveux qui lui tombait sur le front.

– Je ne sais pas, a-t-elle dit lentement. Peut-être a-t-il trouvé son propre chemin. Peut-être est-il heureux de la vie qu'il mène.

J'ai haussé les épaules.

– Pourquoi ne serait-il pas encore plus heureux s'il savait que j'existais ?

Elle a gardé les yeux fixés sur son travail.

– Je ne sais pas, a-t-elle répété. Mais si tu y tiens, je t'aiderai si tu veux.

– Et Osh aussi.

– Évidemment. (Elle a refermé la terre sur la rangée de graines qu'elle venait de planter, s'est relevée et s'est frotté les mains.) On n'ira nulle part sans lui.

Chapitre 20

– Je n'ai pas quitté les îles une seule fois depuis que je suis arrivé, a déclaré Osh, et je n'ai pas l'intention de commencer.

Il avait pêché un bar rayé pour notre repas, et un autre pour Miss Maggie. Il les avait écaillés et vidés, en avait découpé les joues et était en train d'emballer celles qu'il lui destinait dans du papier kraft.

– Mais nous n'allons pas partir bien longtemps. Juste quelques heures.

– C'est une traversée de huit miles, a-t-il dit en nouant le paquet pour Miss Maggie avec de la ficelle blanche. Neuf si on compte l'entrée dans le port. Et qui sait combien de miles de plus à faire à pied jusqu'à l'orphelinat. Sans parler du long trajet de retour. C'est une journée au moins, et davantage si le temps devient mauvais.

Il a rangé le papier et la ficelle, a mis du bois dans le poêle et a soufflé sur les braises paresseuses jusqu'à ce qu'elles se mettent à rougeoyer.

– Mais ce n'est pas si long, un jour. Pourquoi est-ce qu'on ne peut pas y aller, même si ça prend toute une journée ?

– J'ai plein de travaux à faire, et toi aussi, et tes leçons en plus, que tu as négligées ces derniers temps.

C'était une drôle de chose à dire de la part de quelqu'un qui me laissait généralement mener mon éducation comme je le voulais.

Il a mis un plat en métal sur le poêle, avec du beurre et des petits oignons, puis, quelques minutes après, il a ajouté les joues du bar. L'odeur et le grésillement ont fait revenir Mia en courant. Osh lui a donné un petit morceau de poisson cru. Elle a roulé sur le dos et l'a pris entre ses deux pattes pour le manger.

– Si tu avais un frère qui vivait quelque part et si tu avais la possibilité de le retrouver, est-ce que tu n'irais pas ?

Osh s'est immobilisé. Seul le couteau tremblait un peu dans sa main. Il n'a bougé que pour s'occuper du poisson avant qu'il ne brûle.

– Je suis désolée, je n'ai pas réfléchi à ce que je disais.

J'ai sorti une assiette pour nous deux, deux fourchettes, du sel et du poivre. Je suis allée remplir une tasse d'eau à la citerne. J'ai posé le reste d'une miche de pain sur la table.

Osh a fait glisser les joues de poisson dans l'assiette. Il les a arrosées avec le beurre et les oignons. Nous nous sommes assis et nous avons commencé à déjeuner. C'était délicieux. Je le lui ai dit.

– Les choses sont généralement meilleures quand on n'en rajoute pas trop.

Le repas terminé, nous avons fait la vaisselle et nous sommes sortis tous les deux avec Mia. Osh m'a tendu un grand panier. À l'aide d'une fourche, il a ramassé les algues qui s'étaient échouées sur la plage avec la marée haute. Nous avons rempli le panier, nous l'avons pris chacun par une anse et nous sommes allés les étaler sur les rochers les plus hauts pour qu'elles soient rincées par la pluie. Une fois qu'elles seraient rincées et séchées, nous les enfouirions dans la terre du potager où elles nourriraient notre nourriture.

Osh s'est attaqué à un deuxième panier pendant que je réfléchissais. Est-ce que je serais assez courageuse pour traverser la baie et aller à New Bedford toute seule ? Je savais naviguer, mais je savais aussi que le canot pouvait être difficile à manœuvrer dans le vent fort, les courants contraires et le trafic des autres navires.

Pour me rendre à New Bedford, il faudrait que je prenne le ferry.

– Je ne suis pas retourné à New Bedford depuis que je suis arrivé ici, a déclaré Osh, comme s'il avait lu dans mes pensées. Et je n'ai aucune intention de le faire. Jamais. Ça pue la baleine, là-bas. Tout va trop vite. Trop de monde. (Il a arraché un vieux coquillage collé à une algue et l'a jeté au loin.) Je suis désolé, Corneille, mais je ne peux tout simplement pas.

Je ne voulais pas lui faire de la peine. Mais je ne voyais

pas pourquoi il fallait que je choisisse entre lui et un frère qui vivait peut-être à neuf miles d'ici.

– Si Miss Maggie vient avec moi, est-ce que je peux y aller ?

– Et comment vas-tu payer ton billet ?

Cela, plus que tout le reste, m'a fait réfléchir.

Tout ce qui appartenait à Osh m'appartenait à moi aussi. L'argent qu'il gagnait en découpant des gros blocs de glace dans l'étang, en hiver, en attrapant des homards ou en peignant ses tableaux servait à acheter ce que nous ne pouvions cultiver nous-mêmes. Mais si j'avais besoin de quelque chose qui vienne de la terre ferme, Osh le commandait sans discuter. Des crayons pour mes leçons, une nouvelle paire de bottes pour l'hiver quand la précédente devenait trop petite, un livre de temps à autre, et parfois des médicaments que Miss Maggie ne pouvait pas concocter elle-même.

– Tu ne veux pas payer mon billet ? ai-je demandé d'une toute petite voix.

Osh a planté sa fourche dans le sable et s'est passé la main dans les cheveux. Il m'a regardée fixement, les lèvres serrées.

– Si tu insistes, je te donnerai ce qu'il faut. Et remercie Miss Maggie d'y aller à ma place.

J'ai retrouvé Miss Maggie qui remontait le chemin du bureau de poste pour rentrer chez elle.

– Pas demain, m'a-t-elle répondu quand je lui ai

demandé si elle voulait bien m'accompagner à New Bedford. Cinders s'est mise à boiter et il faut que je reste avec elle. Peut-être dans quelques jours si elle va mieux. Et si Osh vient avec nous.

Je savais qu'il refuserait. Et je ne voulais pas attendre plusieurs jours.

– Dans quelques jours alors, lui ai-je dit. J'espère que Cinders va vite guérir.

Et je suis repartie chez nous. En passant devant les pontons de pêche et en traversant le chenal peu profond qui menait à notre crique, j'ai décidé que je prendrais le ferry pour New Bedford toute seule.

J'avais douze ans.

Je savais manœuvrer un canot, sortir un homard de son casier, et j'avais sauvé le garde qui serait mort de faim sans moi.

J'étais certainement capable de prendre le ferry pour aller en ville et revenir.

– Il y a du mauvais temps qui se prépare, a dit Osh quand je me suis réveillée le lendemain matin. Vous allez peut-être vous faire tremper au retour.

Je suis sortie : le ciel bleu, la lumière jaune du soleil et la petite brise m'ont fait cligner des yeux. Les prévisions de Osh étaient généralement justes, mais pas toujours.

– Ne t'inquiète pas, tout ira bien. Je dirai à Miss Maggie d'emporter un chapeau de pluie au cas où.

J'ai pris le bol de flocons d'avoine qu'il me tendait. Il

l'avait parsemé de petits morceaux de bacon grillé, ce qui n'était pas habituel. Le bol de café qu'il a posé à côté de moi ne l'était pas non plus : d'habitude, il fallait que je le supplie pour qu'il m'en donne. Et quand il y a versé de la crème, ma surprise a encore augmenté d'un cran.

– Je vais te préparer un pique-nique, a-t-il ajouté, comme il le faisait quand j'allais aider Miss Maggie à rassembler ses moutons éparpillés partout sur l'île.

Une pomme dans une poche, un petit pain avec du fromage et de la viande séchée dans l'autre, qui se réchauffait et s'amollissait au contact de mon corps pendant que je travaillais.

– Merci, lui ai-je dit, penchée sur mon bol, triste à l'idée que je lui cachais quelque chose. Mais cela valait mieux que de le pousser à m'accompagner à New Bedford.

Personne ne devient naufragé volontaire sur une île s'il n'en a pas fini avec la terre ferme.

Une heure plus tard, j'attendais sur le sable que les passagers du ferry aient fini de parcourir l'étroite promenade de planches qui reliait le débarcadère à la grève. Il y avait beaucoup de monde venu pour une excursion d'une journée et un bon dîner sur la plage. Des dames en robes blanches et des messieurs en costumes d'été qui repartiraient chez eux le soir même.

Je les ai regardés défiler sur les planches et remonter le chemin. Certains m'ont dévisagée avec curiosité. Une femme m'a même dit bonjour. Puis ils ont disparu, laissant le passage à ceux qui, comme moi, voulaient quitter l'île. J'ai suivi les quelques habitants qui se dirigeaient vers le bateau à vapeur. Je les connaissais et ils me connaissaient, mais personne n'a dit grand-chose.

En haut de la passerelle, le second a pris mon argent comme le leur. Pour lui, je n'étais qu'une petite fille toute fluette. J'ai souri en m'avançant vers la proue.

La brise a fraîchi dès que nous nous sommes écartés de la jetée. Au loin, des cheveux d'ange venus de nulle part étaient apparus dans le ciel. Ils étaient souvent le signe avant-coureur d'une tempête, le bord effiloché de nuages chargés de mauvais temps. Mais ils étaient encore très loin et le ciel au-dessus de nos têtes restait d'un bleu sans défaut, alors que nous mettions cap à l'ouest.

À un moment au cours de la traversée, j'ai réalisé que j'étais dans des eaux qui ne m'étaient plus familières, que j'étais plus proche du continent que des îles. Il était également étrange d'avancer à la vapeur et non à la voile. Nous allions tout droit, quelle que soit la direction du vent, à une vitesse constante, coupant la houle plutôt que de la chevaucher, avec un seul but : arriver au port. Ce qui me convenait fort bien en ce matin-là. J'étais impatiente d'arriver dans la grande ville.

Mais il se trouve que j'ai découvert quelque chose avant même que nous ne touchions terre.

Alors que nous approchions de l'entrée du port de New Bedford, une goélette, toutes voiles dehors, est sortie du chenal et s'est dirigée vers nous, sa proue s'élevant et retombant dans les vagues. Un long pavillon vert flottait en haut de son grand mât. Nous avons légèrement changé de cap, comme les navires à vapeur doivent le faire pour laisser passer un voilier, mais nous nous sommes croisés de très près et j'ai très bien vu les marins. Alignés le long du bastingage, ils se rassasiaient de la vue du port qu'ils ne reverraient sans doute plus avant des semaines. Des mois peut-être.

L'un d'eux me ressemblait.

Il était à la proue de la goélette, j'étais à la proue du ferry et, pendant un long moment, nous nous sommes retrouvés face à face à nous regarder.

– Jason ? ai-je crié.

Il y avait du vent et je voyais qu'il ne m'avait pas entendue. Il a mis la main en cornet derrière son oreille et s'est penché le plus possible, alors j'ai crié de nouveau, plus fort encore :

– Jason !

Mais je n'étais toujours pas certaine qu'il m'ait entendue.

Sans que nos regards ne se détachent l'un de l'autre, je me suis dirigée vers l'arrière et il a fait de même tandis que les deux bateaux se croisaient, de sorte qu'une minute, pas plus, nous sommes demeurés aussi proches l'un de l'autre que possible. Puis je suis restée à la poupe du ferry et je l'ai regardé, lui, debout à la poupe de la goélette, la distance augmentant entre nous. J'ai agité la main.

Le marin qui me ressemblait a répondu à mon salut,

comme tous les autres marins alignés eux aussi à l'arrière, un simple signe d'amitié. Et quand notre ferry est entré au port, la goélette a viré de bord, et le marin n'a plus été qu'une lointaine silhouette.

– *Le Pétrel*, ai-je prononcé à haute voix afin de me rappeler le nom de ce navire et de savoir quand il reviendrait.

Je suis restée immobile jusqu'à ce que la goélette disparaisse. Peut-être n'était-il rien par rapport à moi, un étranger désormais occupé aux manœuvres de son bateau, toutes ses pensées tournées vers la mer. Peut-être que son apparence n'était qu'une coïncidence, rien de plus que ce que j'avais voulu y voir.

Ou au contraire était-il toujours debout près du bastingage, à s'interroger à mon sujet. Peut-être même ressentait-il comme moi une étrange chaleur qui ne faiblissait pas malgré l'éloignement croissant.

Chapitre 21

Une fois le ferry amarré le long du quai, j'ai été tentée de rester à bord et d'attendre le voyage de retour. Avoir vu ce marin qui me ressemblait tant était peut-être une meilleure réponse à mes questions que tout ce que je pourrais découvrir à New Bedford. Mais la réponse que je désirais et celle dont j'avais besoin n'étaient pas les mêmes. Je ferais ce que j'étais venue faire.

Maintenant que j'étais arrivée, cependant, je n'avais plus envie d'aller en ville.

Osh avait raison. Avant même de descendre à terre, l'endroit me faisait peur. Il puait la baleine et les ordures. Tout le long des quais s'entassaient des barils couverts d'algues et des centaines de balles de coton qui attendaient d'être livrées aux filatures. Partout, des hommes de toutes les couleurs, nus jusqu'à la ceinture, travaillaient dur sous le soleil. Chevaux, moteurs, hommes trimaient tout autour des bassins du port, envahis de nappes de pétrole et de détritus. Plus loin, des cheminées d'usine fumaient. Au-delà des quais se trouvaient de hauts bâtiments et de longues rues toutes droites. Miss Maggie m'avait décrit les automobiles et j'en avais vues en photo, mais j'étais stupéfiée par les gaz d'échappement, le grondement des moteurs et le rugissement des klaxons. Et pas un seul arbre en vue.

– Alors, t'y vas? m'a lancé un matelot.

J'ai réalisé que j'étais la dernière passagère encore à bord.

– Oui, lui ai-je répondu en me faufilant devant lui et en dévalant la passerelle. Puis je me suis arrêtée net.

Je n'avais jamais connu une telle frayeur: j'ai aperçu un chien noir, le dos couvert d'abcès, et qui transportait dans sa gueule un rat aussi gros que Mia. Personne n'avait l'air de s'en émouvoir.

Je ne savais pas où aller, je me suis donc mise à marcher, en pressant le pas pour rattraper les autres habitants de l'île qui partaient s'occuper de leurs propres affaires. J'ai interpellé Mr. Cook, un fermier:

– S'il vous plaît!

Il s'est retourné et m'a dit:

– Alors, en route pour de nouvelles aventures, Corneille? Ça t'a pas suffi de délivrer le garde?

– Savez-vous où est l'orphelinat?

– Y a pas d'orphelinat à New Bedford. Y en a plus.

Je m'en suis voulu!

Comment avais-je pu imaginer que j'y arriverais sans aucune préparation. La ville avait l'air d'une forteresse énorme et hostile, et je ne m'étais jamais sentie aussi petite.

– Mais l'endroit où il était, il existe toujours, a ajouté Mr. Cook, ce qui m'a redonné espoir.

– Que voulez-vous dire ?

– C'est là que j'ai emmené ma mère quand elle est tombée malade. À l'hôpital. C'est juste à côté qu'il y avait le vieux bâtiment de l'orphelinat, qui fait partie de l'hôpital Saint-Luke maintenant. (Il a tendu le bras dans une direction au-delà des quais.) Remonte Union Street, puis tourne à gauche dans County Street, puis à droite dans Allen Street. Mais ne traîne pas, Corneille. Y a qu'un seul ferry pour rentrer à Cuttyhunk, aujourd'hui.

Cela me faisait bizarre de porter des souliers en plein mois de juin, mais j'étais contente de les avoir aux pieds, car les rues étaient jonchées de morceaux de verre, de métal et de détritus. Les gens marchaient très vite ici, sans s'adresser la parole, dans la poussière soulevée par l'agitation générale.

Les vitrines des magasins étaient remplies de choses que je n'imaginais même pas posséder, et le reflet des passants et des rues encombrées de voitures rendaient cette autre vie que j'y apercevais aussi lointaine et impalpable qu'un rêve.

Je guettais County Street et j'ai dû traverser Union Street pour la prendre, en évitant de peu les voitures et les camions qui m'ont klaxonnée. Puis j'ai cherché Allen Street et j'ai traversé de nouveau, en faisant plus attention cette fois-là. J'ai remonté Allen Street, pâté de maisons après pâté de maisons, à la recherche de l'hôpital Saint-Luke. J'avais chaud, j'avais la peau moite, j'avais mal aux pieds. Et une seule envie : trouver un arbre et un peu d'ombre, ou mieux encore, l'océan. J'étais affamée, mais il était trop tôt pour entamer mon pique-nique, sinon je n'aurais plus rien quand j'en aurais vraiment besoin.

Soudain, je suis arrivée devant l'hôpital. On ne pouvait pas le manquer : c'était un bâtiment immense et beau dans son genre.

Je me sentais étrangère, pas du tout à ma place parmi tous les gens de la ville, mais personne ne m'a remarquée quand j'ai gravi les marches et que je me suis glissée à l'intérieur par les grandes portes d'entrée.

L'hôpital était une ville dans la ville, empli d'agitation et de fracas – relents aigres couverts par l'odeur de l'alcool, claquements des pas sur le sol et pleurs d'une femme venus d'on ne sait où. Trop de décisions à prendre, et aucune idée de par où commencer.

J'avais de plus en plus le sentiment que je n'y arriverais pas.

C'est alors qu'une jeune femme, assise derrière un comptoir, m'a demandé :

– Est-ce que je peux t'aider ? (Elle m'a fait signe de m'approcher. La curiosité se lisait sur son visage.) Est-ce que tu es perdue ?

– Non, mais c'est la première fois que je viens en ville. Je cherche l'endroit où était l'orphelinat autrefois, ai-je dit, avant de me reprendre. En fait, je cherche quelqu'un qui pourrait me donner des renseignements sur un garçon qui a vécu ici.

La femme m'a examinée avec encore plus d'attention, intriguée, sans véritablement sourire.

– Oh, cela fait bien longtemps que les enfants qui ont vécu ici ne sont plus là.

J'ai hoché la tête.

– Je n'espérais pas le trouver, lui, mais juste quelqu'un qui pourrait me parler de lui.

– Je ne travaille pas ici depuis assez longtemps pour pouvoir t'aider, mais il y a certaines personnes dans différents services qui sont ici depuis ce temps-là.

Elle m'a expliqué comment aller à la pouponnière.

– Tu y trouveras Mrs. Pelham. Elle s'occupe des bébés maintenant, mais auparavant elle travaillait à l'orphelinat. Commence par elle : si quelqu'un peut répondre à tes questions, c'est elle.

Je me suis donc engagée dans un labyrinthe de couloirs. Je suis ressortie dans une cour où il y avait, enfin, des arbres. Je l'ai traversée, ainsi que la rue qui la bordait, et j'ai pris une allée qui menait au perron d'un autre bâtiment, moins grand que le premier. Je suis entrée, j'ai parcouru un long couloir et je suis montée à l'étage d'où provenaient des pleurs de bébé.

– Puis-je te renseigner ? m'a demandé une infirmière qui sortait de la pouponnière au moment où j'allais y entrer. (La blancheur de son uniforme m'a fait cligner des yeux.)

– Je suis venue voir Mrs. Pelham, ai-je dit en essayant d'avoir l'air beaucoup plus sûre de moi que je ne l'étais.

– Tu ne peux pas entrer ici, m'a-t-elle dit, en m'examinant des pieds à la tête comme si j'avais des puces. Je vais aller voir si elle peut sortir une minute. Comment t'appelles-tu ?

– Corneille.

– Comme l'oiseau ? a-t-elle dit d'un air surpris.

– Oui, comme l'oiseau.

Elle a levé un sourcil mais elle est rentrée dans la pouponnière et, quelques instants après, elle en est ressortie, accompagnée d'une femme plus vieille.

Mrs. Pelham avait un visage âgé, mais elle se déplaçait comme quelqu'un de jeune et, quand elle a souri, j'ai vu qu'elle avait encore de belles dents. Je me suis demandé ce qui avait bien pu marquer ainsi son visage. Elle m'a regardée attentivement, le front plissé.

– Est-ce que je te connais ?

– Non.

– Alors que puis-je faire pour toi ?

– On m'a dit que vous aviez travaillé à l'orphelinat.

– C'est vrai, pendant des années.

Je ne m'étais pas attendue à avoir autant de chance.

– J'essaie de me renseigner sur un garçon qui a vécu ici. Il s'appelle Jason. Il est arrivé ici de l'île de Penikese alors qu'il venait tout juste de naître. Est-ce que vous l'avez connu ?

Mrs. Pelham s'est redressée. Elle était à peine plus

grande que moi, mais elle m'a soudain paru immense. Toute trace de curiosité avait soudain disparu de son regard, remplacée par un autre sentiment.

– Tu es venue ici à cause de Jason ?

Elle n'avait pas l'air en colère, pas exactement, plutôt très sérieuse.

J'ai fait signe que oui.

– Ce bâtiment est une maternité et une pouponnière, mais auparavant, c'est ici que vivaient les orphelins.

L'endroit, propre et éclairé par de nombreuses fenêtres, était plutôt agréable avec ses larges couloirs et ses hauts plafonds. Mais ce n'était pas un foyer.

J'ai pensé à la petite maison que Osh avait construite, minuscule et tarabiscotée. Au bruit de la pluie sur le toit. À Osh attisant le feu, à la couleur ambrée des flammes et aux ombres qui dansaient sur les murs.

– Est-ce que Jason a vécu ici ?

Elle a tendu le bras vers le bout du couloir.

– Dans cette chambre, là-bas.

– Tout seul ?

Elle a poussé un soupir.

– Pourquoi est-ce que tu veux des renseignements sur lui ?

– J'habite sur une autre des îles Elizabeth, tout à côté de Cuttyhunk. Et je pense… Je me demande… (Je ne savais pas très bien comment résumer ma longue histoire.) Il est possible que j'aie un frère appelé Jason, qui a été envoyé ici, et j'essaie de découvrir ce qu'il est devenu.

Soudain, comme si j'avais dit une chose douce et gentille, toute sa sévérité a fondu. Elle a fermé les yeux, ses lèvres se sont mises à trembler. Elle a reculé jusqu'à un banc et s'est assise, les deux poings fermés sous le menton, la tête penchée.

– Oh, mon Dieu, a-t-elle murmuré, mon Dieu !

Je me suis assise à côté d'elle, et elle ne s'est pas éloignée, ce qui m'a rempli d'affection pour elle.

– Mrs. Pelham, est-ce que tout va bien ?

– Oui.

Elle a ouvert les yeux, ses mains sont retombées sur ses genoux et elle s'est tournée vers moi avec un sourire.

– C'est juste que nous avions tous perdu espoir de trouver une famille pour Jason. Et aujourd'hui, voici qu'une famille vient le retrouver.

Chapitre 22

Il était étrange de penser qu'à moi toute seule je représentais une famille et que j'avais peut-être vraiment un frère.

– Savez-vous où est Jason maintenant ?

Elle a secoué la tête.

– Non. L'orphelinat a cessé de prendre des enfants quand Jason a eu cinq ans. Tous les enfants ont été placés dans des familles d'adoption, sauf lui. (Ses lèvres se sont remises à trembler un peu.) Tu sais ce qu'il y avait à Penikese ? Et la raison pour laquelle il a été envoyé ici ?

J'ai hoché la tête.

– Pauvre petit. Les médecins nous avaient dit de le considérer comme contagieux jusqu'à ce qu'ils soient certains qu'il n'avait pas la lèpre. Alors nous l'avons isolé des autres enfants et nous avons mis des masques et des gants pendant les premiers mois. Même après, nous avons continué à maintenir une certaine distance, et je trouvais cela dur. Nous lui donnions son bain, bien sûr, et nous l'habillions. Il a reçu tous les soins dont il avait besoin, tout petit, mais il était bien trop seul. C'était un bébé si calme, si facile, avec ses grands yeux. (Elle a secoué la tête.) Au bout de deux ou trois ans, quand j'ai été convaincue qu'il n'était pas malade, ils ont dit que je pouvais le prendre dans mes bras, mais il ne voulait plus se laisser faire. Il réagissait comme s'il avait mal quand on le touchait. (Elle s'est mise à pleurer.) Il ne parlait pas non plus. Il ne chantait pas, ne jouait pas. Rien ne semblait vraiment l'intéresser. Il restait des heures à regarder par la fenêtre, parfois en marmonnant. Quand il dormait, je m'asseyais près de son lit et je caressais son petit bras, ou bien je posais ma main sur son front, juste pour qu'une part de lui-même sache qu'il n'était pas seul.

– Qu'est-il devenu quand les autres enfants sont partis ?

Mrs. Pelham s'est essuyé les joues avec ses manches.

– Nous l'avons gardé ici. Que pouvait-on faire d'autre ? Je n'ai pas pu le prendre chez nous. (Elle a détourné les yeux.) Mon mari est un homme bon, mais il a refusé. Nous avions déjà nos enfants à nous.

– Alors il est resté à l'hôpital ?

– Ici, dans la même chambre. Mais en grandissant, il a été libre d'aller et de venir, et c'est alors qu'il s'est mis à parler. (Elle s'est frotté les yeux avec ses paumes.) Avec les patients, pour commencer. J'ai été abasourdie, ça, je peux te le dire, de le trouver un jour, assis au pied d'un lit. Il parlait à une petite fille qui avait été brûlée aux jambes dans un incendie parce que sa jupe avait pris feu avant que sa mère puisse intervenir. Jason était là et lui demandait ce qu'elle avait. Je m'en souviens parfaitement bien. Je me souviens d'elle lui disant : « J'ai été brûlée dans un incendie », et de Jason lui demandant : « Ça fait mal ? »

Elle m'a regardée, encore visiblement tout étonnée après ces années.

– Cinq ans sans dire un mot, puis, d'un seul coup, il se met à parler comme toi et moi. Comme s'il avait décidé de passer à autre chose, de mener sa barque. À l'âge de cinq ans. Et c'est ce qu'il a fait. Il n'a jamais appris à lire ou écrire, et pourtant on a essayé. Il ne passait plus beaucoup de temps dans cette chambre. Il dormait là où il trouvait un lit de libre, il descendait à la cuisine quand il avait faim, il se débrouillait pour rester propre, se trouver des habits. Il se rendait utile dans les différents services de l'hôpital. Il faisait des commissions pour les uns et les autres, indiquait leur chemin aux gens. Puis, quand il est devenu un peu plus grand, il a commencé à s'aventurer en ville tout seul. J'ai bien essayé de l'en empêcher, mais autant essayer de garder un chat en cage. (Elle a ri.) C'est impossible.

J'ai tenté de m'imaginer un enfant, presque deux fois plus jeune que moi, gagnant sa vie, explorant la ville, se faisant un chez-soi des endroits où il se trouvait, ayant sa vie entre ses propres mains. Je m'étais toujours considérée comme quelqu'un de débrouillard, mais ce n'était rien comparé à lui.

– Est-ce qu'il est toujours ici ? ai-je demandé, tout en sachant qu'il avait environ vingt ans et que cela faisait certainement longtemps qu'il avait quitté Saint-Luke.

– J'aimerais bien, a-t-elle dit. Il passe de temps à autre. Une fois, il est revenu avec un souvenir en coquillages qu'il avait fabriqué lui-même. (Elle s'est frotté les yeux de nouveau.) Jusque-là, je n'avais pas pensé qu'il avait de l'affection pour moi, et comment le lui reprocher ? Quelqu'un qui est censé s'occuper d'un orphelin, mais qui a trop peur de lui pour le faire bien, ou pour l'adopter au moment où il aurait eu besoin d'un foyer. En grandissant, je pense qu'il a compris que tout n'est pas aussi simple qu'il paraît.

– Il vous a rapporté un cadeau en coquillages ? (Je me suis rappelé le jeune homme du *Pétrel*.) Il est devenu marin ?

Elle a acquiescé.

– Comment le sais-tu ?

Je me suis levée.

– En arrivant sur le ferry de Cuttyhunk, j'ai vu un marin sur une goélette, *Le Pétrel*. Il me ressemblait.

Mrs. Pelham a eu un sourire.

– Ça m'étonnerait beaucoup que ce soit lui. Ça fait des années que je ne l'ai pas vu. Mais il est vrai que tu ressembles énormément au garçon qu'il était quand il avait ton âge.

Nous avons encore un peu discuté, puis je me suis dit qu'il fallait que je retourne au ferry.

– Quand Jason reviendra vous voir, vous lui parlerez de moi ?

– Oui. D'une fille qui s'appelle Corneille. S'il revient.

– Une fille de Cuttyhunk.

– De Cuttyhunk. Impossible que j'oublie. Ce n'est pas tous les jours qu'on a une deuxième chance comme celle-ci.

Je suis repartie vers le port, si profondément plongée dans mes pensées que j'ai failli dégringoler dans une cave par une trappe ouverte sur le trottoir. Au dernier moment, un homme qui déchargeait un tonneau d'un camion a crié : « Attention ! » Je me suis arrêtée net, puis j'ai contourné la trappe pour continuer ma route.

Je savais qu'il y avait un cinéma à New Bedford. Miss Maggie m'avait parlé de ce qu'était un film, et je rêvais d'en voir un. Je savais aussi qu'il y avait des confiseries qui vendaient des bonbons, j'avais toujours voulu en goûter. Mais même si j'avais eu l'argent nécessaire, ce qui n'était pas le cas, je n'y aurais pas pensé une seule seconde. Je ne pouvais pas imaginer de film plus intéressant que la journée que je venais de passer, ni de bonbon plus délicieux que l'idée que Jason existait pour de vrai et qu'il était peut-être mon frère.

Il fallait que je me rappelle à chaque fois d'ajouter ce « peut-être » quand je pensais à lui. Tant que je ne le saurais pas de manière sûre et certaine, ce « peut-être » serait important.

Mais Mrs. Pelham avait dit que je lui ressemblais au

même âge. Ça, c'était quelque chose de sûr et certain. Ainsi que le marin du *Pétrel*. Qu'il soit Jason ou pas, c'était un point de départ. J'allais surveiller le détroit du Cimetière pour guetter le retour de la goélette. Je serais patiente – du moins j'essaierais.

Tout en me frayant un chemin à travers les rues sales, bruyantes et encombrées de New Bedford, je me suis rappelé que Osh avait dit qu'après avoir été en ville je ne me satisferais plus de notre île et de la vie que nous y menions.

Mais la seule chose que je voulais, c'était rentrer à la maison.

Chapitre 23

Quand je suis arrivée sur le quai, le ferry n'était pas là.

– Parti faire un tour à Mattapoisett, m'a dit le capitaine du port à travers sa barbe broussailleuse, le long tuyau de sa pipe coincé entre des dents marron. Va pas tarder.

– Et quand est-ce qu'il repart pour Cuttyhunk ? lui ai-je demandé.

Je devais plisser les yeux pour le regarder, car il était à contre-jour. Le soleil lui faisait une auréole, mais il sentait horriblement mauvais, une odeur de vieux poisson et de vieil homme, qui aurait bien eu besoin de prendre un bain.

– Vers trois heures trente, sept coups de cloche.

– Et quelle heure est-il maintenant ?

Il a jeté un coup d'œil au soleil par-dessus son épaule.

– Deux heures. Quatre coups seulement. Tu vas devoir attendre.

Au moment où je m'apprêtais à repartir, j'ai eu une idée.

– Vous connaissez une goélette appelée *Le Pétrel* ?

– Oui, une gabarre qu'a d'la chance de flotter encore.

– Vous savez où elle est partie ?

Il a réfléchi un moment, les yeux plissés, la bouche pincée.

– Dans le Maine, j'crois. À Portland. Après, j'sais pas.

– Si elle revient directement de Portland, combien de temps ça lui prendra ?

Il a jeté un coup d'œil vers le ciel.

– Si y a assez d'vent, mais pas trop, pour aller et revenir ? (Il a calculé.) Une semaine ? Peut-être plus. Mais si z'ont une autre destination après Portland ? Des mois peut-être.

Il a haussé les épaules, sa pipe a oscillé entre ses dents.

– Y pourraient aller n'importe où et revenir n'importe quand. J'peux rien te dire de mieux.

Et il est parti en boitillant. Il a hurlé quelque chose à un matelot qui vidait un seau d'ordures par-dessus le bastingage d'un voilier à l'ancre. En dessous, les poissons grouillaient parmi les épluchures de pommes de terre et les coquilles d'œuf flottant sur l'eau.

Je suis repartie et je suis allée me percher sur une borne d'amarrage où une mouette avait monté la garde avant de s'envoler. Elle était désormais posée sur l'eau, au milieu du banc de poissons, pour y avaler son déjeuner.

J'ai mangé le mien, mon petit pain tiré d'une poche, ma pomme de l'autre, jusqu'à la dernière miette. La pomme était assez juteuse pour me désaltérer en même temps qu'elle me rassasiait. Je me sentais mieux, je n'avais plus ni soif ni faim. Simplement j'avais toujours chaud, j'avais hâte d'enlever mes souliers et de retourner sur l'île.

C'est alors que j'ai regardé le quai en direction de la ville et que je me suis brusquement sentie glacée, puis brûlante : je venais d'apercevoir le gros homme de Penikese, celui qui avait abandonné Mr. Sloan à une mort certaine, qui sortait d'un bâtiment.

Il s'est arrêté sur le seuil pour regarder avec attention à droite et gauche, et j'ai gravé dans ma mémoire ce à quoi il ressemblait désormais : un pantalon marron, une chemise noire dont il avait relevé les manches, un bonnet marron à bord roulé. Après avoir jeté un dernier coup d'œil dans les deux directions, il est parti le long du quai et je l'ai perdu de vue.

Je ne m'attendais absolument pas à le voir ici. Il savait certainement que, tôt ou tard, on retrouverait Mr. Sloan et qu'on rechercherait l'homme qui l'avait retenu prisonnier.

Ou peut-être pensait-il que Mr. Sloan était mort ? Peut-être n'était-il pas inquiet que nous l'ayons vu, lui, à Penikese ? Après tout, il ne savait pas que Mr. Sloan avait été sauvé et qu'il avait raconté tout ce qu'il avait subi. Il ne savait pas que Osh avait dessiné son portrait afin d'aider la police à le retrouver.

Mais pourquoi rester dans les parages ? Pourquoi prendre un tel risque ?

J'ai pensé tour à tour : *Je vais le suivre*, puis : *Non, je vais rester ici, en sécurité.* Mais j'ai revu Mr. Sloan, assis dans le sable, en train de se frotter pour se nettoyer et, avant même d'avoir le temps de réfléchir, je me suis levée pour le suivre.

Il avait beaucoup d'avance, mais je suis rapide, et il était assez grand pour qu'on le remarque. Je le voyais de loin, marchant d'un pas décidé vers son but. Il dépassait les passants d'une tête et, même quand je ne le voyais pas directement, son bonnet marron flottait au-dessus de la foule. Je gardais les yeux fixés sur ce point de repère, prête à plonger entre deux maisons s'il se retournait brusquement.

Mais il ne l'a pas fait, je suis restée assez près, de sorte que, lorsqu'il a ouvert la porte d'une boutique et qu'il y est entré, j'ai eu le temps de ralentir et de me glisser sur le trottoir jusqu'à sa devanture.

Elle était pleine de bijoux et d'armes à feu. On y voyait aussi un long manteau de fourrure, des montres de gousset en or, une selle brillante et un plateau en argent orné de spirales.

J'ai furtivement retraversé la rue et je suis allée m'accroupir dans un hangar qui donnait sur les quais pour attendre qu'il réapparaisse. À mes pieds gisaient un pigeon mort, des mégots de cigarette, des algues pourries, des choses sans nom, le tout dans une vieille flaque d'eau de pluie boueuse.

À mon grand soulagement, la porte de la boutique s'est vite rouverte, et le gros homme en est ressorti. Même de loin, on voyait qu'il était furieux, ramassé sur lui-même comme un chien de garde. J'ai reculé encore plus dans le hangar pour qu'il ne me voie pas, et j'ai attendu qu'il s'éloigne.

Quand j'ai jeté un coup d'œil, je l'ai aperçu qui retournait d'où il était venu. Il faudrait que je fasse attention à ne pas le croiser quand je reviendrais sur le quai du ferry.

De mon poste d'observation, je voyais le panneau accroché au-dessus de la boutique : PRÊTEUR SUR GAGES. Je ne savais pas ce que cela voulait dire.

J'ai traversé la rue.

Une cloche a tinté quand j'ai ouvert la porte de la boutique. L'endroit regorgeait de trésors de toutes sortes. Des grandes vitrines étaient remplies de bijoux et de pistolets. Le long d'un mur pendaient des manteaux de fourrure, silhouettes vides qui paraissaient s'ennuyer. Sur un autre mur, de magnifiques tableaux. Des étagères chargées d'éventails en dentelle, d'objets en cristal, de briquets, de bouteilles de parfum. Un tonneau hérissé de cannes, dont certaines avaient des poignées en ivoire.

Du fond de la boutique, derrière une vitrine de bijoux, un homme coiffé d'une visière a levé les yeux de son travail et m'a lancé sans la moindre amabilité :

– Qu'est-ce que tu veux ?

– Juste savoir ce qu'est un prêteur sur gages, ai-je répondu d'une toute petite voix.

De façon inattendue, la question l'a fait sourire.

– Si tu m'apportes quelque chose qui a de la valeur,

je vais te donner une somme d'argent. Si tu reviens avant une certaine date, tu peux racheter cet objet en me donnant une somme plus importante. Sinon, c'est moi qui vends l'objet à quelqu'un d'autre. Tu as quelque chose à mettre en gage ?

Je me suis rapprochée. Dans la vitrine devant lui, sur un carré de tissu noir, était posé un beau collier en or, avec un médaillon en forme de cœur.

– Peut-être, ai-je dit, tout en sachant qu'il ne me donnerait rien pour mes souliers.

– Tu as mis la main dans la poche de quelqu'un ? m'a-t-il lancé en me faisant un grand sourire.

Là, j'ai reculé d'un pas.

– Non, pas moi. Mais je parie que l'homme qui vient de sortir a volé ce collier.

Il n'a pas apprécié, et son visage a changé. Il a fait mine de faire le tour de son comptoir, alors j'ai pivoté sur les talons et je me suis précipitée vers la porte. J'ai couru si vite que j'ai failli rentrer dans le gros homme que j'avais suivi.

Il s'était arrêté pour acheter une saucisse à la carriole d'un marchand ambulant, garée près du quai du ferry.

Mon visage était la seule chose qu'il pouvait reconnaître, et je me suis glissée dans son dos pour aller directement sur le quai, sans regarder derrière moi, sauf un rapide coup d'œil au moment de traverser la rue pour atteindre l'endroit où le ferry viendrait s'amarrer – et vite, je l'espérais.

De là, je ne le voyais plus. Je suis quand même allée le plus loin possible sur le quai pour attendre le ferry.

Il n'y avait pas d'endroit où se cacher, mais j'étais petite, le monde était grand, et si je restais immobile et silencieuse je pouvais me rendre invisible, tel un élément du décor comme les bornes d'amarrage, ou les mouettes qui s'y perchaient et surveillaient tout de leurs yeux jaunes et plats.

J'ai surveillé, moi aussi, les alentours sans baisser la garde un seul moment jusqu'à ce que le ferry revienne au port et qu'il soit l'heure d'embarquer. Mais au moment de faire la queue devant la passerelle, j'ai relâché mon attention et, quand j'ai regardé le quai, je l'ai vu, là, debout, bien campé sur ses deux jambes, qui regardait droit dans ma direction.

Son visage reflétait un mélange de colère et de surprise. Sur le mien, on devait lire de la peur, j'imagine, rien que de la peur. Il n'a pas bougé, pourtant il a continué à regarder jusqu'à ce que ce soit mon tour d'embarquer. Le temps que je me faufile jusqu'à la proue du bateau pour le chercher du regard, il avait disparu.

Comme à l'aller, nous n'étions pas nombreux à faire la traversée, et j'ai eu toute la place que je voulais pour m'asseoir à l'écart et mettre de l'ordre dans mes pensées.

J'étais encore aussi tendue que la chaîne d'une ancre dans le courant, et dans mon esprit tourbillonnait tout ce que j'avais fait et vu pendant la journée. Mais plus nous avancions, plus New Bedford me paraissait un autre monde, fort lointain, dont rien ne pouvait m'atteindre. Pas même cet homme terrifiant qui était encore quelque part là-bas, peut-être en train de quitter la ville, aussi effrayé que je l'avais été en le voyant.

J'ai fini par me convaincre que je ne le reverrais plus jamais.

Chapitre 24

Osh était là, à m'attendre, quand le ferry a accosté. Je l'ai vu me regarder de la plage pendant que je parcourais la passerelle de planches avec la poignée d'habitants de l'île qui revenaient à Cuttyhunk.

Il n'a pas dit un mot, mais il a posé la main sur mon épaule et l'a laissée un long moment.

– Ne me refais jamais cela, a-t-il articulé doucement, comme si un feu lui dévorait la poitrine et qu'il faisait tous ses efforts pour le contenir.

– Je suis désolée, ai-je répondu (et je le pensais vraiment).

– Ça, il faudra aussi que tu le dises à Miss Maggie. Elle a failli partir à New Bedford à la nage quand nous avons compris que tu y étais allée toute seule.

– Et pas toi ?

Il m'a jeté un regard d'avertissement.

– Si tu veux aller quelque part toute seule, vas-y. Il faut juste que tu saches que, s'il t'arrive quelque chose de grave, c'est à moi aussi que cela arrivera et à Miss Maggie. Quelque chose de vraiment grave. Tu comprends ?

J'ai fait signe que oui et j'ai répété :

– Je suis désolée. (Je me suis assise dans l'herbe pour enlever mes souliers.) J'ai détesté la ville.

Il a poussé un soupir.

– Bien.

J'ai attaché mes souliers ensemble et je les ai tenus par les lacets pour remonter le chemin jusque chez Miss Maggie.

Nous l'avons trouvée dans la grange où l'air était chaud et envahi de poussière de paille et de pollen. Elle était à genoux près de Cinders et lui tâtait la jambe pour voir si elle était chaude. Nous nous sommes immobilisés, Osh et moi, à l'entrée du box.

Elle s'est remise debout. J'avais l'habitude de lui voir le visage assez sombre, mais jamais aussi tempétueux.

– Tu ne recommenceras jamais.

Ce n'était pas une question.

– Non, je vous le promets. Je suis désolée.

– Quand je pense que tu t'es servie de moi comme cela ! Mentir en disant que je venais avec toi. À quoi pensais-tu ?

J'ai secoué la tête.

– Il fallait que j'aille à New Bedford. Pour rechercher Jason. Je suis désolée de ne pas avoir attendu que vous puissiez m'accompagner.

– Moi aussi, a-t-elle répliqué en sortant du box et en

fermant la porte. Bon, allons-y. Osh et moi, nous avons eu tellement peur que nous n'avons rien pu avaler, et moi, je meurs de faim.

Je ne m'étais pas attendu à un bon dîner chez Miss Maggie. J'étais contente de ne pas avoir trop mangé ce jour-là, mais triste qu'elle refuse mon aide.

– Non, attends dehors. Je préfère préparer le repas toute seule.

Osh et moi, nous nous sommes donc assis devant la table à tréteaux installée sous le grand charme, pendant qu'elle s'affairait dans sa cuisine. Au-dessus de nos têtes, une nichée de petites corneilles piaillait en attendant leur propre repas. Je les voyais se pencher le plus loin possible hors du nid. Elles paraissaient sur le point de prendre leur envol.

– Pourquoi leur nid est-il si haut ? Et si les petits tombaient en essayant de s'envoler ?

Osh a levé la tête pour examiner le nid à travers les branches.

– Il y a plus d'une réponse à cela.

– Par exemple ?

– Les corneilles nichent très haut pour que les chasseurs aient du mal à les atteindre.

– Et les autres oiseaux ? Un nid tout en haut, c'est plus facile pour un faucon qui veut attraper un oisillon, non ?

Osh a haussé les épaules.

– Il faut bien qu'elles le fassent quelque part, leur nid.

– Et ça sert à quoi de le faire si haut si les petits tombent et se cassent le cou en essayant de s'envoler ?

– Ils n'essaient pas avant d'être prêts.

Cette conversation me donnait mal au crâne.

– Et comment savent-ils qu'ils peuvent voler s'ils n'ont encore jamais volé ?

– J'imagine qu'ils sont attentifs à ce qu'ils savent.

C'était précisément le conseil qu'il m'avait donné. Nous nous sommes longuement regardés et je l'ai vu se radoucir un peu.

– Ce sont eux qui savent le mieux quand ils sont prêts à s'envoler. (Il s'est penché vers moi et m'a pris la main.) Ils ne mentent pas à ce sujet. Et ils ne filent pas en cachette comme tu l'as fait.

Sa main était terriblement rugueuse et dure, mais elle tenait la mienne comme si j'étais aussi fragile qu'une fleur.

– Je ne le ferai plus. La prochaine fois, je te préviendrai.

Je m'attendais à ce qu'il réagisse à cette « prochaine fois », mais non. À la place, il a acquiescé, ce qui m'a rendue à la fois triste et heureuse. Comme l'étaient peut-être les petites corneilles, encore blotties dans leur nid tiède et protecteur, mais désirant déjà le ciel.

Miss Maggie nous a servi des beignets de homard, des petits pains et de l'eau agrémentée de feuilles de menthe.

– Tu vas commencer par dîner, puis tu nous raconteras tout ce qui s'est passé pendant ta journée, m'a-t-elle dit en s'asseyant à un bout de la table, tandis que Osh s'installait à l'autre bout.

Nous n'avons pas dit grand-chose pendant que nous mangions, c'était trop bon.

Les beignets de homard étaient tout chauds et ruisselants de beurre, bruns et croustillants à l'extérieur, blancs et moelleux à l'intérieur. Miss Maggie avait ajouté du fromage à la pâte de ses petits pains et avait recouvert le dessus de sauce au poivron. Pour le dessert, elle nous a apporté un plat de fraises saupoudrées d'une pincée de sucre de canne.

La brise faisait des révérences en passant près de nous. Une hirondelle a dessiné une arabesque au-dessus de nos têtes. S'il y avait eu de la musique, la scène aurait été presque trop belle.

– Je suis bien mieux ici qu'en ville, ai-je dit à Osh.

– Cela, c'est évident, a renchéri Miss Maggie.

C'est alors que je leur ai raconté ma journée. En commençant par le marin qui me ressemblait et en terminant par le gros homme, le prêteur sur gages, et comment le premier m'avait vue sur le quai. Miss Maggie a parfois poussé une exclamation comme à son habitude, alors que Osh m'a écoutée avec attention jusqu'à ce que j'aie fini.

– Tu n'as donc pas couru après la lune.

– Non. Le Jason de Penikese est peut-être encore quelque part, non loin d'ici. Peut-être même qu'il est ce marin que j'ai vu, et Mrs. Pelham dit que je lui ressemble vraiment. Donc, la seule chose que j'ai encore besoin de savoir, c'est si je suis cet autre bébé. Celui qui n'est pas mort pour de vrai.

Nous y avons tous réfléchi pendant un moment.

– La réponse de l'infirmière te dira peut-être si tu es cet autre bébé, a dit Miss Maggie. Elle devrait arriver d'un jour à l'autre.

– Très bien, a dit Osh. Alors tout sera fini.

– Avec cet homme horrible de l'autre côté de la baie ? a repris Miss Maggie. Il faut prévenir à nouveau les deux policiers.

– Et c'est vous qui allez le faire, lui a lancé Osh. Mais toi (en s'adressant à moi), est-ce que cela te suffira de savoir d'où tu viens et comment retrouver ton frère si tu en as un ?

– Je ne sais pas, ai-je répondu lentement. Il y a encore cette bague. Cette lettre qui est arrivée en même temps. Cette… (J'ai touché la plume sur ma joue.) Les agneaux gravés dans le cimetière et dans la petite maison. (Je ne comprenais pas l'impatience qui se lisait sur son visage.) Je parie que tu sais beaucoup de choses sur ta propre histoire, Osh. Qu'est-ce qui ne va pas quand je veux connaître la mienne ?

– Mon histoire est terminée, elle est loin derrière, et mieux vaut la laisser comme cela, a-t-il dit en se levant pour emporter les plats vides dans la maison.

– Je n'arrive pas à croire qu'il ne veuille rien savoir au sujet de sa famille, ai-je dit en le regardant marcher vers la maison. S'ils vont bien. Où ils vivent maintenant.

Elle m'a regardée avec un petit sourire triste.

– Il sait tout ce qu'il a besoin de savoir. Tu es ici, sous ses yeux.

Chapitre 25

Le lendemain, Osh et moi étions en train d'enfouir les algues séchées dans la terre de notre potager quand Miss Maggie est apparue près des pontons de pêche.

– Ta lettre est arrivée, nous a-t-elle crié en traversant le chenal. C'est la réponse de l'infirmière de Penikese.

Comme on était à mi-marée, elle tenait le bas de sa jupe dans une main, ses chaussures et l'enveloppe blanche dans l'autre.

– On a presque terminé, a dit Osh.

J'ai accéléré pour finir mon travail le plus vite possible pendant que Miss Maggie se trouvait un endroit où s'asseoir sur les rochers et étaler sa jupe pour la faire sécher.

– Oh, pour l'amour du ciel, s'est-elle exclamée au bout d'un moment, ces algues ne vont pas s'enfuir si vous vous interrompez deux minutes, Daniel !

Mais il a poursuivi jusqu'à ce que nous ayons enterré le dernier brin des algues dans le sol, où elles allaient servir d'engrais.

À peine avons-nous fini que Mia est sortie à la dérobée des hautes herbes et a attaqué un petit trou dans la terre d'où elle a tiré un fragment de laitue de mer afin de le réduire en miettes. L'algue ne lui offrant aucune résistance sérieuse, elle a décidé de s'en prendre plutôt aux lacets de Osh, se roulant à ses pieds jusqu'à ce qu'il se penche pour l'attraper d'une main et la poser doucement un peu plus loin.

J'ai appuyé ma houe contre un rocher et je suis venue m'asseoir près de Miss Maggie. Osh est resté où il était.

Elle m'a tendu l'enveloppe et m'a regardée l'ouvrir et déplier le papier avec soin. J'ai lu la lettre à haute voix, autant pour elle que pour Osh.

Chère Corneille, commençait-elle.

J'espère que vous me pardonnerez d'être prudente. Vous avez l'air d'être une personne honnête qui cherche des réponses à ses questions, mais j'ai appris que les apparences peuvent être trompeuses et qu'on ne peut pas faire confiance à tout le monde.

J'ai fait la grimace et j'ai demandé à Miss Maggie :

– De quoi parle-t-elle ?

– Continue à lire.

Quand le docteur Eastman m'a montré votre première lettre, j'ai eu envie de sauter dans un train pour venir vous rencontrer en personne. Quel autre moyen avais-je de savoir qui avait véritablement écrit cette lettre ? Et comment savoir qui a écrit la seconde, celle qui m'est arrivée directement, avec cette liste de mots mystérieux ?

Je me suis rappelé que j'avais écrit cette lettre sans faire confiance à l'infirmière. J'avais eu peur de lui demander clairement ce que je voulais savoir. Maintenant, c'était elle, comme moi, qui avait des soupçons.

Cela peut vous sembler étrange que je sois si réservée mais j'ai de bonnes raisons, dont la principale est un homme que j'ai rencontré ici, en Louisiane, un ouvrier venu réparer le toit de l'hôpital. Mr. Kendall. Mr. James Kendall. Un jour, il m'a posé des questions sur un collier que je portais, pour savoir s'il était en or véritable, si c'était un vrai rubis qui ornait le pendentif.

Il s'est montré charmant, il m'a dit que le collier était très joli, mais pas autant que moi. J'ai été flattée, je le reconnais. Je ne suis pas jolie, je ne l'ai jamais été, mais c'était agréable de penser le contraire.

Je lui ai répondu que oui, le collier était bien en or et le pendentif était bien un véritable rubis. Je lui ai dit que c'était un cadeau de mon amie Susanna, une malade que j'avais soignée sur l'île de Penikese, dans la colonie des lépreux.

Je m'attendais à ce qu'il ait un mouvement de recul, comme tout le monde, mais non. Alors je lui ai expliqué qu'elle l'avait trouvé en déterrant des racines de potentille, une plante que nous utilisions pour soigner les plaies. Il m'a demandé si j'accepterais de dîner avec lui un soir, et je lui ai dit oui. Nous sommes allés au restaurant le lendemain même. C'était si agréable de rencontrer quelqu'un qui n'avait pas peur de moi ! La plupart des gens gardent leurs distances, mais pas lui.

Je me suis interrompue de nouveau pour penser à quelque chose que je n'avais pas réalisé auparavant : les gens qui soignaient les lépreux n'avaient pas pris qu'un seul risque.

– Corneille ? a demandé Miss Maggie, alors j'ai recommencé.

Et Mr. Kendall m'écoutait ! Personne ne m'avait jamais écoutée comme lui.

Il m'a posé plein de questions sur Penikese, sur la colonie de lépreux et sur mon amie Susanna.

Je lui ai répondu, comme je vous le dis aujourd'hui, que même si elle avait été abîmée par cette horrible maladie, c'était une très belle femme, bonne, douce et très intelligente. Je lui ai tout raconté, notre amitié, son courage, tout ce qu'elle faisait pour aider les autres malades, même quand elle souffrait beaucoup. J'ai aussi répondu à ses questions sur la vie que nous menions sur l'île. Je pensais qu'il était mon ami.

Mais, peu après, le collier a disparu de ma chambre à l'hôpital, et lui aussi.

Quelle idiote j'avais été !

Je ne peux pas être certaine que ce soit lui. Je ne peux pas non plus être certaine que vous n'êtes pas cet homme, qui m'écrit pour savoir si j'en sais plus sur toute cette histoire.

De fait, j'en sais davantage. Mais ce que je sais, je ne l'écrirai pas dans une lettre.

Si vous êtes cet horrible personnage, honte à vous !

Si vous ne l'êtes pas, les mots que j'ai écrits pour répondre à ceux ce que vous m'avez envoyés devraient avoir beaucoup de sens. C'est ce que j'espère.

Sur la deuxième page, l'infirmière avait recopié ma liste. À côté de chaque mot, elle avait écrit les siens. J'ai montré la feuille à Miss Maggie et je me suis mise à lire à haute voix pour Osh :

Bébé, avais-je écrit. *Vous*, avait-elle répondu.

Pour *Canot*, elle avait écrit : *C'était un vieux rafiot et, pendant des semaines, personne ne s'est aperçu qu'il avait disparu. Un jour, j'ai dit au docteur Eastman qu'il avait été emporté par la marée.*

Pour *Bague*, une ligne a serré mon cœur : *Susanna la portait*. Puis quelque chose de plus mystérieux : *C'est votre héritage. Je pense qu'il y en a peut-être encore plus.*

– Qu'est-ce que c'est, un héritage ? ai-je demandé à Miss Maggie.

– Quelque chose que laisse une personne quand elle meurt. Un cadeau.

En face de *Petite plume,* Miss Evelyn avait écrit : *La marque par laquelle je saurai que vous êtes sienne.* Et à côté d'*Agneaux* : *Autre façon de vous faire savoir ce qu'elle voulait que vous sachiez.*

Et enfin *Mer de lumière* : *C'est mon nom, Morgan, qui est d'origine celtique, comme moi. Il signifie* « mer de lumière » *et votre mère vous l'a donné, à vous aussi. C'est un cadeau qu'elle m'a fait, plus précieux que le collier.*

Puis Miss Evelyn avait écrit :

J'espère un jour prendre ce train vers le nord et venir vous rencontrer, et elle avait signé *Evelyn Morgan.*

Mais en dessous de la signature, il y avait un post-scriptum qui a aussi répondu à une question que je me posais :

Si vous êtes la personne que je pense, j'espère que vous me pardonnerez si j'ai fait des erreurs. Peu après votre naissance, quelqu'un a envoyé une lettre à Penikese, posant des questions au sujet d'un bébé qui s'était échoué sur une des îles Elizabeth. C'est moi qui étais allée chercher le courrier ce jour-là. La lettre n'était pas adressée à quelqu'un en particulier, mais à l'hôpital : je l'ai donc ouverte et je l'ai brûlée. Susanna et votre père avaient choisi de vous offrir la chance d'une vie ailleurs qu'à Penikese ou dans un orphelinat, et la lettre signifiait que vous étiez bien arrivée saine et sauve dans un endroit meilleur. C'est tout ce que voulait Susanna et c'est ce que je lui ai offert.

J'ai replié la lettre que j'ai remise dans l'enveloppe.
– Susanna était ma mère.
– Oui, a confirmé Miss Maggie.

– Et maintenant, je sais pour de bon que j'ai un frère, qu'il soit ce marin ou pas.

– Oui.

– Et qu'Elvan est mon père. Ou qu'il était mon père.

Là, Osh a posé sa houe et il est rentré dans la maison. Miss Maggie l'a suivi, puis moi, puis Mia.

Chapitre 26

Osh s'est dirigé tout droit vers son chevalet, où il avait commencé un tableau représentant Mia blottie dans un panier en rotin, la queue dépassant par-dessus le rebord.

Un jour, je lui avais demandé pourquoi il n'avait jamais fait mon portrait. Il m'avait répondu : «Je l'ai déjà fait. Je le fais tout le temps. À chaque fois que je peins la mer.»

Sur le moment, sa réponse – l'idée que j'étais venue de la mer, que j'étais comme la mer – m'avait donné le sentiment d'être forte et spéciale. C'était une réponse que j'aimais toujours, mais ce n'était pas la seule vérité à mon sujet.

– Tu es énervé, n'est-ce pas, Osh ? Parce que j'ai dit qu'Elvan était mon père. Mais c'est vrai. Et ça n'a rien à voir avec toi.

Il a posé son pinceau et s'est retourné vers moi.

– Tu as raison. Ça n'a rien à voir avec moi. Et je suis content que tu saches ce que tu voulais savoir.

– Moi aussi. Je ne suis pas étonnée de savoir qu'ils

étaient mes parents. Ça fait un moment que je l'ai appris, petit à petit. Mais maintenant que je le sais pour de bon et que je connais toute l'histoire, j'ai l'impression que j'ai… plus de sens qu'avant. (J'ai fait une grimace en voyant l'expression de son visage.) Est-ce que ça pose un problème ?

Osh a poussé un soupir.

– Pour moi, tu as toujours eu du sens.

– Ça fait très longtemps que tu me connais. Moi, je me connais depuis moins longtemps que toi.

Il a acquiescé.

– Alors tu en as terminé, maintenant que tu sais ce que tu voulais savoir ?

J'ai lentement secoué la tête.

– J'ai l'intention de retourner là-bas. À Penikese.

Il s'est remis à peindre.

– Pour chercher ton héritage ? Pour t'acheter des choses que je ne peux pas t'acheter ?

– Non, pas pour cela, et tu le sais parfaitement.

Je suis sortie m'asseoir dans le sable près de la porte. Mia m'a rejointe, elle est montée sur mes genoux et s'est frotté le menton contre le mien. Elle sortait toujours les griffes quand elle était contente et je savais que j'aurais de minuscules marques rouges sur les jambes parce qu'elle n'arrêtait pas de gigoter en ronronnant, ses yeux fixés sur les miens.

J'ai entendu tout ce que disait Miss Maggie d'une voix forte, car elle était en colère.

– C'était cruel de dire cela, Daniel. Vous devriez le savoir.

Un silence.

– Pourquoi m'appelez-vous Daniel ?

Nouveau silence.

– Quel est le rapport ?

J'ai entendu sa chaise racler sur le sol quand il s'est levé.

– Depuis toutes ces années que je vous connais, vous ne m'avez jamais demandé comment je m'appelais. Vous avez juste décidé de m'appeler Daniel.

– Premièrement, c'est faux. Je vous ai demandé votre nom quand vous êtes arrivé ici et que je vous ai appelé depuis l'autre bord, à de nombreuses reprises, et vous ne me l'avez jamais dit. (Elle a fait une pause.) Vous aimeriez mieux que je vous appelle Osh ?

– Osh, c'est le nom que Corneille me donne.

J'ai repoussé Mia avec douceur et je me suis levée. Quand je suis apparue sur le seuil, ils m'ont regardée.

– Pourquoi parlez-vous de cela ? leur ai-je demandé.

– Je commence à penser que nous devrions tout reprendre à zéro, a dit Osh. À partir de maintenant, je vais t'appeler Morgan, et toi aussi, tu vas m'appeler différemment, quelque chose de mieux que Osh.

Et il est sorti de la maison.

Miss Maggie et moi, nous nous sommes regardées.

– Il s'appelle Osh, ai-je dit, d'une voix pleine de larmes.

– Je sais, m'a-t-elle dit en me prenant dans ses bras. Il va s'y faire… Il est simplement… je ne sais pas. Peut-être qu'il regrette les choses telles qu'elles étaient avant.

– Les choses telles qu'elles sont toujours. Rien n'a changé. Il est toujours Osh.

– Et toi, es-tu toujours Corneille ? Ou bien es-tu Morgan, maintenant ?

– Je suis Corneille. Je suis Corneille, et il est Osh.

– Alors va le lui dire.

Je l'ai trouvé derrière la maison, près de la citerne. Il remplissait un pichet d'eau pour la maison. Il a levé les yeux, m'a aperçue, a fermé le robinet et a posé le pichet dans le sable.

– Je suis désolé, a-t-il dit en me tendant la main.

Je l'ai prise, et il m'a serrée contre lui un moment, son autre main dans mes cheveux.

– Je ne comprends pas, ai-je dit, le visage contre sa chemise. Je ne peux plus t'appeler Osh ?

Il m'a relâchée et m'a prise par le menton, me faisant lever la tête vers lui pour pouvoir me regarder droit dans les yeux.

– Tu pourras toujours le faire. Toujours. Et je vais continuer à t'appeler Corneille, peu importe.

– Bon, c'est bien, ai-je dit, la voix tremblante. Sinon, je n'aurai pas de nom du tout.

Il s'est redressé.

– Même pas Morgan ?

– Non, pas Morgan. (J'ai ramassé le pichet à deux mains et l'ai tenu tout contre moi.) La mère qui m'a donné ce nom est morte. Je n'ai jamais connu un autre père. Tu es ici, et toi, je te connais.

Il a hoché la tête une fois.

– Morgan pourrait être ton deuxième nom, après Corneille.

– Peut-être, on verra.

Nous avons fait le tour de la maison et nous sommes rentrés ensemble. Miss Maggie nous attendait dans un fauteuil près de la cheminée, les yeux rouges.

– Et moi alors, comment suis-je censée vous appeler ? a-t-elle demandé à Osh, l'air plus triste que furieuse, quoiqu'un peu des deux. Ou est-ce que vous aimeriez mieux que je parte ?

J'ai posé le pichet sur la table et j'ai regardé la suite de cette étrange journée. Miss Maggie, triste comme un agneau transi et abandonné. Osh qui avait l'air d'avoir mal au ventre.

– Non, ce n'est pas ce que j'aimerais, a-t-il répondu.

– Alors dites-moi comment vous appeler, ou bien je ne vous appellerai plus du tout.

Elle s'est levée et a essayé de prendre un air furieux.

Au bout d'un moment, il a prononcé son nom. Son nom en entier. Osh n'en était qu'une partie. Il l'a articulé comme si ce nom était resté coincé à l'arrière de sa gorge depuis des années.

Miss Maggie l'a regardé d'un air soupçonneux.

– C'est cela, votre nom ?

Il a hoché la tête et l'a répété.

– Pourquoi est-ce que vous me le dites maintenant, après tout ce temps ?

Il a regardé ses mains, le plancher, le mur au-dessus de Miss Maggie.

– Mon nom est important. Je ne le dis pas à n'importe qui.

Elle l'a regardé fixement.

– Donc je ne suis pas n'importe qui ? Enfin ?

Il a gardé le silence un moment avant de répondre :

– Cela fait longtemps que vous n'êtes plus n'importe qui.

– Alors pourquoi ne me le dites-vous que maintenant ?

Miss Maggie avait le visage un peu rouge.

– Vous ne me l'avez pas demandé. Depuis ces premiers jours, vous ne me l'avez plus jamais demandé.

Miss Maggie a fait le même petit bruit que Mia quand on lui arrache des tiques plantées dans le cou.

– C'est ainsi que je dois vous appeler désormais ?

Osh a secoué la tête.

– C'est ce que j'étais dans le passé. Maintenant, je suis Osh et Daniel.

J'ai eu l'impression que Miss Maggie allait s'effondrer et s'éparpiller, comme des graines de pissenlit dans le vent.

– Mais vous venez de dire que votre nom comptait beaucoup pour vous ! Vous m'avez réprimandée parce que je vous appelais Daniel !

– Mon nom compte pour moi mais il fait partie de ce que j'étais avant. Vous, vous faites partie de ce que je suis maintenant. Donc, Daniel, ça ira très bien.

Là, Miss Maggie est devenue rose et frémissante, comme une primevère. Osh a enchaîné :

– Pourquoi est-ce que vous n'allez pas vous asseoir à l'ombre pendant que je vais pêcher quelque chose pour notre déjeuner ?

Miss Maggie a pris une grande inspiration, elle a repoussé ses cheveux qui lui tombaient sur le visage et a posé les mains sur ses joues.

– Un peu d'ombre, ce sera très agréable.

– Est-ce que tous les deux, vous retournerez avec moi à Penikese ? ai-je demandé.

J'avais hâte de régler cette question pendant qu'on était tous encore en train de mettre les choses au point. Osh a poussé un soupir.

– Tu ne lâches jamais ton os.

– Bien sûr que nous viendrons, a dit Miss Maggie. Il est hors de question que tu ailles quelque part toute seule. Mettons cela au clair, une bonne fois pour toutes.

Finalement, même Osh a été d'accord. Il semblait plus calme, moins triste, maintenant qu'il avait dit certaines choses qu'il avait gardées secrètes. Et certaines, depuis si longtemps.

Chapitre 27

Le lendemain, il a plu. Le surlendemain aussi. Une pluie venteuse qui soulevait la mer et nous confinait sur l'île.

– Penikese sera toujours là quand nous pourrons y aller, a dit Osh.

Qu'il pleuve ou qu'il fasse beau, il avait toujours beaucoup à faire, et cela ne le dérangeait pas d'avoir du temps pour fabriquer ses peintures ou réparer son matériel.

Mais j'étais impatiente de refaire la traversée, surtout pour aller entretenir les tombes où mes parents avaient été enterrés, et pour chercher ce qu'ils m'avaient laissé. Je pensais savoir où cela était, mais, comme la pluie me donnait le temps de réfléchir, c'est ce que j'ai fait jusqu'à ce qu'un coup frappé à la porte vers midi nous fasse tous les deux bondir sur nos pieds.

Ce n'était pas comme cela que Miss Maggie frappait d'habitude.

Elle était pourtant là avec eux. Les deux policiers du continent. Les officiers Kelly et Reardon. Tous les trois portaient des cirés qu'ils ont ôtés et secoués à l'extérieur avant d'entrer. Miss Maggie était pieds nus, les cheveux tombant des deux côtés de son visage, deux détails inhabituels. Je me suis demandé quelle en était la raison.

Les policiers portaient des bottes en caoutchouc, mais leurs pantalons trempés par l'eau de mer avaient pris une teinte plus sombre. Tandis qu'ils restaient immobiles à examiner notre curieuse maison, des flaques d'eau se formaient à leurs pieds

Osh a dit à Miss Maggie :

– Vous avez donc envoyé votre message ?

– Naturellement. Vous imaginiez que je ne le ferais pas ?

Elle s'est tournée vers les policiers et, posant la main sur l'épaule de Osh, elle leur a dit :

– Voici l'artiste qui a dessiné le portrait de l'homme que nous avons vu à Penikese et que Corneille a revu à New Bedford.

L'officier Kelly a ouvert un petit carnet et a léché la mine de son crayon.

– Votre nom ? a-t-il demandé.

Osh a fixé Miss Maggie d'un air furieux.

– Daniel, a-t-il répondu sans desserrer les dents et sans regarder les policiers.

– Daniel comment ?

Une pause.

– Fisher.

J'étais contente que les policiers ne me regardent pas.

Miss Maggie, elle aussi, a ouvert de grands yeux en entendant cela.

Ils se sont tournés alors vers moi, et Osh s'est rassis au milieu de ses affaires de peinture, face à son chevalet, en nous tournant le dos.

– Alors tu as de nouveau rencontré cet homme ? À New Bedford ? m'a demandé l'officier Kelly.

– Oui. Et je sais aussi comment il s'appelle.

Là, ça leur a coupé le sifflet, même si l'officier Reardon souriait comme si j'avais dit quelque chose de drôle. Il s'est un peu penché en avant, les mains sur les genoux.

– Dis donc, t'es un vrai petit Sherlock Holmes ?

Je me suis penchée moi aussi et je lui ai dit :

– Il s'appelle James Kendall et il vient de Carville, en Louisiane, ou des environs.

Là, il s'est redressé.

– Et comment sais-tu cela ?

Je lui ai parlé de la lettre de Miss Evelyn.

– Elle travaillait à Penikese quand c'était une colonie de lépreux, et j'avais envie de savoir ce que certains patients étaient devenus, alors je lui ai écrit. Elle m'a répondu et m'a raconté des choses au sujet de cet homme.

L'officier Reardon a fait une grimace.

– Pour quelles raisons t'aurait-elle raconté cela ?

J'ai poussé un soupir, ennuyée maintenant que toute l'histoire sorte ainsi, de façon si compliquée que je risquais de m'embrouiller.

– Parce que je lui avais posé des questions au sujet

d'une malade qui avait trouvé un collier en creusant dans le sol, à Penikese, et qui l'avait donné à Miss Evelyn. Miss Evelyn a raconté cette histoire à Mr. Kendall, qui l'a volé et qui a disparu. Et nous, nous avons vu un gros homme à Penikese, qui parlait avec l'accent du Sud et qui avait creusé des trous partout sur l'île.

L'officier Kelly écrivait dans son petit carnet. L'officier Reardon me regardait fixement, les sourcils froncés.

– Ça, c'est toute une histoire.

– Et pas facile à suivre, a dit l'officier Kelly. Elle est où, cette lettre ?

Je n'avais pas imaginé qu'ils voudraient la voir.

– C'est ma lettre.

– Oui, mais c'est une preuve, a-t-il répliqué, un peu agacé. J'aimerais la garder.

J'ai regardé Miss Maggie, qui a hoché la tête.

– Si tu veux qu'on arrête cet homme.

J'ai regardé Osh pour qu'il me donne un conseil, mais il était absorbé dans son travail et me tournait le dos.

Je suis donc allée chercher la boîte à épices et j'ai pris la lettre. Avant de la donner aux policiers, je l'ai sortie de l'enveloppe et j'ai gardé la dernière feuille, celle où Miss Evelyn avait répondu à ma liste de mots par les siens.

– Eh là ! a dit l'officier Reardon en tendant la main. Qu'est-ce que c'est ?

– C'est privé, ça n'a rien à voir avec Mr. Kendall. (Je lui ai tendu la première feuille.) C'est la partie qui parle de lui.

Ils l'ont lue tous les deux en silence, en me regardant de temps à autre. Après avoir fini, l'officier Kelly l'a remise dans l'enveloppe et l'a glissée dans son carnet.

– Cela devrait nous faciliter les choses. Maintenant, raconte-nous ce qui s'est passé à New Bedford.

Je leur ai parlé de ce qui les regardait : comment Mr. Kendall était brusquement apparu sur le quai, puis sa visite chez le prêteur sur gages.

– Je crois qu'il lui a vendu un médaillon en or, mais je ne sais pas pourquoi il avait l'air si furieux quand il est ressorti.

L'officier Reardon a poussé un petit rire.

– Il n'en a probablement pas tiré autant qu'il le voulait.

– Vous pensez qu'il a volé ce collier aussi ?

Ils ont hoché la tête.

– Il m'a tout l'air d'un vrai voleur, a dit l'officier Kelly, mais il n'est pas très futé de rester si près.

L'officier Kelly a rangé son carnet.

– Faites attention, tous les trois. Je ne pense pas qu'il soit stupide au point de revenir dans les îles, mais, dans ma vie, j'ai vu des choses plus étranges et plus stupides encore.

L'officier Reardon a renchéri :

– Vous n'imaginez pas ce dont les gens sont capables quand il y a de l'argent en jeu. Nous allons voir ce que nous pouvons faire au sujet de ce Mr. Kendall, même si je doute qu'il se fasse appeler ainsi par ici. (Il s'est tourné vers Osh.) Votre portrait va nous être utile.

– Bien, a dit Osh avec un signe de tête.

Mais il est resté le visage tourné jusqu'à leur départ.

Une fois les policiers partis, je les ai imaginés de retour sur la terre ferme, écrivant un rapport, racontant cette histoire dans des bars, répandant la nouvelle qu'un mystérieux homme du Sud avait cherché un trésor pour de bon.

– Vous pensez que d'autres gens vont venir chercher ce que Mr. Kendall n'a pas trouvé ? ai-je demandé à Miss Maggie.

Osh a posé son pinceau et s'est frotté la nuque.

– Comment sais-tu qu'il ne l'a pas trouvé ?

Cela m'a fait sursauter. J'étais abasourdie de ne pas avoir envisagé cette possibilité.

– En fait, je ne sais pas, ai-je dit lentement. Je pense que je me suis dit qu'il avait renoncé et qu'il était parti après que nous l'avions vu là-bas.

– Peut-être. Ou peut-être pas, a dit Osh.

– Ce qui n'empêchera pas un millier d'imbéciles de venir creuser des trous partout, une fois qu'ils auront appris ce qu'il cherchait, a dit Miss Maggie.

– Tu ne penses pas qu'il a trouvé quelque chose, dis, Osh ?

L'idée que l'héritage que Susanna avait mis à l'abri pour moi puisse se retrouver dans la boutique d'un prêteur sur gages me faisait horreur.

– Non, a-t-il répondu, je ne le pense pas.

– Moi non plus, a dit Miss Maggie d'un ton vif. Mais

quelqu'un pourrait avoir plus de chance que lui. Nous y retournerons dès que le temps se lèvera.

D'autres chercheurs de trésors sont arrivés avant même que la pluie ait fini de tomber.

C'est Miss Maggie qui l'a appris à l'épicerie et elle est venue nous le dire directement.

J'étais assise à la table de la cuisine et je faisais des exercices de calcul – mon occupation habituelle des deuxièmes jours de pluie – quand elle est entrée et, avec elle, une grande bouffée de vent et d'humidité.

– Un jour ! s'est-elle exclamée. Ça n'a pris qu'un jour pour voir débarquer les premiers. (Elle a enlevé son ciré et l'a pendu près de la porte. Elle était toujours sans chaussures, ses petits pieds tout blancs.) À croire que ces deux policiers sont montés au sommet du phare de Nobska avec un mégaphone pour crier la nouvelle.

Osh n'avait pas l'air inquiet.

– Corneille sait où se trouve le trésor. Pas eux.

J'ai posé mon crayon.

– Comment ça ?

– C'est pas vrai ?

J'ai repensé à la plume sur ma joue et à celle qui était gravée sur le mur de la petite maison des lépreux. J'ai repensé aux deux agneaux de Penikese. À tout ce qu'avait écrit Miss Evelyn. Et à tout ce qu'elle n'avait pas écrit.

– Oui, je pense que je sais où il se trouve. Toi aussi, n'est-ce pas ?

Osh a acquiescé.

– Il n'y a qu'un seul endroit possible.

– Et bien ? Vous allez me le dire, à moi ? a demandé Miss Maggie.

Nous lui avons dit. Elle a eu l'air triste.

– Nous attendrons qu'ils soient partis, alors. Et quand ils ne seront plus là et que nous aurons Penikese pour nous tous seuls, nous y retournerons pour finir ce que Susanna avait commencé.

Chapitre 28

Le surlendemain, la pluie s'arrêta, mais pas le défilé des chercheurs de trésors venus de la terre ferme. Certains habitants des îles se rendirent aussi à Penikese pour y farfouiller. Quand ils revenaient à Cuttyhunk, ils décrivaient des familles entières débarquant sur la petite île en provenance de Woods Hole, ou de plus loin, les enfants avec leurs petites pelles en fer, les mères en jolies robes et en chapeaux, creusant un trou ou deux avant d'étaler leur pique-nique au bord des falaises, tout ce petit monde s'égayant sur la lande avant de repartir chez soi.

Mais il y avait aussi des hommes rudes et déterminés, aux mains calleuses, venus avec le matériel approprié et qui se mettaient au travail sans perdre leur temps. C'était eux que je craignais, ces hommes au visage fermé qui creusaient et creusaient encore sans s'arrêter : si quelqu'un devait trouver le trésor de Susanna, ce serait l'un d'eux.

Je me demandais si Mr. Kendall, lui aussi, était revenu de New Bedford pour continuer à chercher, dissimulé dans la foule, et s'il était en ce moment même en train d'éventrer le sol de Penikese.

J'écoutais tout ce qui se disait à l'épicerie ou devant le bureau de poste, et je comptais les heures en attendant que tous ces étrangers se lassent de leur chasse au trésor. Je souhaitais ardemment qu'ils partent, non pas à cause du trésor, mais parce qu'en d'autres temps c'étaient ces mêmes personnes en bonne santé qui auraient refusé de mettre les pieds à Penikese, qui n'auraient jamais apporté un bol de soupe ou des couvertures aux lépreux, ou qui n'auraient jamais prié pour eux quand ils mourraient. J'attendais donc leur départ avec impatience.

Tout en attendant, je guettais le retour du *Pétrel* et son passage près des îles. Il était encore trop tôt pour qu'il soit sur le chemin du retour, même s'il n'était pas allé plus loin que Portland, mais je surveillais quand même la mer, et mes pensées ne s'éloignaient jamais très loin du marin qui me ressemblait.

Le matin, je continuais d'accomplir mes tâches habituelles en gardant un œil sur le large, puis je montais en haut d'une petite colline et je passais un moment à regarder vers le nord, ma longue-vue à portée de main. Une fois, j'ai même grimpé tout en haut de Lookout Hill pour demander au marin-sauveteur s'il pouvait ouvrir l'œil puisque son travail consistait à surveiller les bateaux qui passaient au loin avec une longue-vue beaucoup plus puissante que la mienne.

– Je suis tout seul ici et j'ai une responsabilité, m'a-t-il répondu, mais sans méchanceté. Je vais essayer d'y penser et je le dirai aux autres, mais je ne te promets rien, Corneille. Si tout se passe bien pour ce navire, je risque de ne pas le remarquer. Vaudrait mieux que tu continues à guetter de ton côté.

C'est ce que j'ai fait quand je le pouvais.

J'ai décidé que, dès que je verrais cette vieille goélette avec son long pavillon vert flottant en haut du mât, je prendrais le premier bateau pour New Bedford et même au besoin notre propre canot, cette fois-ci avec Osh et Miss Maggie, afin de la rejoindre dès qu'elle serait à quai.

J'ai vu d'autres bateaux passer non loin, dont certains arboraient le fanion rayé indiquant aux pilotes de Cuttyhunk qu'ils avaient besoin d'aide pour traverser le Cimetière et contourner le récif de la Truie et des Cochonnets, avant d'atteindre la baie de Buzzards où ils seraient en sécurité dans des eaux plus profondes. Mais aucun d'entre eux n'arborait un long pavillon vert. *Le Pétrel* n'était pas un très grand voilier, et son capitaine connaissait certainement suffisamment bien les parages pour se débrouiller tout seul, ce qui voulait dire qu'il pourrait passer sans que je m'en aperçoive et arriver à New Bedford sans que je l'y rejoigne.

– Ça ne sert à rien de le guetter si tard, m'a dit Osh, un soir où nous étions sur notre petite plage, Mia à nos côtés dans le crépuscule qui se prolongeait, le ciel virant au gris, la houle déserte défilant devant nous. S'il arrivait maintenant, nous ne pourrions pas le suivre, car je ne partirais pas en mer à la tombée de la nuit, même s'il y avait un moyen de le rattraper avant qu'il ne gagne son mouillage.

Osh aussi regardait en direction des récifs mais sans rien chercher. Je savais que, pour lui, la lune qui se levait était tout. Mia, quant à elle, ne faisait attention qu'à une seule chose : un crabe-taupe qui, ayant décidé d'en finir avec la vie, progressait sous le sable droit vers ses pattes.

– Mais si je le voyais, au moins je saurais qu'il est revenu à New Bedford.

– Ça ne t'aiderait pas beaucoup à retrouver ton frère. Tu as déjà vu des marins quand ils arrivent au port ? (J'ai fait signe que non.) Ils replient leurs voiles à toute vitesse puis ils filent en ville comme des souris dans un sac de blé.

– Je le trouverais quand même, ai-je dit, tout en me souvenant combien la ville m'avait paru immense et chaotique, même en plein jour.

– Ça, j'en suis convaincu. Si quelqu'un peut y arriver, c'est bien toi.

Et il m'a laissée attendre et monter la garde sans plus intervenir. Il n'a plus tenté de me distraire, même si, jour après jour, il n'y avait pas la moindre goélette à l'horizon.

Neuf jours après la première apparition du *Pétrel*, la pluie est revenue et, quand je me suis réveillée ce matin-là, j'ai eu la certitude que Penikese nous avait suffisamment attendus. Pour une fois, je me suis levée avant Osh, même s'il a remué dans son lit quand je suis passée devant lui. Le poêle était froid. J'ai entortillé un morceau de papier d'emballage que j'ai glissé dans le foyer du poêle. Nous avions toujours à portée de main un seau rempli de petit bois sec qui s'enflammait dès qu'on allumait le papier et qu'on soufflait doucement dessus. J'ai rajouté du bois et, quelques minutes après, le poêle ronflait. Le temps que Osh me rejoigne, bâillant et s'étirant, du café brûlant l'attendait.

– J'ai fait quelque chose de bien ? m'a-t-il demandé en se frottant les yeux comme un enfant.

– Je ne sais pas.

Il a haussé les épaules.

– Alors, c'est toi qui as fait quelque chose de mal ?

– Quoi, par exemple ?

Nouveau haussement d'épaules.

– Depuis toutes ces années, c'est la première fois que tu me prépares mon café.

– Eh bien, comme tu vas m'accompagner aujourd'hui à Penikese, c'est la moindre des choses.

Osh s'est servi un bol de café et il a ouvert la porte pour Mia. Elle est sortie sous la pluie, elle est rentrée, puis ressortie. Finalement, elle s'est installée sur le seuil à la limite du sol sec. Il s'est penché par-dessus elle et a longuement regardé le ciel.

– Sous cette pluie ?

Je me suis rappelé ce que Miss Maggie m'avait dit un jour :

– Nous ne sommes pas en sucre, nous n'allons pas fondre.

Osh a fait une grimace.

– On croirait entendre Miss Maggie.

– Nous serons sans doute tous seuls là-bas, par un temps pareil. Surtout que personne n'a encore rien trouvé, à part des os de lapin et un vieux fer de hache.

Osh a bu son café.

– J'avais l'intention d'aller pêcher des bars aujourd'hui.

– Ils seront encore là demain, ai-je rétorqué, tout en cassant deux œufs dans une poêle.

Il m'a regardée fixement.

– Si tu penses me convaincre en imitant Miss Maggie, tu te trompes.

– Va t'asseoir, lui ai-je dit en m'occupant des œufs. Ton petit déjeuner est presque prêt.

– Je te préviens… (Il s'est quand même assis devant son bol.) La dernière chose dont j'ai besoin, c'est d'avoir deux Miss Maggie sur le dos.

Mais il avait beau dire, nous savions, lui et moi, qu'il serait perdu sans celle qu'il avait déjà.

Chapitre 29

Le temps que nous prenions la mer, la pluie s'était transformée en un épais brouillard. Nous emportions une bêche et des sacs en toile pour rapporter ce que nous trouverions, peut-être uniquement du genêt.

Pour cette expédition inhabituelle, Miss Maggie avait mis un pantalon. Ses cheveux étaient retenus par une vieille casquette et ses mains menues, protégées par des gants de travail. Elle s'habillait souvent ainsi quand elle s'occupait de ses moutons ou qu'elle aidait une de ses vaches à vêler. C'était une tenue pratique et simple, et la couleur de ses joues me faisait penser à des roses.

– Cela vous va très bien, lui ai-je dit quand nous sommes ressortis de l'anse de Cuttyhunk par le Goulet.

– Ne dis pas n'importe quoi.

Mais on voyait qu'elle était contente. Elle a jeté un coup d'œil à Osh.

– Paré à virer, a dit ce dernier.

Nous avons baissé la tête et changé de côté pour aller nous asseoir sur le banc à tribord pendant que la bôme passait à bâbord, ce qui nous a permis de tirer un bord et de nous éloigner du bout de l'île.

Il s'est remis à pleuvoir pour de bon pendant la traversée. Miss Maggie et moi avons relevé notre capuche et baissé la tête, alors que Osh restait imperturbable tel un phoque peu dérangé par une ondée.

Un petit bateau quittait le port de Penikese quand nous y sommes entrés, avec un seul marin à bord, recroquevillé à l'arrière. Il a repoussé sa casquette d'un air las lorsque nous l'avons croisé.

– Bonne chance ! nous a-t-il crié. J'ai pas arrêté de creuser pendant trois jours… Y a rien que des oiseaux sur cette île, des oiseaux et c'est tout !

Nous lui avons répondu en agitant la main, contents de voir qu'il n'y avait pas d'autre bateau dans le port, encore plus contents que la pluie s'arrête au moment d'accoster sur la grève et d'amarrer notre canot à un pieu.

Nous savions déjà où aller, et je n'ai rien eu à dire quand nous avons ramassé la bêche et les sacs, et sommes partis en file indienne pour traverser l'île.

J'ouvrais la marche. Il y avait des trous partout, et bien sûr, à côté de chaque trou, un monticule de terre. Traverser la lande de nuit aurait été dangereux, mais nous avons trouvé notre chemin sans problème et nous sommes vite parvenus à l'autre extrémité de l'île. Le cimetière était tel que nous l'avions laissé.

Je souffrais de savoir que des enfants avaient gambadé sur l'île quelques jours auparavant. Ici, à l'endroit même où des «monstres» avaient autrefois vécu. Mais la peur qui, pendant des années, avait éloigné les chasseurs de trésors de Penikese restait suffisamment vivace pour les avoir empêchés d'entrer dans le cimetière où reposaient les lépreux et mes parents. Je lui étais reconnaissante d'avoir protégé ce petit enclos.

Debout près de la grille, Osh et Miss Maggie derrière moi, je me suis représenté Susanna sur son lit, Elvan à côté d'elle, tous deux regardant Miss Evelyn m'emmailloter dans le drap le plus doux qu'ils avaient pu trouver. Je les ai imaginés voulant m'embrasser, mais faisant attention à ne pas me mouiller de leurs larmes, s'enlaçant parce qu'ils ne pouvaient me prendre dans leurs bras. Je me suis imaginé leur douleur quand j'ai été emportée par la marée. J'ai entendu leurs prières et leur exaucement. J'ai imaginé Elvan déposant dans un petit coffre le trésor trouvé par Susanna. Miss Evelyn l'aidant à le transporter à travers la lande noire éclairée par la lune. Elvan l'enterrant dans le cimetière de ses pauvres mains mutilées, le corps rendu douloureux par l'effort. Puis il avait gravé «MORGAN» sur le poteau de la tombe toute fraîche et il était revenu près de Susanna, au moment où j'abordais une nouvelle terre. Peut-être juste au moment où Osh s'était réveillé en entendant le cri d'une corneille non loin.

La grille était fermée, le sol du cimetière, intact. Nous nous sommes tout d'abord arrêtés devant la tombe de mes parents. Miss Maggie a effleuré le haut de chaque poteau, Osh a dit quelque chose dans son autre langue.

Je n'avais pas de mots. Le lieu où je me tenais me semblait moins froid que la lande, le vent, plus musical. Comment était-ce possible que ceux qui gisaient là me manquent ? Des parents que je n'avais jamais connus ?

Oui, ils me manquaient.

Nous nous sommes dirigés vers la tombe signalée par le poteau gravé du nom de Morgan, et Osh m'a demandé :

– Tu es sûre de ce que tu veux faire ?

– Oui, ma mère voulait que tout le monde croie que j'étais morte. Elle ne voulait pas qu'on vienne me chercher ou qu'on me traite comme une lépreuse, que je le sois ou pas.

– Ça n'empêche pas les gens de le faire, a-t-il rétorqué.

– Ne parlons pas de cela, lui a glissé Miss Maggie en lui touchant le bras.

– Je veux le faire toute seule, ai-je dit avec un frisson de peur.

Que ce soit une vraie tombe ou pas, l'endroit était sacré, tout proche de la dépouille de mon père et de ma mère. Je détestais d'avoir à creuser là.

Mais avant d'avoir eu le temps de faire quoi que ce soit, nous avons entendu un cri venu de la lande et, en levant la tête, nous avons vu deux hommes qui se dirigeaient vers nous en faisant de grands gestes.

– Qui est-ce ? ai-je demandé, plissant les yeux en raison de la distance.

– Des gens que nous ne voulons pas voir ici, a dit Osh.

J'ai dissimulé la bêche bien à plat dans les herbes hautes et nous avons quitté le cimetière pour aller rapidement à leur encontre. Les officiers Reardon et Kelly.

– Que peuvent-ils bien venir faire ici ? a demandé Miss Maggie.

– Ce n'est pas pour nous qu'ils sont venus, a répondu Osh en resserrant sa capuche autour de son visage. Personne ne sait que nous sommes ici.

Il avait raison. Quand nous les avons rejoints à mi-chemin sur la lande, les policiers ont été aussi surpris que nous.

– On ne s'attendait absolument pas à vous voir ici, s'est exclamé l'officier Kelly.

– Nous non plus, nous ne nous attendions pas à vous voir tous les deux, a rétorqué Miss Maggie.

– Nous sommes à la recherche de l'homme que vous avez dessiné, a dit l'officier Reardon avec un signe de tête en direction de Osh. Mr. Kendall.

Miss Maggie s'est rapprochée de Osh, qui gardait la tête baissée, les gouttes de brouillard glissant de sa capuche en petits ruisseaux.

– Nous avons ratissé tout New Bedford avec ce portrait, en allant chez le prêteur sur gages et sur le port. Et ce matin, quelqu'un est venu nous dire qu'il l'avait vu hier sortir du port dans un canot, très probablement celui qu'il a volé au garde. Nous pensons qu'il a entendu dire que nous posions des questions sur lui. Peut-être est-il en fuite. Tous les commissariats de la côte le recherchent et nous, nous surveillons notre secteur.

– Ainsi que toutes les autres îles Elizabeth ? ai-je demandé.

Sur certaines, il n'y avait que des moutons. Pas de meilleur endroit pour se cacher. Les deux officiers nous ont dit qu'ils faisaient de leur mieux.

– On est nombreux à le chercher, ont-ils ajouté. S'il est encore dans les environs, quelqu'un le verra.

– Je ne comprends toujours pas pourquoi il resterait là où il a le plus de risques de se faire arrêter, a dit Miss Maggie.

– Nous non plus. Cela n'a aucun sens, a reconnu l'officier Kelly.

– Sauf s'il est toujours à la recherche de ce qui est enterré ici, a dit l'officier Reardon.

Nous avons regardé tout autour de nous la lande criblée de trous, les centaines de monceaux de terre, la brume qui flottait comme une fumée immobile au-dessus du sol ravagé.

– Il a moins de chances de trouver aujourd'hui que quand il était tout seul à chercher, a dit l'officier Kelly. Mais on ne va rien laisser au hasard. On va aller faire un tour dans les bâtiments, puis on rentrera.

Au moment de repartir vers l'hôpital et les petites maisons, l'officier Reardon s'est retourné.

– Quand nous avons vu votre canot, nous avons pensé

que c'était peut-être le sien. Et vous, qu'est-ce que vous faites ici, tous les trois ?

J'ai regardé Osh, mais il était absorbé dans la contemplation de la mer et nous tournait le dos. Après un moment de silence, Miss Maggie leur a dit :

– Nous ramassons des plantes pour fabriquer ses couleurs et rendons visite au cimetière. Nous y venons de temps en temps, maintenant qu'il n'y a plus personne pour l'entretenir.

La réponse a semblé les satisfaire, mais l'officier Reardon a quand même gardé les yeux sur elle un peu trop longtemps.

– C'est extrêmement bien de votre part, a-t-il dit d'un air pensif.

Elle s'est redressée et a relevé le menton.

– C'est la moindre des choses, c'est tout.

Au moment où nous sommes repartis vers le cimetière, et les deux policiers vers l'hôpital, la pluie s'est remise à tomber.

Les creux et les collines les ont rapidement dérobés à notre regard, mais je me sentais très angoissée à l'idée de creuser une tombe tant qu'ils étaient sur l'île.

– N'importe qui peut arriver à n'importe quel moment, a dit Miss Maggie alors que nous étions debout sous la pluie devant la petite tombe. Y compris Mr. Kendall.

– Creuse, a dit Osh. Ou bien partons.

Il n'arrêtait pas de jeter des coups d'œil vers l'hôpital et vers la baie de Buzzards, comme si le canot de Mr. Sloan allait apparaître soudainement avec cette brute à sa barre.

Alors j'ai creusé. Une fois la surface durcie entamée, le travail a été plus facile, mais je creusais avec précaution : la bêche pénétrait sans difficulté dans le sol sableux, et je craignais de heurter quelque chose trop fort. Certainement pas un cercueil. Non, pas cela, il n'y avait pas de bébé enterré là, je le savais. Mais je creusais quand même doucement, et mon cœur s'est serré quand j'ai cogné quelque chose.

Dans mon dos, Osh montait la garde et Miss Maggie marmonnait. Je me suis agenouillée et j'ai continué à creuser avec les mains, en rejetant la terre sur les côtés jusqu'à faire apparaître un coffre de métal long comme la distance de mon coude jusqu'au bout de mes doigts. La bêche avait laissé une marque sur le dessus, mais il était intact, même après toutes ces années passées dans le sol.

J'ai dégagé les côtés pour faire apparaître une poignée à chaque extrémité.

– Viens m'aider, Osh.

Il a pris une poignée et moi l'autre, et nous avons essayé de le sortir de la tombe, mais le sol humide le retenait, et il nous a fallu l'aide de Miss Maggie pour parvenir à l'extraire hors du trou et à le poser à côté.

Le coffre était bien trop lourd pour ne contenir que des ossements. Nous nous sommes écartés. Le couvercle n'était pas fermé par un cadenas, mais par un simple loquet dans lequel passait une chevillette en métal.

– Ouvre-le, a ordonné Osh en jetant un coup d'œil par-dessus son épaule.

Miss Maggie, les mains sur les yeux, a reculé d'un pas tandis que je me remettais à genoux près du coffre.

J'ai tiré la chevillette et l'ai laissée pendre au bout de sa chaîne.

– J'ai peur, ai-je dit, même si j'étais certaine de ce qu'il contenait.

– Alors remets-le dans la terre et partons, a dit Osh. Lui aussi avait l'air effrayé.

– Ouvre-le, Corneille, m'a ordonné Miss Maggie. C'est pour cela que nous sommes venus et c'est ce que voulait Susanna.

Le couvercle était coincé et j'ai dû forcer pour l'ouvrir. Quand il a brusquement cédé, je suis tombée à la renverse sur le sol mouillé, incapable de dire un mot.

À l'intérieur se trouvait un trésor que je n'aurais jamais pu imaginer. De l'or, des pièces et des lingots. Des bijoux superbes, magnifiques, somptueux. Des joyaux dignes d'une reine. Des merveilles semblables à celles que le capitaine Kidd avait enterrées sur des îles aussi désertes que Penikese. La pluie rendait ce trésor encore plus beau. Je ne pouvais qu'imaginer sa splendeur sous le soleil.

– Je pensais qu'il y aurait un petit sac enterré ici, avec un bracelet, ou une autre bague, ou peut-être quelques pièces d'or, ai-je chuchoté.

Osh, debout au-dessus de moi, regardait fixement le trésor. Le choc et l'inquiétude se lisaient sur son visage.

– Il faut emporter cela le plus vite possible. Si les gens l'apprennent, les conséquences seront terribles.

– Susanna, a murmuré Miss Maggie. Ta mère était une femme extraordinaire, Corneille. Enterrer ce trésor pour toi, alors qu'elle aurait pu l'utiliser pour se procurer la vie la plus douce possible.

– En admettant que les autorités lui aient donné la permission de le dépenser ici. Ce qui est douteux, a dit Osh.

Il s'est agenouillé à côté de moi et a commencé à remplir les sacs de toile. En le répartissant, le trésor était transportable. Osh a suspendu un sac sur chaque épaule.

– Referme le coffre et enterre-le à nouveau, Corneille. (Il est reparti vers le canot.) Et rapporte la bêche. Dépêche-toi.

Je me suis imaginé les deux policiers repartant vers leur bateau et nous croisant sur la lande.

J'ai fait ce que Osh avait dit aussi vite que possible, inquiète parce que tous ceux qui viendraient après nous verraient que la tombe avait été récemment creusée. Au dernier moment, j'ai lâché la bêche et je me suis précipitée vers les tombes de Susanna et d'Elvan.

J'ai posé ma main grande ouverte sur le poteau qui marquait la tombe d'Elvan. Mon père était un étranger, un homme disparu depuis longtemps. Mais je lui ai dit quelques mots, en espérant qu'ainsi il me connaîtrait un peu. Devant la tombe de ma mère, je me suis mise à genoux et j'ai posé mon front sur le sol mouillé, les yeux ouverts, pour être aussi proche de son corps que possible. Puis j'ai ramassé ma bêche et pris mes jambes à mon cou.

Chapitre 30

Nous sommes arrivés sur la grève et avons chargé les sacs et la bêche dans le canot quelques instants à peine avant que les deux policiers n'apparaissent en haut de l'escarpement. Ils se sont dirigés vers leur propre bateau amarré au ponton.

La mer était un peu redescendue, et j'ai aidé Osh à pousser le canot, que nous avions remonté sur le sable, pour le remettre à l'eau. Puis Osh et Miss Maggie sont montés à bord pendant que je tenais la proue, les pieds dans l'eau.

Du ponton, les policiers ont agité la main, nous leur avons rendu la pareille. J'ai poussé le canot vers le large avant de monter d'un bond, pour qu'il s'éloigne du bord et que Osh puisse descendre la dérive pendant que je hissais la voile. Mis Maggie, assise à l'arrière, n'avait jamais paru aussi petite.

La traversée s'est faite en silence. Aucun de nous n'était

d'humeur à bavarder. Je suis sûre que la plupart des gens auraient poussé des cris de joie en trouvant ce que nous avions découvert, mais pas nous.

Aucun de nous ne s'intéressait à l'argent pourvu que nous ayons de quoi manger, de quoi nous chauffer et des bottes pour l'hiver. Aucun de nous ne voulait voir s'effondrer notre univers, ni avoir de nouveau affaire à Mr. Kendall, qui serait fou de rage s'il apprenait que nous avions trouvé ce que lui n'avait pas réussi à découvrir.

Miss Maggie et Osh étaient tous deux allés dans le vaste monde et en étaient revenus déçus. Quant à moi, je ne m'étais jamais aventurée au-delà de la ville la plus proche, mais j'en avais suffisamment vu pour savoir que je n'étais pas encore prête pour ce qui m'y attendait.

– Il faut garder le secret, ai-je dit.

Osh a acquiescé.

– On ne dira rien à personne, sauf si on est obligés.

Pendant un moment, nous avons écouté la conversation que la pluie menait avec la mer, et le vent qui y mettait son grain de sel quand il avait quelque chose à dire.

– Et nous ne pouvons pas le cacher sur notre île, a fini par dire Osh.

Il était clair qu'il avait réfléchi à ce qu'il fallait faire du trésor de Susanna.

– Pourquoi pas ? ai-je demandé.

C'est vrai, notre île n'était pas très grande, mais je n'imaginais pas le cacher ailleurs.

– C'est déjà bien ennuyeux que la police soit venue.

Je ne veux pas que quelqu'un regarde de trop près où nous vivons.

– Pourquoi ?

Osh n'a pas répondu tout de suite. Miss Maggie et moi avons attendu avec patience.

– Avant d'arriver sur cette île, j'ai dû renoncer à certaines choses.

Il s'est arrêté, le visage obscurci par l'ombre de sa capuche. Il a poussé brusquement la barre avant de la ramener vers lui.

– On vire.

Miss Maggie et moi avons baissé la tête sous la bôme et sommes allées nous réinstaller à bâbord.

– Quelles choses ? ai-je demandé.

Il a secoué la tête.

– Peu importe. Cela ne m'intéresse plus. Mais si quelqu'un essaie de nous forcer à quitter l'île, je me battrai pour rester. Et je ne veux pas me battre si ce n'est pas nécessaire.

– Mais pourquoi quelqu'un voudrait-il que nous partions ?

Miss Maggie, les yeux fixés sur Osh, m'a répondu :

– Parce que c'est ce que font les gens quand ils pensent que quelque chose ne vous appartient pas. Comme de prendre un trésor enterré dans une réserve d'État, même si ce trésor a appartenu à quelqu'un d'autre avant. Comme de revendiquer une petite île à laquelle personne n'aurait pensé s'intéresser avant que quelqu'un ne le fasse.

J'ai réfléchi à cela pendant le reste de la traversée, tout en regardant les îles Elizabeth comme si je ne les avais jamais vues.

– Qu'est-ce qui fait que l'île est à nous ? ai-je demandé malgré moi.

L'île était mon foyer, et moi aussi, je me battrais s'il le fallait.

Osh a souri, ce qui m'a rendue encore plus perplexe.

– Nous, nous pouvons dire qu'elle est à nous, mais elle ne nous appartient pas. Elle n'appartient à personne.

Quand nous sommes arrivés, trempés et fatigués, Mia s'est précipitée vers nous depuis le haut des rochers pour nous indiquer comment replier la voile, puis elle a dansé de curiosité pendant que nous transportions les sacs à l'intérieur de la maison.

Après avoir enfilé des vêtements propres et fermé le verrou de la porte, Osh et moi avons étalé le trésor devant la cheminée pendant que Miss Maggie allumait le poêle. En attendant que ses habits soient secs, elle portait un pantalon et une vieille chemise que Osh lui avait prêtés. Le bas des manches et du pantalon, trop grands et tout tire-bouchonnés, et la chemise fourrée dans la ceinture lui donnaient un air cocasse.

–Vous vivez vraiment de l'air du temps, tous les deux. Il n'y a rien à cuisiner ici.

– Je vais aller ramasser quelques moules, ai-je proposé en me mettant debout.

Mais Osh a secoué la tête.

– C'est marée haute.

– Eh bien, pas la peine de faire la cuisine. Nous avons du pain et du fromage, et le reste des fraises que vous avez apportées hier.

Un bon dîner. Puis nous avons allumé un feu, bien qu'il ne fasse pas froid, et nous nous sommes assis devant la cheminée pour boire du thé chaud pendant que les habits de Miss Maggie séchaient. Le trésor, étalé entre nous sur le sol, brillait comme un jardin éclatant de couleurs.

Mia a choisi une longue chaîne d'argent, aussi grosse que mon doigt. Elle l'a traînée dans un coin pour se battre contre elle.

– Rends-moi cela. (J'ai récupéré la chaîne contre un bout de ficelle.) Quel est votre bijou favori ? ai-je demandé à Miss Maggie.

Elle a posé son bol et s'est penchée pour faire son choix.

– Tout est bien trop sophistiqué pour moi. Que diraient les moutons si je partais sur la lande avec un collier de diamants ?

Mais Osh s'est penché et a dégagé un rang de perles du tas de bijoux emmêlés. Miss Maggie a fermé les yeux pendant qu'il le lui mettait autour du cou. Quand il est retourné s'asseoir, elle l'a regardé et a passé les doigts sur les perles.

– Merci, mais la simplicité, c'est ce qui me convient le mieux.

– À moi aussi, a-t-il dit.

– Et à moi aussi, ai-je ajouté. Mais elles sont beaucoup plus belles sur vous que quand elles restent là.

– Et beaucoup plus simples que des diamants, a ajouté Osh.

De nouveau, elle a fermé les yeux et soupiré.

– Quelle journée extraordinaire !

– Demain, nous cacherons tout cela, puis les choses redeviendront comme avant.

Une fois ses vêtements secs, Miss Maggie les a remis et elle a enfilé son poncho ciré en faisant attention à ce que les perles soient bien cachées avant de partir.

– La vie va sembler bien ordinaire après toute cette aventure.

– Oui, retour au calme et au travail, a dit Osh.

Elle a levé les yeux au ciel.

– Et au travail, bien sûr !

Voyant Osh enfiler son propre ciré et se diriger vers la porte, elle a ajouté :

– Je peux rentrer toute seule, merci.

Mais il a fait comme s'il n'avait rien entendu. Je suis restée sur le seuil à le regarder quand il l'a installée dans le canot et lui a fait traverser le chenal à la rame. Une fois qu'ils sont arrivés de l'autre côté, il l'a aidée à descendre sur le sable. Ils se sont dit quelques mots. Puis Osh a retraversé à la rame, il a remonté le canot au-dessus de la ligne de haute mer et il est rentré à la maison.

Pendant un long moment, nous sommes restés assis près du feu et nous avons continué à contempler le trésor qui luisait et étincelait à la lumière des flammes.

– J'espère que cela ne te changera pas, a dit Osh.

– Pourquoi est-ce que cela me changerait?

Il a choisi ses mots.

– C'est quelque chose que j'ai déjà vu. Les gens ne veulent pas grand-chose jusqu'à ce qu'ils aient beaucoup et alors ils en veulent toujours plus.

J'étais certaine que posséder le trésor ne me transformerait pas comme eux, et je le lui ai dit:

– Quand je réfléchis à ce que l'on peut faire de tout ça, je pense que le distribuer, ce serait merveilleux.

Osh m'a regardée avec une telle intensité que j'ai cru que j'allais me briser.

– Qu'est-ce qui ne va pas?

– Rien. Je te regarde, c'est tout, telle que tu es en cet instant. Pas parce que tu vas changer, ça, c'est certain. Trésor ou pas trésor, tu vas changer. Mais parce que si j'avais dû façonner un être humain, je t'aurais façonnée, toi. Exactement telle que tu es.

Personne ne m'avait jamais fait un tel compliment.

Nous avons regardé le feu pendant un moment. Mia, pensant qu'il me manquait quelque chose sur les genoux, a grimpé dessus et est venue se frotter contre mon visage.

Le feu s'est réinstallé plus confortablement, des étincelles ont volé, la pluie a repris suffisamment fort pour se faire entendre sur le toit.

Si cette journée devait être la dernière de ma vie, j'aurais été comblée.

Ou je le serais vraiment quand *Le Pétrel* reviendrait au port et que je partagerais avec mon frère le trésor que notre mère, puis moi, nous avions trouvé.

Chapitre 31

Je me suis réveillée au milieu de la nuit et je suis restée allongée, à chercher ce qui m'avait tirée d'un rêve où je me tenais debout au bout d'un quai devant lequel une goélette, toutes voiles dehors, filait à toute allure, si proche que j'aurais presque pu la toucher, mon frère penché au-dessus du bastingage, la main tendue.

Osh ronflait doucement. Mia était roulée en boule au pied de mon lit, comme d'habitude. La pluie avait cessé et le vent ne soufflait pas assez fort pour m'avoir réveillée. Le feu s'était éteint, le jour n'était pas encore levé.

Il n'y avait rien d'anormal, mais l'idée que le trésor soit toujours là me rendait nerveuse. Peut-être était-ce cela qui m'avait réveillée. Avant de nous coucher, nous avions remis les bijoux dans les sacs de toile et nous les avions glissés sous mon lit, à l'abri des regards.

J'ai réfléchi à une cachette.

Un à un, j'ai passé en revue différents endroits et je les ai tous éliminés, sauf deux. Je les ai examinés de tous les points de vue possibles. Le trésor y serait en sécurité. J'ai pris ma décision au moment où le jour, lentement, se levait. Mais il y avait d'autres questions qui n'étaient pas aussi simples, qui n'avaient pas autant de logique.

Comment pouvait-on imaginer une femme, les mains déformées, le corps aussi rompu et érodé que les landes de Penikese, pauvre, dure au mal, s'affaiblissant, glissant pas à pas vers une fin terrible et une tombe glaciale sur un escarpement, sans un arbre pour l'abriter de son ombre, sans un banc où un visiteur en deuil pourrait s'asseoir, contempler la mer et espérer un avenir meilleur ?

Comment pouvait-on, avec la même imagination, penser à des diamants parfaits, éternels, forgés dans les entrailles brûlantes de la terre – indestructibles, capables pour toujours d'unir toutes les couleurs en une lumière claire et froide, sans rien en perdre ?

Comment cette femme et ce trésor avaient-ils pu rester enterrés côte à côte pendant de si longues années, alors que tant de personnes rêvaient de découvrir ce dernier, tandis que moi seule – petite fille solitaire –, et personne d'autre sur terre, avais si envie de trouver ma mère ?

Or j'avais désormais retrouvé les deux, et pour moi, ils seraient pour toujours identiques.

Aussi silencieusement que possible, je me suis levée et je suis allée chercher une boîte de café dans laquelle Osh conservait parfois des graines qu'il ramassait une fois que le potager avait donné ses récoltes. Puis doucement j'ai tiré les sacs de dessous mon lit.

Dans la quasi-obscurité, je n'y voyais presque rien, mais je sentais sous mes doigts la douceur fraîche des lingots d'or, la gravure des pièces de monnaie, les facettes parfaites des pierres précieuses. J'ai examiné le contenu des deux sacs. Je m'interrompais souvent pour regarder de près un objet, contente que la lumière augmente et me permette de voir les couleurs afin d'en choisir quelques-uns. Tous assez petits pour entrer dans la boîte de café, presque tous assez simples, comparés aux autres, mais les plus beaux à mes yeux. Parmi eux, il y avait un collier paré d'un seul saphir en pendentif. Un bracelet-manchette orné de fleurs en rubis. Une bague en or si délicate et si sobre qu'elle avait certainement dû appartenir à une bonne personne.

J'ai imaginé cette femme et les autres personnes qui avaient autrefois possédé ces bijoux avant de les perdre. Si j'avais su comment les leur rendre, je l'aurais fait. Mais le trésor avait fini par me parvenir à l'issue d'un périple mouvementé, et, tant que je le posséderais, je le chérirais. Je le chérirais parce qu'il me venait de ma mère, qu'il nous appartiendrait pour toujours à toutes les deux. Même s'il parvenait plus tard à quelqu'un d'autre, même si je n'étais qu'une étape de ce long périple comme l'île n'était qu'une étape sur le mien.

Cette idée m'a fait sentir combien j'étais fragile. Elle m'a fait mieux comprendre ce que voyait Osh quand il me regardait.

Osh a commencé à se réveiller, et les oiseaux de mer ont annoncé le jour. J'ai rangé les bijoux que j'avais choisis dans la boîte en fer-blanc, je l'ai fermée hermétiquement et j'ai cherché où cacher mes petits trésors favoris. C'est alors que je me suis souvenue d'une chose que Osh disait toujours : « Si on veut cacher quelque chose, il faut le laisser en pleine vue. » Je suis donc retournée sur la pointe des pieds pour reposer la boîte sur l'étagère, là où je l'avais trouvée. Osh n'en aurait pas besoin avant que le potager ne soit monté en graine, et cela ferait longtemps que je lui aurais expliqué pourquoi j'avais gardé ces souvenirs particuliers. J'avais vraiment l'intention de le lui dire dès que je saurais me l'expliquer à moi-même.

Je n'avais pas gardé cette petite fraction du trésor pour la vendre – quoique nous aurions pu le faire, si nécessaire –, ni pour porter ces bijoux. Comme Miss Maggie, je me contentais parfaitement de choses simples. Je les avais gardés pour pouvoir les tenir dans mes mains et les contempler pendant que j'essayais de retrouver ce que mes os savaient, de me souvenir d'images entrevues quelques instants, les yeux encore embrumés par le moment de la naissance, de me remémorer des voix que je n'avais entendues qu'une seule fois, avant d'être envoyée au loin.

J'ai attendu que Osh ait fini son café pour lui dire où j'avais décidé de cacher les sacs contenant le trésor. Il m'a écoutée avec attention, la tête penchée sur un côté.

– À deux endroits ? a-t-il demandé.

– Oui, comme cela, si quelqu'un trouve une des cachettes, nous aurons toujours l'autre.

J'ai coupé deux tranches de pain dur et j'ai étalé un peu de pâte de pomme dessus.

– Tu es maligne, Corneille. (Il a bu une gorgée de café, l'air pensif.) Peut-être que nous devrions tout donner tout de suite, comme tu le disais. À un hôpital, ou à un orphelinat, ou à une école.

J'ai posé le pain sur la table et je me suis assise.

– Tout donner ?

J'avais dit moi-même que ce serait merveilleux de tout donner, mais je n'avais pas imaginé que quelqu'un d'autre me le demanderait. J'avais pensé que ce serait à moi de décider. Ce qui était d'ailleurs le cas.

– Une moitié du trésor appartient à Jason, ai-je alors dit.

Osh a haussé les épaules.

– C'est exact.

– Mais je donnerai peut-être ma moitié. (J'ai regardé Mia faire sa toilette, se léchant le dos d'une patte avant de la frotter au-dessus de son oreille.) Est-ce que je peux y réfléchir ?

– Tu peux faire tout ce que tu veux.

– Alors j'y réfléchirai. Mais est-ce qu'on peut aller le cacher, tant que je n'ai pas décidé ?

Osh a fini son café et est allé se resservir.

– Oui. Si c'est ce que tu veux.

C'est ce que nous avons fait le jour même. Tout d'abord, nous avons partagé le trésor en deux, en faisant un tas plus gros et plus lourd que l'autre. Puis nous avons roulé chaque part dans un morceau de toile cirée et replié les deux extrémités. Nous avons entouré ce paquet avec du fil de fer et du fil de pêche. Nous avons mis chaque paquet dans un sac de toile, puis dans un deuxième pour faire bonne mesure, et nous les avons fermés avec du fil de pêche. Enfin, nous avons attaché une corde au plus petit des deux.

– Cela devrait aller, a dit Osh, une fois que nous avons terminé.

Cacher le premier paquet, le plus gros, a été facile parce que nous pouvions le faire pendant nos tâches habituelles. Personne en nous voyant occupés ne remarquerait quoi que ce soit. Cacher le second serait plus risqué, ai-je réalisé, mais pas trop difficile quand même.

– Je vais m'en occuper, ai-je dit à Osh quand nous sommes revenus pour le déjeuner.

– Fais juste attention. Tu vas le dire à Miss Maggie ?

– Bien sûr, si elle est là. Ou plus tard si elle n'est pas là.

– Et pour le premier ?

– Évidemment. Pas toi ?

Il a hésité une fraction de seconde seulement.

– Si. Elle est impliquée autant que nous dans toute l'histoire. Mais elle aime la vie qu'elle mène. (Il est devenu sérieux.) Pense à elle quand tu prends des décisions, Corneille. Pense à ce que tes décisions peuvent entraîner.

– Oui, j'y penserai. Mais il ne va rien arriver de mal, Osh.

Il n'a pas eu de réponse à cela. Il m'a tendu mon assiette, il a pris la sienne, et nous avons déjeuné, plongés dans nos pensées, sans plus parler du trésor, jusqu'à ce que je sois prête à partir cacher le deuxième paquet sur Cuttyhunk. Alors Osh m'a dit :

– Si quelqu'un veut te le prendre, tu lui donnes. C'est compris ?

J'ai repensé à ce qu'il avait dit dans le canot quand nous étions revenus de Penikese – qu'il se battrait pour garder son île s'il le fallait. Je le lui ai rappelé.

– Je ne peux pas donner à quelqu'un une île enveloppée dans un morceau de toile cirée et je ne peux pas non plus l'emporter avec moi. (Il a poussé un soupir.) Je ne me battrai pas pour garder cette île, Corneille, elle ne m'appartient pas, mais je me battrai pour y rester. Alors que ça (désignant le paquet du doigt), tu peux le donner facilement.

Il avait sans doute raison, me suis-je dit, d'autant que j'avais déjà caché mes bijoux favoris dans la boîte en fer-blanc, mais j'ai répété que rien de mal n'allait arriver. Je suis partie à Cuttyhunk, prête à dire, si je croisais quelqu'un, que j'apportais des palourdes à Miss Maggie pour son dîner.

Heureusement, je n'ai vu personne sur le chemin et, quand je suis arrivée chez elle, la maison et la grange étaient désertes. J'ai caché le paquet sans que personne ne s'aperçoive de quoi que ce soit, même si je me suis fait quelques égratignures au passage. Je me suis sentie beaucoup mieux en revenant vers les pontons de pêche. Tout était en ordre. Un fardeau s'était envolé. En marchant, je me répétais ce que j'avais dit à Osh – « Rien de mal ne va arriver » –, et j'en étais convaincue. Mais croire quelque chose, cela ne veut pas toujours dire que c'est ce qui va se passer.

Chapitre 32

Il ne s'est pas passé grand-chose, ni en bien ni en mal, pendant un moment.

Quand j'ai dit à Miss Maggie que j'avais caché une partie du trésor chez elle, elle a levé la main.

– Ne me dis pas où. Si j'ai besoin de le savoir, je te poserai la question.

– Et je vous répondrai. Dites-moi juste si vous le trouvez un jour, et je chercherai une meilleure cachette.

– D'accord.

Nous en sommes restées là. Pendant ces très longues journées d'été, je me suis concentrée sur ce que j'avais sous les yeux : mes travaux avec Osh et Miss Maggie, mes leçons à rattraper, de nouveaux livres à lire qu'elle avait empruntés à la bibliothèque. Mais j'ai aussi passé du temps à surveiller le Cimetière et les bateaux qui le traversaient.

Je savais que *Le Pétrel* était sans doute passé pendant que j'étais occupée à autre chose, mais j'étais certaine de pouvoir compter sur Mrs. Pelham à l'hôpital de New

Bedford : quand Jason viendrait lui rendre visite, elle lui dirait comment me trouver. J'espérais qu'un jour il frapperait à notre porte à l'improviste. Et ce serait parfait comme cela. Mais j'étais impatiente, j'avoue, je ne voulais pas attendre trop longtemps.

Chaque jour, j'escaladais donc une colline dans la lourde chaleur de l'été, ce qui me faisait apprécier le vent plus fort qui m'attendait au sommet. De temps en temps, je voyais encore des gens accoster ou repartir de Penikese et je les imaginais creusant ce qui restait de la lande.

Je me disais que personne n'entrerait dans le cimetière. C'était le plus improbable des endroits où enterrer un trésor parce que presque tout l'enclos était déjà consacré aux dépouilles des lépreux de Penikese. Ces vieux ossements étaient une raison de plus pour que les gens aillent chercher ailleurs, même s'il était complètement idiot d'avoir peur de ce qui était mort et enterré depuis si longtemps. Mais j'avais appris que la peur, c'est la peur : la plupart du temps, elle ne rend pas très futé. J'étais contente que grâce à elle les traces autour de la petite tombe auraient le temps de s'effacer.

Je me demandais ce que penserait quelqu'un en découvrant que le sol avait été retourné là où presque tout le monde pensait qu'un bébé reposait. Un bébé lépreux. Qui voudrait fouiller une telle tombe ?

Mais c'était là le problème. Quiconque avait creusé devait avoir de bonnes raisons de penser que le trésor était enterré à cet endroit.

Or les policiers nous avaient vus dans le cimetière sous la pluie.

Le voleur, Mr. Kendall, savait lui aussi que nous y étions allés.

Je lui avais demandé s'il avait entendu parler d'un bébé.

S'il revenait à Penikese et voyait que la petite tombe avait été fouillée, le sol encore couvert de traces, il saurait. J'en étais certaine.

Je secouais la tête pour chasser de telles pensées. Ce qui était fait était fait. Le trésor était bien caché.

Je savais enfin d'où je venais. Je savais que quelque part j'avais un frère.

Je possédais toujours ce que j'avais toujours possédé, et bien plus encore, sans que personne n'en ait souffert au passage.

Mais assise dans le vent du soir à surveiller l'océan qui virait lentement au gris, je me demandais pourquoi je me sentais si triste.

Quand la nuit vient, elle ne tombe pas, contrairement à ce que disent les gens. Au-delà de la couronne brillante de la terre, les cieux sont toujours obscurs. Et sur cette colline solitaire, minuscule comme un infime fragment de temps, je voyais l'obscurité surgir du sol pour aller à la rencontre de l'obscurité toujours présente au-dessus de moi, comme si les deux mondes avaient attendu que le soleil disparaisse pour pouvoir se toucher de nouveau. Et moi aussi, j'étais obscure. Invisible. Silencieuse.

De l'autre côté de la baie, New Bedford était tapie comme un crapaud. C'était un endroit si sale, si bruyant et si vorace ! Mais là-bas, j'avais été Corneille, juste Corneille. Une étrangère parmi des étrangers. Rien de plus. Rien de moins.

Ici, dans ce lieu de pureté et de beauté, parmi les gens que j'avais toujours connus, je ne savais pas quelle était ma place. C'était cela, ai-je compris, qui était triste.

À l'ombre sous la véranda de l'épicerie, quelques habitants de l'île échangeaient des nouvelles au moment où je suis arrivée, le lendemain matin, une pièce de dix cents en poche.

– Bonjour, Corneille, m'a dit Mr. Benson, le pilote, qui passait le plus clair de son temps à l'épicerie quand il n'était pas en mer à guider des bateaux.

Les autres se sont retournés pour me regarder monter les marches. Mrs. Aaronson, qui préparait des tartes pour l'auberge, a ouvert la porte-moustiquaire pour que je puisse entrer.

Les gens ouvraient toujours les portes à ma place

quand ils le pouvaient. En voyant cela, un étranger aurait juste pensé qu'ils étaient aimables, mais je savais ce qu'il en était véritablement. Ils préféraient que je ne touche à rien avec mes mains.

Tout le monde a interrompu sa conversation quand je me suis retrouvée devant la porte ouverte. Je me suis dirigée vers Mr. Benson, qui fumait sa pipe, assis sur l'une des chaises.

– Bonjour à vous aussi, Mr. Benson, ai-je dit en lui tendant la main, comme j'avais si souvent vu les gens le faire.

Il m'a regardée, a jeté un coup d'œil aux autres, puis m'a regardée de nouveau et, lentement, il m'a tendu la main. Il a serré la mienne deux fois, avant de la relâcher.

Je l'ai observé : allait-il s'essuyer sur son pantalon ou agripper le fourneau brûlant de sa pipe ? Mais non, il a remis sa main sur ses genoux et il a continué à me regarder. Au bout d'un moment, c'est moi qui ai détourné le regard.

– Tu rentres ou pas, Corneille ? Parce que les mouches, elles, elles n'hésitent pas, a dit Mrs. Aaronson.

Alors je suis entrée dans l'épicerie et elle a refermé doucement la porte.

J'ai entendu les conversations reprendre sous la véranda. Il a été question de tempêtes à venir cet été, d'une pommade qui faisait passer les bleus, d'une excursion dans une autre île, de nouvelles de Boston. Mais pas un mot sur moi.

Mr. Higgins, l'épicier, a fait le tour de son comptoir.

– De quoi as-tu besoin, Corneille ?

Il tenait toujours à me servir lui-même quand je venais chercher quelque chose pour Miss Maggie ou pour Osh. Il se précipitait toujours pour me demander ce que je voulais, le prendre lui-même, le mettre dans un sac et me le tendre.

Jusqu'à présent, j'avais toujours examiné la boîte des chocolats avant de lui indiquer celui que je choisissais pour qu'il le sorte de son petit nid de papier et me l'emballe.

Aujourd'hui, je suis allée droit au grand bocal plein de bonbons à la gelée trônant sur le comptoir près de la caisse. J'ai soulevé le couvercle et pris la petite pelle pour me servir moi-même. J'ai versé mes bonbons dans un sachet en papier pendant qu'il me regardait. Je lui ai tendu le sachet et il l'a pesé.

– Tu es bien gourmande. Ça va te coûter cinq cents. Sauf si tu veux que j'en retire.

J'ai été si surprise que je l'ai regardé un bon moment avant de lui tendre ma pièce de dix cents, toute tiède d'être restée dans ma poche.

– Je ne le mets pas sur le compte de Osh, comme d'habitude ?

– Non, je veux payer moi-même.

Mr. Higgins m'a donné le sachet, a pris ma pièce et m'a rendu la monnaie, puis il s'est passé la main sur le visage.

– Il commence à faire horriblement chaud.

– C'est vrai, ai-je répondu en hochant la tête.

Je lui ai dit au revoir, je suis sortie de l'épicerie et je suis retournée vers les pontons de pêche, en mangeant mes bonbons sur le chemin, tellement perdue dans mes pensées que j'ai failli marcher sur Mia qui se chauffait au soleil sur le sentier.

– Miaou, a-t-elle dit.

Ce que j'ai interprété comme: «Qu'est-ce qui se passe?»

– Je ne sais pas, lui ai-je répondu.

Je réfléchissais à la façon dont les gens s'étaient toujours écartés pour me laisser passer quand nous nous croisions sur un sentier ou un ponton de bois, et comment parfois c'était moi qui m'écartais pour les laisser passer. J'ai réfléchi au fait que les gens semblaient toujours garder leurs distances, alors que moi, je faisais toujours en sorte de rester à distance. Mr. Henderson, le maître d'école, avait nettoyé la poignée de la porte que j'avais touchée, et Mr. Johnson, le postier, avait lui aussi voulu désinfecter ma lettre avant de la manipuler. Deux personnes qui mettaient du temps à changer, mais qu'en était-il des autres?

– Je crois que je devrais considérer les gens un par un, ai-je dit à Mia, trop occupée à poursuivre une mouche pour me répondre.

– Qu'est-ce qui se passe? m'a demandé Osh quand j'ai retraversé le chenal et qu'il a vu mon regard.

– Je pense que je me suis trompée au sujet de certaines choses, ai-je dit lentement.

Il était en train de préparer le canot pour aller relever les casiers à homards.

– Quel genre de choses ?

– Les gens.

Il a poussé un petit rire.

– C'est l'erreur la plus commune au monde. Va me chercher le panier.

La mer était un peu agitée au large. Il y avait pas mal de vent et il n'était pas facile de naviguer d'un flotteur à l'autre. Il fallait se battre pour rester amarré pendant que Osh hissait les casiers. Le canot voulait s'échapper, les filins des flotteurs, couverts d'algues, me glissaient entre les mains, et, au bout de deux casiers, j'avais mal aux genoux et aux côtes.

– On n'aurait pas pu attendre un jour plus calme ? ai-je grogné pendant que nous nous dirigions vers le flotteur suivant.

Osh a secoué la tête.

– Je n'aime pas laisser les homards dans les casiers plus longtemps que nécessaire.

Je ne voyais pas pourquoi.

– Tu ne penses pas qu'ils préféreraient être ici, dans un casier, plutôt que dans l'assiette de quelqu'un ?

Osh a amené le canot à proximité du flotteur suivant.

– Tôt ou tard, ils vont finir dans une marmite. Ou bien

comme appât pour un pêcheur. Ça ne leur sert à rien de rester trop de temps dans un casier.

J'ai croché le flotteur et amarré le bateau pendant que Osh le mettait bout au vent. Les voiles se sont mises à faseyer, des embruns passaient par-dessus la proue.

Je n'étais pas de très bonne humeur avant, mais c'était pire maintenant.

– Je n'y avais jamais pensé. J'ai l'impression d'être cruelle.

Osh a ri en hissant le casier à bord. Quand il y avait autant de vent qu'aujourd'hui, je m'occupais uniquement de garder le canot amarré au flotteur pendant que Osh remontait et vidait les casiers.

– Ce n'est pas cruel, a-t-il dit, en ajoutant un homard de plus dans le panier et en refermant le couvercle. C'est juste humain.

Ce fut un soulagement ce soir-là que de monter en haut de la colline pour guetter *Le Pétrel*. Il était difficile d'être de mauvaise humeur au sommet d'une colline, entourée par l'océan, le ciel à l'ouest luisant comme une peinture toute fraîche, dans la brise tiède et douce.

Guetter la goélette était devenu l'une de mes habitudes préférées parce qu'elle me rapprochait du ciel et me rappelait qu'il me restait encore à connaître l'un de mes plus beaux jours – celui où je verrais mon frère pour la première fois.

Si j'étais repartie à la maison un instant plus tôt, ou si j'avais regardé vers l'est plutôt que vers l'ouest, je serais redescendue de la colline apaisée et tranquille.

Au lieu de cela, en jetant un dernier coup d'œil vers Penikese, j'ai vu une voile.

Une petite voile. Probablement un canot. Qui quittait le port de Penikese.

Je me suis demandé qui cela pouvait bien être.

Plus personne sur les îles Elizabeth ne s'intéressait à la chasse au trésor. Mais le canot se dirigeait vers Cuttyhunk tandis que l'obscurité grandissait rapidement. En fait, j'avais l'impression qu'il venait droit sur moi et j'ai eu la chair de poule.

Je l'ai suivi des yeux jusqu'à ce qu'il fasse trop sombre pour le voir. Puis je suis rentrée, pensive, mais pas encore effrayée.

C'est au cours de la nuit que la peur est arrivée.

Chapitre 33

Nous étions endormis quand Mr. Kendall nous a retrouvés. Cet homme qui avait abandonné Mr. Sloan à une mort lente, sans aucune raison.

Si la nuit avait été froide et venteuse, et nos fenêtres fermées, peut-être ne l'aurions-nous pas entendu.

S'il avait été plus intelligent et s'il avait jeté l'ancre un peu au large, peut-être ne l'aurions-nous pas entendu.

Si nous avions été dans une ville bruyante, peut-être ne l'aurions-nous pas entendu.

Si la nuit avait été froide et venteuse, s'il avait été plus intelligent, si nous avions été en ville, je me serais peut-être réveillée et je l'aurais découvert, penché au-dessus de mon lit, plus terrifiant dans le clair de lune que jamais.

Mais la nuit était tiède et calme, c'était une brute et un idiot, et nous étions sur une île si petite et si familière que nous avons su qu'il était là dès que son canot s'est échoué sur la plage.

C'est Mia qui l'a su la première. Elle s'est brusquement redressée, ses yeux grands ouverts brillant dans la lumière de la lune qui inondait la maison.

Je me suis assise dans mon lit, moi aussi, et j'ai tendu l'oreille.

De son lit, Osh a chuchoté mon nom.

– Je sais, ai-je chuchoté à mon tour. Je l'ai entendu, moi aussi.

Puis le cliquetis assourdi d'une voile qu'on affale.

Osh s'est glissé hors du lit et le long du mur jusqu'à la fenêtre qui donne sur la plage.

– C'est lui, c'est Kendall.

Nous n'avions ni grenier ni cave où nous cacher, et une seule porte.

– Osh, ai-je chuchoté en montrant ma fenêtre, qui donnait sur l'arrière de la maison.

Il a vite traversé la pièce et a ouvert la vieille fenêtre-moustiquaire aussi silencieusement que possible. Il a attrapé Mia et l'a posée dehors, puis il m'a fait sortir de la même manière et nous a suivies en hâte. Juste avant qu'il ne referme la moustiquaire, j'ai attrapé la boîte à épices qui était sur l'appui de la fenêtre et je l'ai enfoncée dans le sable.

– Cache-toi, ai-je murmuré à Mia.

Elle s'est faufilée et a disparu dans les ténèbres comme si elle leur appartenait.

Puis Osh et moi avons rampé dans les hautes herbes et nous nous sommes glissés dans la mer. Je me suis agrippée à lui et lui à moi. Le courant nous a fait dériver parallèlement à la côte de Cuttyhunk jusqu'à ce que nous parvenions à lui échapper en nageant de toutes nos forces vers la terre où nous sommes arrivés à bout de souffle. Nous sommes sortis de l'eau en nous accrochant aux rochers.

– Tout va bien ? m'a demandé Osh.

– Oui, tout va bien, lui ai-je répondu d'une voix tremblante. Et toi ?

Il m'a aidée à me remettre sur mes jambes.

– Debout, il faut aller chez Miss Maggie. Quelqu'un lui a indiqué où nous étions.

– Pas elle. Elle n'aurait jamais fait cela.

– Non, mais peut-être que ce quelqu'un lui a dit où la trouver, elle aussi.

Nous avons remonté l'escarpement en titubant et avons traversé la lande jusqu'à la ferme de Miss Maggie, que nous avons réveillée en frappant à sa porte. Elle nous a ouvert, le visage défait, et nous a vite fait entrer.

Nous avons fermé la porte à double tour et lui avons raconté ce qui s'était passé. Miss Maggie a préparé un pot de thé brûlant pendant que j'enfilais un de ses pantalons de travail et une chemise qu'elle mettait pour jardiner, en retroussant deux fois le bas des manches et des jambes. Quant à Osh, il s'est enroulé dans une couverture d'été pendant que ses vêtements séchaient.

– Vous allez rester ici jusqu'à demain matin, a proposé Miss Maggie, puis nous appellerons Falmouth pour dire à la police que Mr. Kendall est réapparu.

– Ça ne servira à rien, a dit Osh, il sera reparti les mains vides depuis longtemps quand ils arriveront. Et peut-être convaincu une bonne fois pour toutes qu'il ne trouvera pas de trésor ici.

J'ai pensé à la boîte de café, aux souvenirs qu'elle contenait, à ce qu'ils signifieraient pour Mr. Kendall s'il les trouvait – absolument le contraire de ce qu'ils voulaient dire pour moi.

Je l'ai imaginé trouvant cette boîte, l'ouvrant, étalant son contenu sur notre table, calculant tout ce qu'il allait pouvoir s'acheter avec. Cette idée m'a tordu le cœur. Ainsi que la certitude qu'il ne se contenterait pas d'un si petit trésor, qu'il saurait qu'il y en avait davantage, caché quelque part. Et s'il revenait le chercher ?

– J'en ai gardé un peu sur l'île, ai-je murmuré d'une toute petite voix.

– Un peu de quoi ? a demandé Osh.

– Un peu du trésor, dans la vieille boîte en fer où tu mets tes graines. Juste quelques bijoux, avant qu'on cache le reste.

– Mais pourquoi ? Et pourquoi tu ne m'as rien dit ?

À sa voix, je savais qu'il était blessé et triste, et cela m'était insupportable.

– Ce n'était pas pour en garder sans que tu le saches, Osh, je te le promets. (Je l'ai regardé dans les yeux pour qu'il n'ait aucun doute.) J'allais te le dire. Je voulais juste… garder quelques souvenirs près de moi, alors que toi, tu n'en voulais pas sur l'île. Je voulais juste être certaine d'avoir un souvenir, Osh. Quelque chose qu'elle avait touché.

– Comme la bague que tu as déjà ? Cela ne te suffit pas ?

– Non, ça ne me suffit pas. Et si je la perdais ? Et si on me la volait ? Je n'aurais plus rien.

Il a secoué la tête.

– Tu te trompes.

Je savais que je me trompais et je savais que j'avais raison.

– Eh bien, quand même ! ai-je dit.

En entendant ma propre voix, j'ai fondu en larmes (même si je ne pleure presque jamais et jamais pour ce genre de choses). Osh m'a prise dans ses bras et m'a serrée contre lui, mon visage blotti contre son épaule, jusqu'à ce que je me calme et que je me recule pour m'essuyer les yeux avec les mains.

– Voilà, cela fait une bonne raison de plus d'appeler la police dès demain matin, a dit Miss Maggie. S'il a volé ce que tu avais mis de côté pour toi, Corneille, il faudra qu'il en réponde.

Osh a secoué la tête.

– On ne va rien leur dire du tout. Ils le coinceront bien suffisamment tôt, ou alors, il finira par décamper.

– Oh ! Pour l'amour du Ciel ! Vous ne pouvez pas faire cela. C'est un criminel. Il faut leur dire.

Mais Osh a refusé de changer d'avis.

– Comment allons-nous l'accuser d'avoir pris quelque

chose qui ne nous appartient pas officiellement ? On ne le récupérera jamais. Et eux, ils vont faire une enquête sur nous, Maggie, vous le savez très bien. Et peut-être nous punir d'avoir pris quelque chose que nous n'avions pas le droit de prendre.

– Mais c'était à elle ! À ma mère ! Et elle l'a laissé pour que je le trouve.

Osh a poussé un soupir.

– Je le sais. Mais je sais aussi comment cela se passe.

Miss Maggie avait l'air triste, mais elle n'a pas discuté davantage avec Osh.

– Il a raison, Corneille. Ils ne verront pas la situation de la même manière que toi. Penikese est une réserve d'État.

– Ce n'est pas juste, ai-je dit comme une petite fille, alors que je me sentais plus âgée.

– Bon, allez, a dit Miss Maggie. Aucun de nous n'arrivera sans doute à se rendormir cette nuit, mais nous devrions quand même essayer. Ce sera bientôt le matin, et vous ne serez bons à rien si vous ne vous reposez pas un peu maintenant.

Elle avait raison. Je n'ai pas fermé l'œil, mais je me suis reposée, bordée dans son lit-gigogne, et j'ai réfléchi à beaucoup de choses pendant que la nuit cédait la place au jour. Au trésor encore caché, dont une partie était tout près de l'endroit où j'étais couchée. À mon frère, qui vivait quelque part. À mes parents dans leur tombe, sur cette petite île triste. À Osh, allongé sur le tapis devant la porte de Miss Maggie, et qui montait la garde tout en dormant.

J'avais si peur de perdre ce que j'avais, ne sachant pas ce que je pouvais à la fois garder et encore atteindre. Ne sachant pas ce que je pouvais encore attraper de plus, sans avoir à lâcher quelque chose d'autre.

J'ai essayé de déterminer ce qui m'appartenait véritablement, ce que je pouvais garder ou donner, perdre, échanger ou abandonner.

Il y a très peu de temps encore, je ne voulais rien de plus que ce que j'avais déjà. Je voulais juste savoir d'où je venais.

Maintenant, je possédais beaucoup plus qu'auparavant, mais je souffrais surtout de ce qui me manquait, en particulier les parents que je n'avais jamais connus et le frère que je ne connaissais pas encore.

J'étais accablée de penser que Mr. Kendall avait peut-être trouvé le tout petit trésor que j'avais gardé pour moi.

Ce n'est qu'en revenant le lendemain matin sur notre île que j'ai compris ce qu'il avait emporté.

Miss Maggie n'a pas voulu nous laisser repartir le lendemain avant de nous avoir donné un petit déjeuner de pommes séchées et de pancakes recouverts d'un peu de miel et de sucre de canne, ainsi que du café pour tous les deux, ce qui a aiguisé nos sens émoussés par la fatigue.

– Et nos habits ? a demandé Osh après que nous avons tout dévoré.

– Ils sont sur le fil et encore mouillés.

– Va les chercher, m'a-t-il demandé.

– Vous êtes vraiment têtu, a-t-elle murmuré.

– C'est l'hôpital qui se moque de la charité, a-t-il rétorqué.

Je me souviens d'avoir souri en allant chercher nos vêtements et d'avoir oublié, pendant un instant, la raison pour laquelle nous étions venus chez Miss Maggie. Puis nous avons remis nos affaires trempées et sommes redescendus à pas lourds jusqu'aux pontons de pêche, d'où nous avons traversé jusqu'à notre petite maison.

De la plage, elle avait la même allure que d'habitude.

J'ai soudain réalisé qu'il aurait pu la réduire en cendres et j'ai eu la nausée, mais je me suis sentie mieux après cette pensée parce qu'elle m'a rappelé que la situation aurait pu être encore pire.

Elle était déjà bien assez catastrophique.

La porte était ouverte et, pendant un instant, je me suis demandé si une énorme bourrasque ne s'était engouffrée avec furie pendant que nous n'étions pas là.

Pratiquement tout dans notre maison avait été brisé ou renversé. Chaises et tables entassées pêle-mêle, notre vaisselle cassée en mille morceaux. Tout ce que nous possédions, jeté en vrac par terre et piétiné. Ce qui m'était complètement égal. Tout cela, nous pouvions le nettoyer, le remplacer ou le réparer.

Mais la boîte à café n'était plus sur l'étagère où je l'avais laissée.

Et pire encore, comme si une main m'avait agrippé la gorge, c'était la façon dont Mr. Kendall avait lacéré les tableaux, ceux que j'aimais tellement que Osh ne les avait pas vendus. Comme si une bête sauvage avait tout déchiré avec ses griffes.

Les couleurs que Osh avait préparées avec tant de soin étaient répandues dans toute la pièce en folles traînées. Ses belles feuilles de papier blanc, déchirées en lambeaux. Les pieds de son chevalet, cassés.

Osh s'est détourné, il a quitté la maison sans dire un mot, mais je suis restée, j'ai regardé fixement et j'ai senti quelque chose monter dans ma poitrine.

Je n'avais jamais détesté quelqu'un auparavant.

Et je ne m'étais jamais sentie aussi fragile.

J'ai retrouvé Osh assis sur le sable. Il regardait l'océan, Mia sur les genoux.

Je me suis assise à côté de lui et j'ai attendu en silence.

Il est resté immobile un long moment, sans faire un mouvement, en dehors de sa main qui passait et repassait sur le dos de Mia.

Puis il a dit :

– Rien de tout cela n'est ta faute, Corneille. Mais il faut que cela s'arrête.

– Je sais. Je suis désolée. Je n'avais pas imaginé…

– Chut. Ne dis rien. Tu n'as rien fait de mal. Mais il faut faire en sorte qu'il ne revienne plus jamais. Jamais. Tu comprends ?

– Comment va-t-on faire ?

– Je n'en sais rien.

Mia s'est retournée tout à coup, elle a fixé Cuttyhunk, et j'ai vu Mr. Johnson, le postier, qui descendait rapidement le chemin vers les pontons en nous faisant de grands signes. La mer était presque basse, il n'y avait plus qu'un petit filet d'eau dans le chenal, mais il a attendu de l'autre côté, tout en agitant la main, pour que je traverse.

– J'ai un message ! a-t-il crié.

Nous savions depuis le début que Mr. Kendall était aussi idiot que cruel, mais nous n'avions pas compris jusqu'où pouvait aller sa stupidité jusqu'à ce que Mr. Johnson nous apporte le message télégraphique qu'il venait de recevoir.

Lorsque je suis venue à sa rencontre, il a hésité un instant, puis il m'a tendu le bout de papier. La curiosité et l'excitation se lisaient sur son visage.

– C'est au sujet de l'homme qui était à Penikese et qui prétendait être le garde ?

– Oui, ai-je répondu en lisant le message avec un sourire.

Il a hoché la tête, pensif.

– Il est venu ici, n'est-ce pas ?

J'ai sursauté.

– Comme le savez-vous ?

– Il y a quelqu'un qui est arrivé à l'auberge hier soir, très tard, et qui a tambouriné à la porte. Il voulait savoir où vous habitiez. L'aubergiste a eu peur et il le lui a dit. Puis il est venu me réveiller pour que j'envoie un télégramme à la police. Ce que j'ai fait. Mais après, je me suis inquiété. Je me suis dit que les policiers n'allaient pas venir, ou du moins pas assez vite, alors j'ai couru jusqu'ici et j'ai jeté un coup d'œil, mais sans traverser. Tout avait l'air normal.

Cela faisait beaucoup d'informations à la fois, mais une chose était claire : Mr. Johnson avait le visage en plein soleil, et l'inquiétude se lisait dans son regard.

– Il était certainement déjà reparti à ce moment. Et je suis contente que vous ne l'ayez pas trouvé encore ici. Il était vraiment en colère.

– Mais pour toi, tout va bien ? Et pour Osh ?

– Oui, et pour Mia aussi.

Il attendait. J'ai compris qu'il avait encore plein de questions qui lui brûlaient les lèvres.

– Nous avons détruit tous ses plans, ai-je dit. Nous sommes allés à Penikese et nous avons tout fichu en l'air. C'est à cause de nous que la police le recherche.

– Et qu'il est furieux.

– Oui, fou furieux.

Il a acquiescé d'un hochement de tête, et a dit :

– Bon, tout est bien qui finit bien. Je vais y aller.

Au moment où il repartait, je lui ai demandé :

– Est-ce que vous parlerez aux autres habitants de ce télégramme ?

Il m'a dit qu'il le ferait à la première occasion.

– Sinon, je sens que je vais exploser.

– Mieux vaut que les gens soient au courant, ai-je ajouté. Au cas où il reviendrait.

– C'est peu probable, a-t-il dit en remontant la pente.

Puis il a disparu derrière la crête.

Chapitre 34

J'ai retraversé le chenal pour retrouver Osh, le cœur léger. Mr. Johnson m'avait parlé comme à n'importe qui d'autre, et il s'était approché plus près que jamais.

Dans ma tête, je me demandais pourquoi j'accordais autant d'importance à ce qu'il pensait ou disait ou faisait, mais j'étais attirée par l'idée de pardonner, et, le temps que j'atteigne notre île, dégoulinant de l'eau froide de l'Atlantique, je me suis sentie plus légère que je ne l'avais été depuis très longtemps.

– Qu'est-ce qu'il voulait? m'a demandé Osh.

Je lui ai lu le télégramme:

KENDALL ARRÊTÉ CHEZ PRÊTEUR AVEC BIJOUX. STOP. RENDEZ-VOUS PRISON ASH STREET NEW BEDFORD. STOP. URGENT. STOP. KELLY. STOP.

– Tu m'en diras tant ! Cet homme est un crétin. Aller droit chez le prêteur sur gages, avec ces bijoux, alors que la police le recherche.

– Heureusement qu'il n'est pas malin. On va pouvoir arrêter de se faire de souci.

Mais Osh n'avait pas l'air convaincu.

– Ils vont avoir besoin de nous et du garde pour l'identifier et témoigner que c'est lui que nous avons vu à Penikese.

– Et ici aussi.

– Non, pas ici. (Il s'est levé et a frotté le sable collé à ses habits humides.) Ils ne doivent pas savoir qu'il nous a volé ces bijoux.

– Mais il nous aurait fait du mal ! Et il a détruit tes tableaux. Il faut qu'il soit puni pour cela.

– J'en peindrai de nouveaux, a dit Osh. Et ils le mettront en prison pour le mal qu'il a fait à Mr. Sloan. Inutile de leur parler du trésor.

Je voyais bien la sagesse de ses propos, mais je pensais que Mr. Kendall, lui, en parlerait.

– Qu'est-ce qu'on va faire s'il leur dit qu'il a pris ces bijoux chez nous ?

Osh marchait lentement vers la maison.

– On le laissera dire. Il ne peut pas dire un mot sans reconnaître qu'il les a volés, en plus de tout le reste.

– Mais s'il leur dit, est-ce qu'ils ne vont pas vouloir savoir comment nous, nous les avons trouvés, ces bijoux ?

– Alors on leur dira la vérité. Que ta mère te les a laissés quand elle est morte.

– Sauf que, quand ils découvriront que ma mère est enterrée à Penikese, ils sauront. Ils diront qu'elle a trouvé le trésor dans une réserve d'État et ils nous le prendront, exactement comme lui.

Osh s'est arrêté dans l'embrasure de la porte.

– Peut-être. Et puis ils partiront, eux aussi, et nous laisseront tranquilles.

– Mais ce n'est pas juste, Osh !

Il m'a regardée avec curiosité.

– La plus grande partie du trésor est encore à toi, et il y en a bien plus que ce dont une personne n'aura jamais besoin. Pourquoi attaches-tu autant d'importance à quelques petits bijoux ?

– Parce qu'ils finiront chez une femme riche, qui va les porter et se sentir comme une reine, alors qu'ils viennent de Penikese, un endroit où elle aurait refusé de mettre les pieds. Où elle n'aurait jamais envoyé des pêches en été, ou des figues en hiver, ou des couvertures toutes douces, ou n'importe quoi d'autre.

Osh a poussé un soupir.

– Il est temps de passer à autre chose.

– Je ne peux pas. Ce n'est pas juste.

– Peut-être pas. (Il s'est retourné pour rentrer dans la maison.) Mais j'ai dit tout ce que j'avais à dire. Sauf une chose : ces lépreux, ils ont vécu là-bas pendant des années. Pendant que nous, nous étions juste ici, de l'autre côté de l'eau. Mais nous ne leur avons jamais envoyé ni pêches, ni figues, ni couvertures. Nous n'avons pas mis les pieds là-bas, nous non plus.

J'ai eu l'impression de ne plus pouvoir respirer, comme si, dans mon cœur, on avait planté un clou.

– Je sais tout cela, Osh, ai-je articulé, la gorge douloureuse.

J'ai pleuré, longtemps. Puis je me suis séché les yeux, j'ai respiré à nouveau. J'ai commencé, un tout petit peu, à passer à autre chose.

Nous sommes restés dans le désordre et la désolation de notre maison, le temps de changer de vêtements et de retrouver nos souliers, en essayant de ne pas regarder le reste. J'ai récupéré la boîte d'épices que j'avais cachée dans le sable, derrière la fenêtre, le cœur serré mais reconnaissante d'avoir encore cela, et je l'ai provisoirement fourrée au fond de notre panier à petit bois, même si je n'imaginais pas Mr. Kendall revenir un jour.

Nous sommes allés chercher Miss Maggie qui était un témoin, elle aussi. Nous avons attendu qu'elle mette Clover et Cinders au pré et qu'elle se prépare pour la traversée.

– Tout ceci est vraiment incroyable, a-t-elle murmuré pendant que nous dévalions le chemin menant au débarcadère. Un jour, je suis ici à m'occuper des moutons. Le lendemain, je me retrouve à devoir affronter un fou.

Arrivée à la passerelle, elle a acheté nos billets.

– Vous me rembourserez en homards, a-t-elle dit, même si Osh lui en donnait régulièrement et sans raison particulière.

Nous étions nerveux et soucieux, quelques heures à peine après cette horrible nuit. Mais la journée était belle, nous étions réunis, et Mr. Kendall, en prison, ne pouvait plus nous faire de mal.

Peut-être qu'au passage, à New Bedford, j'aurais des nouvelles du *Pétrel* et que je saurais s'il était déjà arrivé, ou quand il allait revenir. Nous étions tous les trois près du bastingage et nous regardions la côte se rapprocher.

– Je regrette que vous n'ayez pas vu Jason, l'autre jour, leur ai-je dit. Nous nous sommes vus en même temps, et il me ressemblait tellement que c'était incroyable.

– Tu étais contente de cela, n'est-ce pas ? m'a demandé Osh.

– Quoi ? Du fait qu'il me ressemble ?

Il a hoché la tête. Le soleil l'éclairait à contre-jour, et j'avais du mal à voir son visage.

– Oui, j'étais contente, et pourquoi ne le serais-je pas ?

– Oh, c'est normal, sans doute. (Il n'avait pas l'air convaincu.) Mais ce n'est pas le tout qu'il te ressemble. Ce n'est pas assez pour prouver qu'il est ton frère.

Je me suis rendu compte de ce qu'il me disait.

– Tu ne penses pas qu'il le soit, c'est ça ?

Il a haussé les épaules.

– Peut-être que si.

Je me suis tournée vers Miss Maggie.

– J'imagine que oui, ce pourrait être ton frère.

Cela m'était égal qu'ils ne soient pas convaincus, et même s'ils avaient raison, je continuerais à chercher et je le trouverais, mon frère, quel que soit l'endroit où il était. Mrs. Pelham m'aiderait.

En attendant, je continuerais à penser à ce marin comme j'y avais pensé depuis la première fois que je l'avais vu. Comme à Jason. Comme à mon frère. En espérant qu'il le soit.

Sinon, cela voudrait dire que j'aurais perdu mon temps au sommet des collines de Cuttyhunk, à guetter un navire qui n'était pas le bon.

Une fois au port, nous avons demandé à un docker où se trouvait la prison et il nous a dit de remonter Union Street tout droit. Nous avons donc marché, bloc après bloc, à la recherche d'un bâtiment pouvant ressembler à une prison. Nous avons dépassé l'endroit où il fallait tourner pour aller à l'hôpital et j'ai eu envie d'y retourner pour voir Mrs. Pelham, qui connaissait et aimait Jason comme j'avais l'intention de le faire. Mais nous avions une autre mission ce jour-là, qui nous a menés à un grand bâtiment de brique que j'ai immédiatement identifié comme étant la prison. Il en avait tout l'air, solide et sévère, avant même que nous y pénétrions. Le bâtiment le plus sérieux que j'aie jamais vu.

Un gardien s'est levé de son bureau et nous a fait entrer dans une pièce sans fenêtre. Nous avons attendu très longtemps dans une chaleur étouffante et j'ai commencé à me sentir moi-même prisonnière. Osh s'est assoupi, le menton sur la poitrine. Miss Maggie le regardait, et moi, j'essayais de ne pas me laisser gagner par la peur de ce qui allait se passer.

– Vous êtes arrivés extrêmement vite, a dit l'officier Kelly en entrant dans la pièce.

Osh a ouvert les yeux.

– C'est vous qui aviez écrit « urgent », lui a répondu Miss Maggie.

– Je suis désolé de vous avoir fait attendre. Nous avons dû trouver des hommes qui ressemblent à Mr. Kendall. Pas facile.

– Pour quoi faire ? ai-je demandé en imaginant une pièce remplie d'hommes, tous gros, laids et en colère.

– Pour l'identification. Vous allez voir plusieurs individus et nous dire quel est celui que vous avez vu à Penikese.

Osh s'est levé, imité par Miss Maggie, et j'ai demandé :

– Est-ce que lui va nous voir ?

– Ah ! a dit le policier avec un sourire. Les témoins voudraient tous rester anonymes. Mais il sait déjà que vous l'avez vu. Il a déjà raconté des choses à ton sujet, ma petite demoiselle. Et sur vous aussi (en désignant Osh et Miss Maggie d'un signe de tête). Mais je vous promets qu'il ne pourra pas vous faire de mal.

– Où est Mr. Sloan ? ai-je demandé. Pourquoi est-ce qu'il ne participe pas à cela ?

– Il est dans le Maine. Il est retourné chez lui après ce qui lui est arrivé à Penikese et il ne sera pas ici avant un bon moment. Mais sa parole à lui tout seul n'aura pas autant de poids que si elle est confirmée par vos témoignages.

Avant de nous faire entrer dans la pièce où allait se dérouler l'identification, il s'est arrêté devant la porte.

– Vous étiez dans le cimetière de Penikese la dernière fois que nous nous sommes rencontrés.

Miss Maggie a acquiescé.

– Pour entretenir les tombes.

– C'est ce que vous m'avez dit, mais il y a une question qui me trotte dans la tête depuis. Pourquoi est-ce que vous voudriez entretenir ces tombes ?

– Parce qu'elles en ont besoin. Quelle autre raison ?

– Mais pourquoi celles-là, précisément ? Pourquoi aller en bateau jusqu'à Penikese pour entretenir les tombes de gens que vous n'avez jamais connus ?

– Mes parents sont enterrés là, ai-je dit, avant que Miss Maggie ne puisse dire quoi que ce soit.

Jamais je n'aurais menti à ce sujet.

L'officier Kelly a réprimé un sourire.

– Je me demandais juste. Nous y sommes retournés, l'officier Reardon et moi-même, pour nous assurer que Kendall ne se cachait pas là. Et nous avons trouvé une des tombes complètement retournée, un petit coffre posé à côté, ouvert et vide. Nous avons pensé qu'il était revenu, toujours à la recherche du trésor et qu'il l'avait trouvé. Ce que nous ne comprenons pas, c'est pourquoi il avait si peu de butin sur lui quand on l'a arrêté, alors que le coffre était suffisamment grand pour en contenir bien plus.

Nous n'avons rien dit. Osh a gardé les yeux fixés sur le sol.

– Bien évidemment, il nie avoir quoi que ce soit de plus que ce qu'il a apporté chez le prêteur sur gages. Il prétend que ces bijoux appartiennent à sa grand-mère. «J'ai bien le droit de mettre en gage ce qui est à moi», dit-il, mais nous avons des doutes.

Il nous a regardés l'un après l'autre.

– Vous n'auriez pas d'informations à ce sujet, par hasard?

– Pourquoi est-ce que quelqu'un creuserait une tombe? Et en plus, dans le cimetière des lépreux? ai-je dit.

– C'est exactement ce que nous lui avons demandé. Mais il a refusé de répondre.

Ils auraient pu nous montrer mille individus de grande taille et au visage aplati, nous aurions reconnu Mr. Kendall en un instant, non seulement à son allure, mais à la façon dont il nous a regardés. Comme si ses yeux pouvaient nous faire du mal.

Et ils nous en ont fait.

J'ai senti son regard sur moi et je me suis mise à frissonner. Ce n'était pas quelqu'un de sensé, ce n'était pas quelqu'un à qui l'on pouvait faire entendre raison.

Quand nous l'avons désigné en disant: « Le numéro 5 », car tel était le chiffre épinglé sur sa poitrine, il a essayé de se jeter sur nous en hurlant:

– Vous me le paierez!

Il a fallu trois policiers pour le retenir.

– Il est où, le reste? a-t-il hurlé, pendant qu'on l'emmenait, menottes aux poignets. C'est à moi, et je vais le récupérer! Je vais récupérer ce qui est à moi!

Osh s'est interposé entre lui et nous.

– Allez, on y va.

Il nous a guidées dans le couloir jusqu'à ce que nous ne puissions plus entendre les hurlements. Nous avions déjà donné nos dépositions sur l'île, nous avions fini ce que nous étions venus faire, alors nous avons signé les papiers, Osh en traçant un X, et nous avons pris congé.

– J'espère ne plus jamais vous revoir, a dit Osh à l'officier Kelly qui a souri de manière inattendue.

– C'est quelque chose qu'on me dit souvent, et je l'espère aussi, même s'il faudra que vous reveniez devant le tribunal pour témoigner sous serment.

Nous sommes retournés au port, sans dire grand-chose, laissant la prison et Mr. Kendall s'éloigner derrière nous. Nous avons pensé à nous acheter un sandwich ou à visiter l'un de ces endroits qui n'existe pas dans les îles:

un musée, une salle de cinéma, une bibliothèque riche de dix mille livres. Mais la seule chose dont nous avions vraiment envie, c'était de retourner aux îles Elizabeth, même si cela voulait dire que nous allions y retrouver notre maison dévastée. En arrivant sur le quai, j'ai aperçu le vieux capitaine du port qui se dirigeait vers nous, traînant derrière lui la fumée de sa pipe comme un voile un peu sale, et j'ai pressé le pas pour le rejoindre.

– Excusez-moi, est-ce que vous savez si *Le Pétrel* est au port ?

Il a plissé les yeux pour me regarder, sa longue barbe s'agitant un peu, le temps qu'il s'immobilise, la respiration sifflante comme une machine à vapeur.

– Oui, ça j'sais. Et la réponse est non, il est pas ici. Ça fait des semaines qu'il est coincé en cale sèche à Portland. Il a heurté un récif. Mais il devrait revenir bientôt, j'imagine. (Il a tendu le cou pour regarder derrière lui vers les entrepôts, puis de l'autre côté vers les quais.) Un des matelots était là, y a quelques jours. Revenu par un autre bateau. Mais y pourrait rien te dire de plus que moi.

Donc *Le Pétrel* n'était pas ici, mais il le serait bientôt. Et il passerait par le Cimetière. Et je le guetterais.

– On y va, Corneille, a dit Miss Maggie en saluant le capitaine d'un signe de tête.

Nous avons marché jusqu'au ferry, qui somnolait le long du quai en attendant qu'on le libère de ses amarres. Nous étions tous les trois soulagés de remonter à bord et de repartir, notre devoir accompli, sans savoir ce qui allait arriver.

Chapitre 35

– Une tempête, a dit Osh, comme s'il se parlait à lui-même, au moment où le ferry arrivait au débarcadère de Cuttyhunk.

Il regardait le ciel au loin vers le sud, comme s'il avait guetté un lion s'approchant en rampant. Je ne voyais rien que du bleu, à part quelques cheveux d'ange effilochés, mais le vent avait fraîchi pendant la traversée tandis que le drapeau du ferry claquait et tirait sur sa drisse.

– Quand ? ai-je demandé.

Il a fermé les yeux.

– Demain, ou peut-être ce soir, mais demain, c'est certain.

Je l'ai cru, en espérant que *Le Pétrel* ne soit pas justement sur le chemin du retour, alors qu'il avait dû attendre si longtemps avant de pouvoir reprendre la mer.

– Eh bien, Corneille, tu vas venir m'aider à rassembler les moutons, n'est-ce pas ?

Ce n'était pas vraiment une question parce que

Miss Maggie était certaine que j'allais l'aider à rentrer son troupeau dans la grange.

– D'abord les moutons, puis les homards, a dit Osh, avant que le vent forcisse encore plus. On a juste le temps de faire les deux.

Je me suis rappelé qu'il avait dit qu'il ne fallait pas laisser les homards dans les casiers plus longtemps que nécessaire.

– D'accord, ai-je répondu, mais j'espère que ce ne sera pas une tempête de nord-est.

J'aimais bien les tempêtes qui remontaient du sud en longeant la côte, mais les plus grosses tempêtes de nord-est étaient effrayantes et nous obligeaient à nous réfugier chez Miss Maggie.

– Le message de New York, c'est qu'il faut s'attendre à beaucoup de vent et de houle cette nuit, nous a dit Mr. Johnson quand nous nous sommes arrêtés au bureau de poste pour que Miss Maggie récupère son courrier. Avec de fortes pluies si la tempête reste sur la même trajectoire, un peu moins si elle dévie vers le large. Mais beaucoup de vent, quoi qu'il en soit.

Quand nous sommes descendus vers la ferme de Miss Maggie, Osh a de nouveau examiné le ciel, les cheveux tirés en arrière par le vent, et il a déclaré :

– Il va falloir que les homards restent là où ils sont pendant quelque temps, même s'ils se font chahuter par la tempête.

Parfois après un gros coup de vent, nous sortions en bateau pour découvrir que les casiers avaient dérivé sur de grandes distances. Il arrivait que les flotteurs soient arrachés et il fallait alors plonger pour récupérer les casiers au fond de l'eau. Ou bien on les retrouvait brisés, flotteurs et filins tout emmêlés sur la grève. Mais à part tout récupérer et tout rapporter à terre, ce que nous n'allions pas faire, on n'y pouvait rien.

– Si on ne peut pas les relever aujourd'hui, on ira dès que la tempête sera passée, a dit Osh.

– Alors vous allez pouvoir venir nous aider pour mes moutons ? a tranché Miss Maggie.

– Je ne pense pas qu'il leur arrivera quoi que ce soit si on les laisse dehors, mais je vais vous donner un coup de main si c'est ce que vous voulez.

– Mes moutons en feraient de même pour vous !

Nous avons donc passé le reste de l'après-midi à rassembler le troupeau éparpillé aux quatre coins de l'île, Miss Maggie montée sur Clover, jusqu'à ce qu'ils soient tous rassemblés dans leur enclos d'où ils pourraient se réfugier dans la grange si nécessaire.

À la fin de l'après-midi, nous étions en sueur, couverts de poussière, éreintés par cette journée si longue et si inhabituelle.

Osh et moi sommes restés assis sous le grand charme

devant la maison de Miss Maggie pendant qu'elle allait chercher du poulet froid et un pichet de jus de concombre dans sa glacière, ainsi qu'une miche de pain de maïs et du fromage blanc.

Nous avons dîné tous les trois tandis que le vent se renforçait et que les nuages venus du sud progressaient jusqu'à envahir le ciel, qui est devenu gris comme la mer. Le grand charme s'est mis à osciller pour de bon. Les petites corneilles qui avaient niché tout en haut étaient parties depuis longtemps.

– On laisse les homards où ils sont. Mais il est temps de rentrer. (Osh a jeté un coup d'œil à Miss Maggie.) Vous n'avez pas vu ce qu'il a fait à la maison.

– Laissez-moi vous aider à tout ranger.

Il a secoué la tête.

– C'est suffisamment pénible pour nous deux. Pas la peine que vous vous mettiez dans tous vos états.

– Mais pas du tout !

C'est alors que j'ai aperçu Mr. Johnson qui descendait en courant le chemin vers les pontons de pêche. Je l'ai appelé en faisant de grands gestes. Il s'est arrêté net, puis il s'est dirigé vers nous en criant :

– Il s'est évadé ! Il s'est enfui !

J'en ai eu le souffle coupé, comme si c'était moi qui avais couru.

– Il s'est évadé ? a demandé Miss Maggie. Comment a-t-il fait ?

– Cet homme, ce Kendall. (Mr. Johnson, tout essoufflé, nous a tendu un télégramme.) Il s'est évadé. Il a failli tuer un garde en l'étranglant. Et il a filé.

J'ai lu le télégramme.

– La police craint qu'il ne revienne ici.

Miss Maggie a poussé un petit rire moqueur.

– Ici ? Il faudrait être d'une stupidité inimaginable pour faire cela.

– Il faudrait être fou, a dit Osh.

– Fou à lier, avec la police à ses trousses et la tempête qui s'annonce, a renchéri Miss Maggie.

– C'est ce que nous pensions, avant la fois précédente, a ajouté Osh, et nous nous sommes trompés.

– Je vais aller prévenir tous les habitants de s'enfermer chez eux cette nuit, a dit Mr. Johnson en repartant.

– Nous allons rester ici, au cas où, a déclaré Osh.

– Hors de question, a répliqué Miss Maggie. Je vais m'enfermer à double tour, et tout ira bien. Il faut que vous alliez vous occuper de votre pauvre maison, mais revenez ici si la tempête devient trop mauvaise.

– D'accord, si c'est nécessaire, on reviendra. Mais si vous entendez frapper, n'ouvrez pas, sauf si vous êtes certaine de savoir qui est là.

Elle a accepté.

Nous l'avons aidée à faire la vaisselle et à ranger tout ce qui autour de la maison pouvait être balayé par le vent. Puis nous sommes partis, contents que la marée soit basse et le chenal facile à traverser, contents qu'il reste assez de lumière pour remettre la maison en ordre, balayer le sol, jeter les objets cassés dans une poubelle et redresser les meubles renversés.

Les lampes à pétrole suspendues à leurs crochets étaient intactes, et je les ai allumées lorsque la nuit est tombée.

– On s'occupera de nettoyer la peinture demain, a dit Osh.

Tout autour de nous, la pièce était constellée de taches rouges, jaunes et bleues. Si c'était Osh qui les avait faites, j'aurais eu l'impression d'être à l'intérieur d'un tableau, mais c'était Mr. Kendall, dans sa rage, qui avait tout saccagé, et je n'avais qu'une envie : tout effacer.

– Ça ne me dérange pas de faire ça maintenant, ai-je dit en prenant un chiffon mouillé.

– Demain. Il faut prendre quelques heures de sommeil maintenant, avant que la tempête n'arrive.

Après avoir solidement arrimé le bateau bien au-dessus de la ligne de haute mer, nous avons fait rentrer Mia et nous avons fermé à double tour la porte et toutes les fenêtres, sauf celle qui était près du lit de Osh.

– Comme cela, je saurai s'il essaie de passer par là. Mais je ne le pense pas. Certainement pas cette nuit, et pas avec le mauvais temps qui s'annonce.

Allongée dans mon lit, j'entendais le vent s'engouffrer par la fenêtre comme une rivière et je n'arrivais pas à m'endormir. Je savais que c'était lui qui secouait la porte et non Mr. Kendall, mais le bruit m'a gardée éveillée jusqu'à ce que je sombre dans le sommeil, bercée par les faibles ronflements de Osh.

Je ne me suis réveillée qu'en entendant la sirène du phare et en voyant l'éclat d'une fusée de détresse tirée depuis le sommet de Lookout Hill. Un navire faisait naufrage.

J'ai bondi hors du lit avant même que Osh soit complètement réveillé. Je l'ai entendu qui m'appelait pendant que je me débattais avec la serrure. Quand j'ai ouvert la porte, le vent l'a repoussée violemment contre le mur, et j'ai failli perdre l'équilibre.

– Un naufrage ! ai-je hurlé à Osh.

Je suis sortie en courant dans la pluie et le vent, j'ai dévalé la plage, je suis entrée dans le chenal où l'eau montait. Le courant était si fort qu'il a failli m'entraîner, mais j'ai repris pied et j'ai titubé vers Cuttyhunk, de l'eau jusqu'à la taille.

– Corneille !

J'ai entendu Osh hurler mon nom, mais j'ai continué à avancer, luttant contre le vent qui me faisait chanceler, le courant qui me prenait aux jambes, ma chemise de nuit trempée qui m'entravait.

Quand je suis arrivée sur la plage de l'autre côté, j'ai couru de plus en plus vite le long des pontons de pêche et j'ai remonté le sentier. Plus je grimpais, plus le vent forcissait, plus la pluie me frappait le visage. Les sauveteurs ont tiré une deuxième fusée depuis Lookout Hill dans le ciel d'encre, et j'ai tourné sur moi-même dans la lumière pour chercher de tous côtés où était ce navire.

Là, derrière notre petite île, un bateau, toutes voiles dehors, était en difficulté dans la tempête.

Je savais ce qui arrivait quand un navire faisait naufrage, je l'avais vu à de nombreuses reprises. Arrachés à leur lit, les sauveteurs avaient déjà rejoint leurs canots et les avaient lancés contre les vagues déferlantes, les rames frappant les flots de plus en plus fort jusqu'à ce qu'ils atteignent les marins qui se débattaient dans la tempête, ou encore agrippés à leur bateau qui s'enfonçait, le mât cassé net, les voiles en lambeaux.

Puis ils allaient hisser les survivants à bord avant de repartir vers la côte, cette nuit-ci juste au-dessous de l'endroit où je me tenais, près des pontons de pêche marquant le bout de Cuttyhunk. Ils allaient accoster en face de là où nous vivions sur notre île minuscule.

De Lookout Hill, une troisième fusée s'est élevée, emplissant la nuit d'une lumière blafarde, et j'ai vu le bateau plus clairement au moment où la mer allait l'aspirer vers le fond.

Il était trop petit pour un brick ou un trois-mâts barque. Trop grand pour être une chaloupe.

Je me suis remise à courir, à demi aveuglée par le vent et la pluie, les pieds meurtris par les cailloux du sentier, jusqu'à la plage, à l'endroit où les canots de sauvetage allaient accoster.

Osh y était déjà, comme je le savais, prêt à m'attraper et à me secouer.

– Ne refais jamais cela! a-t-il hurlé contre le vent.

Ne te mets jamais à l'eau quand la mer est aussi forte. Tu m'as compris ?

– C'est une goélette ! lui ai-je crié en pointant du doigt vers l'est.

Puis Miss Maggie nous a rejoints, les cheveux emmêlés par la tempête, son poncho gonflé par le vent comme une cloche. D'autres habitants de l'île sont arrivés eux aussi, prêts à transporter les blessés, ou ceux pour qui on ne pouvait plus rien, jusqu'à ce que nous soyons une vingtaine peut-être, serrés les uns contre les autres dans la tempête. Miss Maggie m'a prise dans ses bras pour m'abriter sous son poncho.

– Je crois que c'est une goélette, lui ai-je dit.

Sa joue contre mon front, elle m'a répondu :

– J'espère que non.

J'ai compris ce qu'elle voulait dire.

Je nageais très bien, aussi bien qu'un phoque, mais la plupart des marins, bizarrement, bêtement, ne savent pas nager. Je n'avais pas idée si un homme qui tombe par-dessus bord, choqué, peut espérer s'en sortir dans une mer démontée, même s'il sait nager. Mais j'avais déjà vu des marins sauvés lors de tempêtes bien pires que celle-ci. Sauvés d'une eau si froide que de la glace se formait sur les rames des canots de sauvetage lancés à leur secours. Sauvés de naufrages bien plus loin de la côte, sur le récif de la Truie et des Cochonnets, rescapés de courants qui s'entrecroisaient et les attiraient vers le fond, et qui faisaient tournoyer les canots comme des toupies.

Sûrement tous les marins de cette nuit-là allaient survivre à une tempête d'été. Sûrement personne n'allait périr lors d'un coup de vent de nord-est.

Chapitre 36

Un premier canot de sauvetage est sorti de l'obscurité, poussé par les vagues vers le rivage, et nous avons couru dans l'eau pour le guider jusqu'à la plage de galets.

Nous avons aidé les sauveteurs épuisés à débarquer, puis leurs passagers recroquevillés au fond de la coque, tremblant, les yeux écarquillés. La plupart étaient assez vaillants pour attraper une main tendue et descendre presque sans aide, puis rejoindre le rivage malgré les bourrasques qui les rudoyaient et faisaient tanguer les canots.

– Comment s'appelle votre bateau ? leur ai-je crié dans le vent.

L'un d'eux m'a répondu : *Le Pétrel.*

J'étais horrifiée. J'avais tellement souhaité qu'il revienne en traversant le Cimetière. Dire qu'il aurait pu être en sûreté en mer, loin d'ici.

J'ai regardé vers le large et je me suis sentie rassurée en voyant un autre canot sortir de la nuit, puis s'échouer. Osh a aidé à le tirer plus haut sur la grève, et j'ai attendu que d'autres survivants en descendent.

Aucun ne me ressemblait.

J'attendais en marchant de long en large, aveuglée par la pluie.

Un troisième canot a surgi des ténèbres et s'est posé sur le sable. Les derniers matelots ne s'en tiraient pas si bien. Sous mes yeux, les sauveteurs ont sorti un homme en le portant – un garrot autour de la cuisse, les vêtements ensanglantés malgré la pluie et l'eau de mer qui les détrempaient – et ils l'ont transporté jusqu'à une charrette qui attendait pour l'emmener au village. Puis Osh et un autre sauveteur ont dégagé un deuxième matelot du ventre du canot et l'ont déposé sur une civière. Il ne bougeait pas. Je me suis rapprochée. Osh a empoigné la civière d'un cîté, le sauveteur de l'autre, et ils se sont dirigés vers une charrette.

Allongé, les lèvres bleues, les yeux fermés, c'était le jeune homme que j'avais vu quitter le port de New Bedford.

– Il est mort ? ai-je crié, Miss Maggie à mes côtés.

– Non, il n'est pas mort, a dit l'un des sauveteurs. Il est gelé. Il a reçu un coup sur la tête et il a failli se noyer.

Il n'était pas mort. Pas mort !

– On va l'emmener chez nous, n'est-ce pas, Osh ? Chez nous ?

Osh s'est immobilisé. Nous étions tous là debout sous la pluie, les sauveteurs essayant de reprendre leur souffle.

– C'est lui ? m'a-t-il demandé.

– Oui.

Il a posé son regard sur moi, sur le marin, puis sur moi de nouveau.

– On va l'emmener chez nous, a dit Osh. Au moins jusqu'à ce que la tempête soit passée, on va l'emmener.

– Il a besoin d'aller à l'hôpital, a dit l'un des sauveteurs.

C'était Mr. Canning, qui fabriquait et réparait des voiles de bateau. Mais quand un navire était en difficulté dans les parages, il devenait un sauveteur comme les autres.

Miss Maggie est intervenue :

– Il ne peut pas aller à l'hôpital tant que la tempête n'est pas finie et que le ferry n'a pas repris la traversée.

Voyant le doute se peindre sur le visage de Mr. Canning, elle a ajouté :

– Je sais ce qu'il faut faire aussi bien que n'importe qui sur l'archipel. (C'était la vérité.) Et s'il a besoin de soins que je ne peux pas lui donner, nous l'emmènerons sur la terre ferme dès que possible.

– Bon, on va le transporter, a dit Mr. Canning en faisant signe à un autre sauveteur de remonter dans le canot.

Nous avons posé la civière en travers des bancs, nous avons remis le bateau à l'eau et avons sauté dedans. Les deux sauveteurs ont pris les rames pour retraverser le chenal et accoster sur notre plage, envahie par des algues et des déchets de toutes sortes.

– Doucement, a dit Miss Maggie pendant qu'ils transportaient la civière jusque dans la maison.

– Mettez-le sur mon lit, ai-je dit.

– Non, d'abord par terre, a ordonné Miss Maggie. Sur le sol, aussi droit et à plat que possible.

J'ai allumé une lampe et je les ai regardés enlever doucement la civière de dessous le blessé, avant de la traîner dehors. Le sol était trempé, l'eau avait dégouliné de la civière et de nos vêtements, et le vent faisait trembler tous les objets, comme si des fantômes malicieux avaient envahi notre cabanon.

Mia arpentait le manteau de la cheminée, la queue frémissante, les pupilles dilatées.

Puis, sans un mot, les sauveteurs sont repartis vers leur canot et ont disparu dans la pluie, leur travail accompli, les marins mis en sécurité.

– Allez me chercher de l'eau, des serviettes et une chemise de nuit propre, a dit Miss Maggie sans quitter le matelot des yeux.

Elle a tâté son crâne doucement jusqu'à voir du sang rougir sa main : c'est là qu'il était blessé.

– Et déchirez-moi un morceau de tissu pour que je puisse lui bander la tête.

Nous lui avons obéi aussi vite que possible et l'avons regardée pendant qu'elle rinçait le sable et les morceaux d'algues collés dans ses cheveux, et passait doucement une éponge sur son visage pour ôter le sel. Une flaque d'eau s'est formée sous lui, comme s'il reposait dans sa propre petite mer.

Osh s'est agenouillé, lui a doucement séché le visage et les cheveux, la serviette se tachant de sang, puis il a soulevé un tout petit peu sa tête du sol pour que Miss Maggie fixe autour un bandage fait de morceaux de drap.

Elle a dit à Osh :

– Aidez-moi à le déshabiller.

Je me suis alors détournée et j'ai frissonné. J'ai réalisé que j'avais toujours ma chemise de nuit trempée et les cheveux pleins de sel et de sable. Quand ils ont commencé à lui ôter ses lourds vêtements, je suis sortie dans la nuit et, la tête penchée en arrière, j'ai laissé la pluie me laver. Le vent était si fort que je pouvais à peine respirer.

– Faites qu'il ne meure pas, ai-je prononcé à voix haute.

Le vent m'a répondu, comme toujours, d'un hurlement que je ne savais traduire. La pluie a poursuivi son plongeon sans fin vers la terre. Les nuages étaient pressés de filer ailleurs.

– Viens, Corneille !

Miss Maggie était sur le pas de la porte. Elle a posé une couverture près du seuil, puis elle est rentrée. J'ai enlevé ma chemise de nuit mouillée et l'ai jetée dans un coin. Je me suis enveloppée dans la couverture avant de rentrer à mon tour et de refermer la porte.

Le matelot était maintenant couché dans mon lit, sous une couverture toute douce, la respiration lente et régulière.

– Pourquoi ne se réveille-t-il pas ?

– Parce qu'il ne le peut pas. C'est trop tôt, après le

choc qu'il a reçu sur la tête. Il a besoin de repos, de beaucoup de repos si on veut qu'il guérisse.

– Si ?

– Arrête, Corneille. Il est jeune et en pleine forme. Les sauveteurs l'ont sorti de l'eau avant qu'il ne se noie, ils l'ont ramené à terre en un temps record, et maintenant nous sommes là pour nous occuper de lui. (Elle a repoussé les cheveux qui me tombaient sur le visage.) Réjouissons-nous d'avoir eu de la chance et rien d'autre. D'accord ?

Osh m'a tendu une serviette et une chemise de nuit propre.

– Je vais raccompagner Miss Maggie chez elle, m'a-t-il dit en verrouillant la fenêtre proche de son lit.

– Vous partez ?

– J'ai besoin d'aller chercher certaines choses chez moi pour pouvoir bien le soigner, a-t-elle expliqué.

Osh lui a tendu son ciré et a pris le sien.

– Nous allons revenir très vite. Prends mon lit, Corneille.

– Tu crois que je vais réussir à dormir après tout cela ?

– Essaie au moins. Ce sera le matin avant même que tu t'en aperçoives.

J'ai regardé le visage du matelot, toujours immobile dans mon lit.

– Il me ressemble, n'est-ce pas ?

Ils ont acquiescé, tous les deux. Miss Maggie a souri.

– Un peu, c'est vrai. Assez.

– Beaucoup, ai-je protesté. Tu n'es pas d'accord avec moi, Osh ?

– Un peu. Je n'ai pas encore vu ses yeux, mais il te ressemble.

– Même Mrs. Pelham me l'a dit à l'hôpital.

– On le saura bien suffisamment tôt, d'une manière ou d'une autre, a ajouté Osh. Mais ne décide pas qui il est avant qu'il n'ait l'occasion de te le dire lui-même. Et maintenant, ferme la porte à clef derrière nous.

– Vous ne pensez quand même pas que Kendall est dehors par une nuit pareille ? a demandé Miss Maggie.

– Il s'est évadé avant le début de la tempête. La seule chose que je sais, c'est que c'est le pire des idiots, un fou et un monstre. Je ne sais que penser.

– Vous allez revenir très vite ?

– Aussi vite que possible. (Il m'a regardée de près.) Peut-être que tu devrais venir avec nous.

– Et qui va rester pour le surveiller ? ai-je dit en désignant le matelot d'un signe de tête.

– Il va dormir un bon moment. Que tu sois là ou pas, il ne s'en rendra pas compte.

– Oui, mais quand même.

Je crois que nous avons tous eu l'impression d'entendre Osh parler par ma voix.

– Alors ferme la porte à clef et n'ouvre à personne, sauf à moi, a-t-il dit en passant la main sur mes cheveux tout emmêlés, avant de raccompagner Miss Maggie chez elle.

Après leur départ, j'ai enfilé une chemise de nuit propre et j'ai passé quelques minutes à contempler Jason – non ! Osh avait raison : le matelot. La lumière de la lampe glissait sur son visage, sur le miroir, puis revenait sur lui.

Quand il se réveillerait, il me dirait que j'avais raison. Qu'il était mon frère. Peut-être avant le matin. Peut-être d'un moment à l'autre.

J'avais aussi envie de voir ses yeux. De savoir qu'il pouvait me voir.

Mais j'avais attendu si longtemps, je pouvais bien attendre encore un peu.

J'ai laissé la lampe allumée au cas où il se réveillerait en pleine nuit. Je ne me suis pas couchée dans le lit de Osh, mais sur le sol, tout près du mien. La pluie qui martelait le toit et frappait les vitres m'empêchait malheureusement de l'entendre respirer, mais elle rendait le sommeil facile et j'ai vite sombré.

Je devais dormir très profondément quand un coup sur la porte m'a réveillée en sursaut. Je me suis mise debout en titubant, le regard brouillé, désorientée. J'ai réalisé que Osh n'était pas dans son lit, mais dehors dans la tempête.

Ce n'est que lorsque j'ai déverrouillé la porte que tout m'est revenu. Mais c'était trop tard.

Avant d'avoir pu repousser le verrou, la porte m'a cognée violemment et je suis tombée. Mr. Kendall a fait irruption, et, avec lui, le vent et la pluie, comme s'il était fait de la même fureur que la tempête.

J'ai glissé sur le sol hors de sa portée, je me suis relevée et j'ai reculé jusqu'à toucher le bord de mon lit. Le matelot, toujours inconscient, n'avait pas bougé. Mia était près de lui et fixait Mr. Kendall.

Les fenêtres étaient fermées et barricadées. Je ne pouvais m'échapper comme nous l'avions fait l'autre jour. Je ne pouvais pas non plus abandonner le matelot, ni Mia. Je n'avais pas d'autre choix que de l'affronter.

– T'es trop petite pour me causer beaucoup de problèmes, a dit Mr. Kendall en fermant la porte et en repoussant le verrou. Et trop futée pour penser que cette fois-ci je repartirai sans ce qui est à moi.

Il s'est passé la main sur la figure et s'est ébroué comme un chien, la pluie et l'eau de mer éclaboussant de tous côtés.

– Donne-le-moi tout de suite, et je partirai. Je reviendrai plus jamais, c'est promis.

Il a fait un pas vers moi et s'est soudain figé, ses yeux rouges fixés sur le lit.

– C'est quoi, ça ? a-t-il demandé en attrapant la lampe à pétrole et en la levant au-dessus de sa tête. Il est mort ?

– Non, c'est un naufragé. Il est blessé.

Il s'est retourné vers moi et s'est rapproché.

– Alors, c'est où ?

– Je ne sais pas de quoi vous voulez parler.

– C'est où ? a-t-il répété encore plus calmement, d'une voix plus terrifiante que s'il avait hurlé.

– Je ne sais pas. Je ne l'ai pas.

– Oh, que si… (Il a fait un pas de plus vers moi.) Et si tu t'imagines que quelqu'un va venir te sauver, tu te trompes. (Il a eu un sourire.) Ils iront nulle part tant que j'aurai pas ce que je suis venu chercher.

Ils. Osh. Miss Maggie.

– Qu'est-ce vous leur avez fait ?

Il a ri de nouveau.

– Il s'est couché comme un chien quand il a vu que je la tenais par le cou.

J'ai imaginé Osh entravé, ligoté. Miss Maggie. Comme Mr. Sloan.

– Vous êtes horrible. Je ne vous donnerai rien ! Rien du tout !

Il a tourné la molette de la lampe pour que la flamme brille plus fort.

– Si c'est ça, tout va brûler. Tout, y compris lui, a-t-il dit en faisant un signe de tête en direction du lit. Et toi aussi.

Je pourrais m'échapper, ai-je pensé. J'étais petite, rapide, et je trouverais bien un moyen, Mia aussi. Mais pas le marin. J'ai attendu en fixant le visage de Mr. Kendall, ses yeux vides, et j'ai su que c'était sans espoir.

Seule la flamme comptait désormais à mes yeux.

– D'accord. Posez la lampe et je vous dirai tout.

– Et m'envoyer sur une fausse piste ? (Il a baissé la flamme.) Tu vas me montrer, et, si c'est pas là, on reviendra ici tous les deux finir cette affaire. (Il a posé la lampe.) Montre-moi.

Chapitre 37

La pluie avait commencé à faiblir, mais le vent continuait à souffler avec férocité.

Agrippant mes cheveux dans son poing, Mr. Kendall m'a traînée hors de notre maison, puis, quand j'ai montré Cuttyhunk du doigt, il m'a fait traverser le chenal et remonter de la plage vers le sentier.

Je réfléchissais, je réfléchissais de toutes mes forces en le guidant dans les bourrasques noires. J'essayais d'imaginer le moyen de l'attirer n'importe où, de ne pas revenir à l'endroit où se trouvaient Osh et Miss Maggie, mais je n'arrivais pas à penser à une meilleure idée que celle que j'avais pour l'heure imaginée.

Le trésor, je m'en fichais complètement désormais. Je me fichais de savoir qui allait le toucher, qui allait le prendre, sauf qu'en fait je ne m'en fichais pas du tout. Au contraire. À cause du poing qui me tenait comme si c'était moi la bête, comme si c'était moi à qui on devait passer le mors entre les dents – à cause de cet homme, cette brute venue de nulle part pour nous faire du mal.

De la lumière commençait à filtrer à travers les nuages, vers l'est, et il me pressait d'accélérer en me tirant plus fort.

– Si tu t'imagines que tu vas me conduire au village, tu devrais changer d'avis, m'a-t-il murmuré à l'oreille.

– Non, non. Pas du tout. C'est là où ils sont.

Le chemin qui menait chez Miss Maggie était devenu un petit torrent dans lequel nous avancions trop lentement selon lui, trop vite pour moi, vers la silhouette noire de la maison, sans signe de présence humaine. Mais je savais qu'ils étaient à l'intérieur, ligotés, bâillonnés, blessés peut-être. C'est moi alors qui ai pressé le pas, jusqu'à presque courir.

– C'est là, ai-je dit en tendant le bras.

Il m'a suivie jusqu'à la table, sous le grand charme.

Des branches cassées jonchaient le sol comme des ossements. L'arbre lui-même se balançait et se tordait.

– Où ça?

J'ai penché la tête en arrière pour regarder tout en haut de l'arbre.

– Là-haut.

Il s'est approché du tronc, sans me lâcher, et a scruté attentivement les branches.

– Je ne vois rien.

– C'est tout en haut. Dans un nid. Bien accroché.

Il a éclaté de rire.

– Dans un nid de corneilles? C'est drôlement malin, ça. Je devrais peut-être t'emmener avec moi quand je partirai d'ici.

J'ai essayé de me dégager, mais il me tenait plus serré que jamais.

– Allez, grimpe ! a-t-il dit en me poussant vers le tronc.

– Je ne peux pas. La première branche est trop haute, sauf si je me mets debout sur la table qui est là-bas.

Il a regardé la table, il a vu qu'il devrait me lâcher pour pouvoir la tirer près du grand charme, alors il m'a attrapée et m'a posée sur la branche la plus basse.

– Allez, grimpe ! a-t-il grondé.

J'ai su ce que c'était que de se sentir à la fois libre et piégée, coincée dans un arbre par un ours qui me suivrait s'il avait suffisamment faim.

Je ne pouvais pas faire cela.

Je ne pouvais pas grimper, lui lancer le trésor et le laisser en bas de l'arbre avec Osh et Miss Maggie. Une fois qu'il aurait ce qu'il était venu chercher, peut-être déciderait-il de ne laisser personne derrière lui pour donner l'alerte.

Je suis montée un petit peu plus haut, puis je me suis arrêtée sur une branche, dont un côté était hors d'atteinte et sous laquelle il n'y avait que du vide.

– J'ai peur ! ai-je gémi, cramponnée au tronc qui oscillait dans le vent.

– Continue ! a-t-il hurlé. Ou je vais te donner une bonne raison d'avoir peur.

Mais je suis restée recroquevillée en continuant à gémir pendant qu'il faisait les cent pas sous l'arbre en grondant.

Il a essayé d'attraper mes chevilles en sautant sur place, mais j'étais trop haut.

– Je ne peux pas! Je ne peux pas!

Poussant un dernier grognement de frustration, il est allé tirer la table pour la rapprocher du tronc et il s'est hissé sur la branche la plus basse.

J'ai attendu qu'il se rapproche encore un peu.

Encore un peu plus.

Puis j'ai sauté.

J'ai touché le sol en faisant une roulade, je me suis aussitôt remise debout et j'ai couru à toute allure vers la maison, je suis entrée en trombe, j'ai claqué la porte et refermé le verrou pendant qu'il chargeait derrière moi en hurlant. Il s'est jeté contre la porte et a cogné de toutes ses forces, fou de rage.

Puis soudain, plus rien.

Je me suis précipitée à une fenêtre et je l'ai vu foncer vers l'arbre de nouveau, bondir sur la table et remonter dans les branches à toute vitesse.

J'avais fait semblant d'avoir peur dans l'arbre. J'avais gémi et tremblé pour l'inciter à grimper derrière moi. Mais là, je me suis vraiment mise à frissonner pour de bon, emplie de peur, tandis que je cherchais Osh et Miss Maggie.

Je les ai trouvés dans la chambre de Miss Maggie, entortillés dans des draps mouillés comme deux momies.

Quand je leur ai arraché leurs bâillons, ils m'ont bombardée de questions auxquelles je n'ai pas répondu, concentrée sur la tâche de les libérer des draps et des liens qui leur entravaient les poignets et les chevilles. Il s'était servi du fil de fer que Osh utilisait pour suspendre ses tableaux, et leurs poignets saignaient.

Une fois qu'ils ont été libres, je me suis effondrée par terre, hors d'haleine, en pleurs. Nous sommes restés enlacés tous les trois.

– Où est-il ? a demandé Osh.

Quand je leur ai raconté ce que j'avais fait, Miss Maggie m'a serrée encore plus fort dans ses bras.

– Tu as été très imprudente. Et très maligne.

– Je pensais qu'il vous avait blessés, ai-je dit, mes larmes coulant comme le souvenir de la mer sur mes joues. Je pensais qu'il vous tuerait si je montais dans l'arbre et que je lui jetais le trésor Et qu'il me tuerait moi aussi.

– Tu as fait ce qu'il fallait faire, a dit Osh.

Nous nous sommes précipités vers la fenêtre qui donnait sur le devant de la maison et sur le grand charme. C'était presque le matin, la pluie n'était plus qu'une petite bruine poussée par le vent, et, au premier coup d'œil, rien ne paraissait anormal. Mais le charme s'est mis à trembler.

J'ai entendu un grand bruit auquel se mêlait un hurlement.

Nous avons vu Mr. Kendall dégringoler de l'arbre et une grosse branche tomber avec lui. Elle a frappé le sol la première, avant que le gros homme ne s'écrase dessus. Je jure que j'ai ressenti l'impact, même si c'était seulement l'idée de la chute qui m'a secouée.

Il gisait sous l'arbre, immobile.

– Restez ici ! a dit Osh en déverrouillant la porte.

Mais sans l'écouter, nous l'avons suivi.

– Va vite chercher une corde dans la grange, m'a crié Miss Maggie.

J'ai pris mes jambes à mon cou. J'ai déboulé dans la grange où les moutons se sont dispersés comme du pop-corn.

– C'est moi ! C'est moi !

Cela ne les a pas empêchés de bêler de peur. J'ai attrapé une corde et foncé de nouveau vers la porte pour retraverser la cour venteuse vers Mr. Kendall, étalé à plat ventre sous le grand charme.

Il avait toujours l'air aussi cruel.

– Il n'est pas mort, n'est-ce pas ?

– Non, a répondu Miss Maggie.

Osh a pris la corde et a il fait une boucle de lasso.

– Venez m'aider.

Miss Maggie a tenu la boucle d'un côté, Osh de l'autre, pour la faire vite passer autour des chevilles de Mr. Kendall et la serrer bien fort.

Il a gémi, toujours inconscient.

Puis Osh a tiré sur la corde pour l'enrouler aussi rapidement que possible autour d'un poignet, puis de l'autre, avant de les ligoter ensemble. La corde devait certainement brûler et pincer la peau de Mr. Kendall.

C'est alors qu'il a ouvert les yeux.

Quand il a essayé de bouger, il a découvert que ses

jambes étaient repliées derrière lui. Quand il a voulu les étendre, cela a tiré sur ses poignets attachés dans le dos. Il a poussé un terrible hurlement, comme si on était en train de lui arracher une dent. Nous avons frémi en l'entendant rugir ainsi, mais la corde a tenu bon.

– Il est trop lourd pour le traîner, a dit Miss Maggie. Nous allons avoir besoin de Clover.

Le cheval dormait dans son box, à croire que le vent n'était pour lui qu'une berceuse.

Lorsque nous avons ouvert la grande demi-porte, il a frémi et a tourné sa grosse tête vers nous, pour voir qui était debout si tôt. Mais il n'a pas protesté quand Miss Maggie lui a posé sa selle sur le dos et a serré la sangle.

– Là, là, du calme, a-t-elle répété en le faisant sortir de la grange, en plein vent. Du calme.

Et Clover est resté bien calme jusqu'à ce que nous arrivions près de Mr. Kendall, qui continuait à pousser de tels hurlements que le cheval a refusé d'avancer et s'est mis à secouer la tête.

– Allons, allons, du calme, ai-je dit en lui caressant la joue. Du calme.

– Passez-moi votre mouchoir, a demandé Osh à Miss Maggie.

Elle le lui a tendu, et il a bâillonné Mr. Kendall comme celui-ci l'avait fait pour eux.

Nous avons regardé la prise géante que nous avions faite, puis nous nous sommes regardés mutuellement.

Je ne sais pas à quoi je ressemblais mais ils étaient, pour leur part, dans un drôle d'état.

– Je vais retourner auprès du matelot, ai-je dit en donnant les rênes de Clover à Miss Maggie.

– Et moi, je vais aller dire à Mr. Johnson de prévenir la police, a-t-elle dit.

En entendant le mot «police», Mr. Kendall s'est débattu de plus belle et il a hurlé silencieusement dans son bâillon.

– Ils ne pourront pas traverser avant un moment. En attendant, on va le mettre avec les moutons dans la grange, a dit Osh, en attachant l'extrémité de la corde au pommeau de la selle.

Avant de partir, je leur ai fait signe de s'éloigner un peu et je leur ai dit :

– Il va tout leur raconter et leur dire où est le trésor.

– Eh bien, qu'il le fasse ! a dit Osh. C'est un fou. Un trésor caché en haut d'un arbre ? Ça va bien faire rire les policiers, et s'ils viennent vérifier, ils ne trouveront rien.

Il avait raison.

– Je vais aller le récupérer.

– Sois prudente, Corneille, a dit Miss Maggie, le regard inquiet.

– Tout va bien, l'arbre ne va même pas s'apercevoir que je grimpe dedans.

Je suis donc montée sur la table pour grimper sur la branche la plus basse et j'ai escaladé de plus en plus haut, en m'agrippant fermement.

Le grand charme se balançait toujours un peu dans les dernières bourrasques de la tempête, et je ressentais la peur que j'avais fait semblant d'éprouver un peu plus tôt. Mais je suis montée de branche en branche jusqu'au petit paquet de lingots d'or et de bijoux toujours bien attaché au tronc et dissimulé derrière le nid qui avait abrité les petites corneilles il y a peu.

Les nœuds de la corde gonflée d'humidité étaient déjà desserrés. Mr. Kendall avait sans doute commencé à les défaire tandis que la branche sur laquelle il se tenait s'était inclinée de plus en plus, jusqu'à casser. J'ai fini de les dénouer en un clin d'œil et j'ai libéré le paquet. Avec la corde, j'ai fait une boucle pour le tenir, mais j'étais prête à le lâcher si j'avais besoin de mes deux mains.

Avant de redescendre, j'ai regardé vers la maison et j'ai vu Osh qui aidait Clover à traîner Mr. Kendall dans la boue jusqu'à la grange, où les moutons, les cochons et les vaches dans leurs stalles, les tourterelles perchées sur les poutres garderaient un œil sur lui jusqu'à ce que la police arrive.

Miss Maggie a fait quelques pas en arrière, m'a adressé un signe craintif, puis a croisé les mains sous son menton :

– Fais attention, Corneille !

Je suis redescendue de branche en branche, en m'assurant d'avoir une bonne prise pour les mains avant de bouger les pieds, jusqu'à la table, puis jusqu'au sol. Le paquet pesait lourd, mes jambes étaient faibles, je tremblais légèrement. Je me demandais que faire du trésor désormais.

Chapitre 38

Retourner chez nous auprès du matelot était plus important que de trouver une nouvelle cachette pour le trésor, alors j'ai dit au revoir à Miss Maggie et j'ai redescendu le chemin. Ma chemise de nuit, sale et trempée, me fouettait les jambes, j'avais les pieds meurtris, mais j'étais pleine d'espoir.

La police allait sûrement venir chercher Mr. Kendall et l'emmener une bonne fois pour toutes.

Le marin allait sûrement se réveiller d'ici la fin de la journée.

Mes seuls désirs étaient de prendre Mia dans mes bras, de dormir, de manger la soupe de Miss Maggie, de vivre une heure débarrassée de toute peur, tandis que je me traînais, chargée de mon fardeau, pour retraverser le chenal et remonter la plage jusqu'à notre petite maison.

Elle m'attendait, non plus en chaos et en désordre, et moi aussi je me suis sentie plus solide malgré l'épuisement qui a failli me terrasser dès que je suis entrée, que j'ai refermé la porte et que le calme est enfin revenu.

Le marin n'avait pas bougé depuis mon départ, il n'était ni endormi ni éveillé, simplement immobile.

Mia m'a dit qu'elle voulait aller se promener, maintenant que la tempête s'était éloignée vers le nord. Alors je l'ai laissée sortir, j'ai refermé la porte et je me suis immédiatement sentie seule. C'était étrange et triste, mais je me sentais plus seule à côté du marin étendu dans mon lit que pendant tout le temps où je l'avais attendu.

Si seulement il ouvrait les yeux.

Je savais que si je m'asseyais, je m'endormirais sur-le-champ, aussi suis-je ressortie derrière la maison et j'ai enlevé ma chemise.

Toute la pluie qui était tombée avait rempli la citerne à ras bord. J'en ai puisé deux seaux pour me rincer du sel et du sable. Froide et claire, l'eau était délicieuse, et, debout dans le vent tiède, je me suis sentie toute revigorée. J'ai alors pensé au trésor que j'avais récupéré dans le grand charme. Au bout du compte, je me suis dit que la citerne ferait une bonne cachette, au moins provisoirement, jusqu'à ce que je trouve un meilleur endroit ou que je partage le trésor.

J'ai imaginé Miss Evelyn et le docteur Eastman recevant un lourd paquet que je leur aurais envoyé et lisant la lettre qu'il contenait.

J'ai imaginé Jason à la barre de son propre navire, son pavillon arborant une corneille.

Mieux encore, j'ai combiné les deux scènes. Et bien d'autres encore.

Une fois de plus (et pour la dernière fois de la journée, du moins je l'espérais), je me suis séchée et j'ai enfilé des vêtements propres, étonnée de constater combien un si petit geste me rendait ma bonne humeur.

Je suis allée chercher le paquet, j'ai grimpé à l'échelle fixée sur le bord de la citerne, j'ai soulevé le couvercle et laissé le trésor glisser dans l'eau. On le voyait facilement, posé au fond, mais seulement si on savait qu'il était caché là.

Le marin était réveillé quand je suis rentrée dans la maison. Il n'a pas émis un son, mais ses yeux se sont fixés sur moi quand j'ai traversé la pièce. Ils ont lentement cligné, une fois, deux fois, puis se sont refermés.

Je lui ai effleuré la joue, mais il ne s'est pas réveillé de nouveau.

Cela viendrait pourtant, je le savais, et pour de bon, et bientôt.

J'ai imaginé le regard qu'il aurait alors, le son de sa voix au réveil, peut-être un croassement aussi rauque que le mien le jour où je m'étais échouée sur cette même plage. Son sourire quand il découvrirait que j'étais sa sœur et qu'il était mon frère. Comme il serait heureux de me retrouver, même si c'était moi qui l'avais cherché.

Osh est apparu sur le seuil peu après.

Je ne l'avais jamais vu si mal en point.

– Parti. Cette fois-ci, avec des menottes, des entraves aux chevilles et une cagoule sur la tête.

J'ai laissé s'échapper une longue expiration tremblante, soudain consciente d'avoir retenu mon souffle jusqu'à cet instant.

– Je suis trempé, Corneille, a protesté Osh quand je l'ai enlacé de mes deux bras, la joue posée sur sa poitrine.

– Ça m'est égal, ai-je dit, la voix étouffée par sa chemise.

Je l'ai senti soupirer lui aussi, alors qu'il me tenait serrée dans ses bras.

– On va essayer de ne pas recommencer un truc pareil. Du moins, pas aujourd'hui.

Je me suis reculée en souriant.

– Pas demain non plus.

Le marin s'est réveillé de nouveau un peu plus tard : peut-être était-ce la bonne odeur de la soupe de Miss Maggie qui l'avait ranimé. Elle avait aussi apporté du pain frais et un gâteau aux épices donné par Mr. Higgins.

– C'est lui-même qui est venu nous l'apporter quand il a appris ce qui s'était passé cette nuit, a-t-elle dit en déballant son panier. Tous les habitants sont contents que Mr. Kendall soit parti, et cette fois-ci pour toujours. Et ils sont très impressionnés que tu aies contribué à son arrestation, Corneille.

C'est alors que j'ai entendu le marin se réveiller. Il a essayé de se redresser.

– Non ! Restez allongé, s'est exclamée Miss Maggie, en se précipitant vers le lit et en le forçant doucement à se recoucher sur l'oreiller.

Elle lui a posé la main sur le front.

– Restez allongé.

Il l'a dévisagée, sa vision se précisant peu à peu, avant de poser son regard d'abord sur Osh, debout derrière nous, puis sur moi.

– Je t'ai vue, a-t-il dit d'une voix faible. Je t'ai vue sur le ferry.

Je voulais tout lui raconter d'une seule traite, mais nous avions tout notre temps.

– Oui, c'était moi.

Il avait les mêmes yeux que moi.

– Je suis sur un bateau ? a-t-il demandé en regardant tous les objets de marine que Osh avait rassemblés dans notre maison.

– Non, tu es sur une île. La petite île au large de Cuttyhunk.

– Penikese ?

Mon cœur s'est dilaté.

– Non, pas Penikese. Que sais-tu au sujet de Penikese ?

– Je sais qu'il ne faut pas s'en approcher.

Et il a refermé les yeux.

Chapitre 39

Ce n'était pas mon frère.

Je voulais qu'il le soit, mais il ne l'était pas.

– Tu ne t'appelles pas Jason ? lui ai-je demandé d'une toute petite voix, comme celle de Mia.

J'étais agenouillée près de son lit.

– Non, Quincy. C'est l'endroit où je suis né. Mais appelle-moi Quinn, comme les autres.

Je n'étais pas n'importe qui d'autre. J'avais prié, espéré, cru – vraiment cru – que je n'étais pas n'importe qui d'autre.

Je ne voulais pas être n'importe qui, mais c'était pourtant le cas.

Quand il a refermé les yeux, je me suis relevée et je suis lentement sortie sur la plage.

Je me suis assise à la proue de notre canot échoué sur le sable et j'ai observé les pluviers et les courlis à la recherche d'insectes et de petits crabes dans le sable où leurs pattes imprimaient des traces minuscules. Les pervenches bordaient la plage de leurs festons de fleurs violettes, l'écume arrachée par le vent au sommet des vagues rebondissait sur le sable, comme si elle attendait qu'un chien sorte pour jouer.

C'est Mia qui est sortie, indifférente à la mer et à son écume, aux oiseaux et à leurs pattes agiles, et même aux pervenches. Indifférente à tout, sauf à moi. Elle a grimpé sur mes genoux et fourré sa petite tête sous mon menton, contre mon cou, là où elle pouvait sentir mon pouls, et moi, le petit tonnerre qui résonnait dans sa poitrine. Elle me comprenait parfaitement à ce moment présent.

Osh aussi, qui est venu me retrouver là où j'étais assise dans le canot, le visage luisant de larmes.

– Tu dois penser que je suis vraiment une idiote, lui ai-je dit, la gorge si douloureuse que j'avais du mal à respirer et à parler en même temps. C'est toi qui avais raison depuis le début. Ce n'est pas Jason.

– Non, c'est toi qui as raison depuis le début. (Il était debout à côté du canot et il a posé sa main ouverte sur ma tête.) C'était tout à fait normal de vouloir ce que tu voulais.

Mia m'a essuyé les joues avec sa tête, puis elle s'est mise à faire sa toilette en ronronnant.

J'ai essayé d'adresser un sourire à Osh, sans vraiment y parvenir.

– Tu disais que je devais me satisfaire de ce que j'avais déjà.

Il a hoché la tête.

– C'est vrai. Et l'une des choses que tu avais déjà, c'était un frère. Et tu l'as toujours.

Quand le marin nommé Quinn s'est réveillé de nouveau, il m'a trouvée comme avant à côté de son lit, prête à le soigner.

– Pourquoi m'as-tu posé une question sur Penikese ?

– Parce que je pensais que tu venais de là, ai-je dit en lissant bien la couverture.

– De Penikese ? (Il a fait la grimace.) Personne ne vient de Penikese.

– Si, moi.

J'ai été abasourdie qu'il ait un petit mouvement de recul, puis il s'est repris et m'a observée de haut en bas, avant de dire :

– Tu n'as pas l'air malade.

– Je ne le suis pas.

– Mais tu es née là-bas ? De parents lépreux ?

– Oui, je suis née là-bas. De parents lépreux.

Et pendant les deux jours suivants, pendant que j'aidais Miss Maggie à le soigner, je lui ai raconté une partie de mon histoire et la raison pour laquelle j'avais pensé qu'il était peut-être mon frère.

Je ne lui ai rien raconté au sujet du trésor. Cette partie-là de l'histoire, je la gardais pour Jason si je le retrouvais.

Le troisième jour, lorsque je l'ai connu suffisamment bien, je lui ai montré la lettre en lambeaux qui avait été placée sous mes langes quand j'étais arrivée dans le vieux rafiot et je lui ai donné plus de détails sur la façon dont j'avais rempli les blancs, avec l'aide de l'infirmière, Miss Evelyn.

Il l'a examinée attentivement et a lu les quelques mots encore lisibles.

– Lis-la de nouveau, m'a-t-il dit en me la rendant. (Il s'est installé confortablement contre les oreillers et a fermé les yeux.) Mais en entier, cette fois-ci.

– Je te l'ai déjà lue en entier.

– Non, pas seulement les mots qui restent, mais tous ceux qui figuraient auparavant.

Je n'avais aucune idée de la manière dont je pouvais faire cela, mais je me suis souvenue de la façon dont on sait les choses selon Osh. J'ai contemplé ces mots, j'ai imaginé ma mère les traçant, ou les disant à voix haute pendant que Miss Evelyn les écrivait, afin de trouver comment faire revivre ce qui avait peut-être été là avant que la mer ne s'en empare. Lentement, avec de nombreuses pauses, j'ai lu :

Je te garderais si je le pouvais, *mais je n'ai pas d'autre choix que de te laisser partir et d'espérer que tu sois recueillie par une bonne personne. Cette lettre est tout ce que je peux te donner* pour le moment. *Cette lettre et une bague, que tu mettras à ton doigt quand tu seras assez grande. J'*espère que tu *penseras à moi quand tu la porteras. Je t'ai appelée « Morgan », du nom d'une infirmière qui travaille ici, Evelyn Morgan, la personne la plus douce que j'aie jamais connue. Ce nom signifie* « mer de lumière », *et c'est ainsi que je penserai à toi quand tu ne seras plus là et que je serai seule ici, sans toi. Je prie pour que tu sois* plus heureuse *que ton frère ne l'a été à l'orphelinat, où on* *l'a emmené après sa naissance. Si un jour tu viens à Penikese chercher des signes de l'existence de tes parents, j'espère que tu trouveras les* agneaux *que nous avons gravés pour toi, ainsi que la* petite plume *qui ressemble à celle que tu as sur la joue. J'espère qu'ils te mèneront à l'endroit où* j'ai laissé quelque chose *qui ne peut pas me sauver, ni moi, ni ton père, ni aucun d'entre nous ici. Mais je prie pour qu'un* jour, cela puisse t'aider, *toi et ton frère aussi.*

J'ai levé les yeux, m'attendant à ce que Quinn soit intrigué par ces dernières lignes qui parlaient de quelque chose qu'elle avait laissé sur Penikese, mais il s'était rendormi pendant que je lisais, ce qui me convenait tout à fait.

J'ai replié le papier et je l'ai remis dans la boîte à épices, d'où j'ai sorti la bague que ma mère avait placée avec sa lettre. Elle était encore un peu grande pour moi, mais bientôt elle m'irait parfaitement.

J'ai décidé qu'aujourd'hui c'était mon anniversaire, que le calendrier soit d'accord ou pas.

Le lendemain, Quinn avait suffisamment récupéré pour sortir du lit et marcher seul d'un pas assuré, alors je l'ai emmené dehors faire un tour et prendre l'air.

Les vestiges du *Pétrel* jonchaient les rochers et les

plages de Cuttyhunk, et une bonne partie avait atterri également sur notre petite île, dont un taquet en métal que Quinn a ramassé dans les paquets d'algues accumulés au bord de la plage.

– Ce n'était pas un mauvais navire, *Le Pétrel.* Au contraire. (Il m'a tendu le taquet.) Tiens, cela fera un joli crochet pour suspendre un chapeau ou deux.

J'ai pris le taquet et je l'ai fait rouler entre mes mains.

– Je suis désolé de ne pas être ton frère. Mais ma propre sœur, elle sera heureuse de me voir rentrer à la maison.

Il ne cherchait pas à être cruel. En réalité, il n'y avait rien de cruel dans cette vérité : il n'était pas mon frère, il avait une sœur qui n'était pas moi.

En fait, j'étais heureuse de savoir quelque chose que beaucoup de gens ignorent : certains liens sont plus forts que le sang.

Avant que Quinn ne parte, Osh lui a donné quelques vêtements trop grands pour le dépanner jusqu'à ce qu'il rentre chez lui.

Miss Maggie lui a donné de l'argent pour payer son billet de retour vers le nord.

– Je suis certaine que vous auriez fait la même chose pour moi.

Et je lui ai donné la petite longue-vue que j'avais emportée partout avec moi quand je guettais le retour du *Pétrel.*

– Ce n'est pas une très bonne longue-vue, mais je n'en ai pas de meilleure.

Quinn a serré la main de Osh et de Miss Maggie. Puis il m'a prise dans ses bras, et quand il m'a relâchée, il m'a souri. Il a traversé le chenal pour rejoindre Cuttyhunk et repartir en ferry vers la terre ferme et une destination plus lointaine.

Mia ayant confondu mon orteil avec un crabe-taupe, j'ai eu une bonne excuse pour baisser subitement la tête et aller m'asseoir un peu plus loin sur la plage toute seule pendant un court instant.

Miss Maggie est rentrée dans notre petite maison où j'espérais qu'elle ferait disparaître toute trace du séjour de Quinn.

Osh est parti s'occuper un moment dans le potager, bien que ses carrés de légumes soient déjà aussi nets que des motifs de patchwork, puis il est revenu s'asseoir à côté de moi.

Je ne pensais à rien qui vaille la peine d'être dit, donc je me suis tue pendant un bon moment.

Osh attendait lui aussi en silence.

Finalement, une question, une seule, s'est imposée à moi :

– Comment vais-je faire pour retrouver Jason, maintenant ?

Osh s'est frotté le dessus de la main pour faire partir une tache de peinture. Il avait fabriqué de nouvelles couleurs et s'était remis à peindre, un signe qui m'avait enfin convaincue que nous ne reverrions plus jamais Mr. Kendall.

Je pensais qu'il allait se remettre à parler de courir après la lune, ou des dangers du vaste monde, mais j'ai été étonnée par ses mots.

– Tu n'as pas compris, Corneille ? a-t-il demandé d'une voix si triste, si tendre et calme que j'en ai eu le souffle coupé. C'est toi qui mérites d'être trouvée.

Chapitre 40

Il nous a fallu un bon moment pour localiser l'autre partie du trésor parce que la tempête l'avait fait dériver à une certaine distance et elle avait arraché le flotteur qui signalait l'endroit où nous l'avions immergé. Mais je savais très bien plonger et, par un matin du mois d'août où la lumière brillait juste comme il le fallait, où l'eau était calme et claire, j'ai retrouvé le casier à homards où nous l'avions placé, pas trop profondément heureusement, même si j'ai cru que mes tympans allaient exploser pendant que j'attachais un filin aux lattes du casier, avant de remonter rapidement à la surface.

Osh, qui m'attendait dans le canot, a attrapé le bout du filin et m'a hissée à bord, où je suis restée un bon moment à reprendre mon souffle, gigotant comme un grondin au bout d'un hameçon.

– Tu t'en souviendras ? a-t-il dit en refaisant un nœud bien serré. C'est le flotteur qui a la plus longue tige.

Nous avons décidé de relever ce casier régulièrement pour vérifier que le trésor était bien fixé et pour convaincre un éventuel observateur qu'il s'agissait bien d'un casier à homards et rien d'autre.

– On ne le laissera pas au fond lors de la prochaine grosse tempête, n'est-ce pas ? ai-je demandé.

Comme à son habitude, Osh a haussé les épaules.

– J'imagine que non, mais c'est à toi de décider.

Il le pensait vraiment, je le savais, et je me suis sentie plus grande.

– Alors peut-être je verrai s'il m'est vraiment destiné, ai-je dit.

– Et tu le distribueras comme tu l'as dit ?

– Oui, mais sans en faire toute une histoire mystérieuse.

Osh a hoché la tête.

– Comme on confie un tout petit enfant à la mer, dans un vieux canot, a-t-il dit.

– Ou comme on arrive sur une île, poussé par une voile bleue, ai-je ajouté.

Le trésor est resté bien à l'abri sous la mer, et moi, je suis restée entre Osh et Miss Maggie, sur les îles Elizabeth, où j'ai appris que les étoiles changent avec les saisons et que nous aussi, nous changeons.

Jason n'est jamais venu me chercher dans l'île.

J'ai pensé écrire à Mrs. Pelham pour lui demander

s'il était revenu la voir. Pour lui demander si elle lui avait parlé de moi. Mais je ne l'ai pas fait.

Je craignais qu'il ait choisi de ne pas réveiller le chat qui dort. Mais je n'étais pas un chat, endormi ou pas, et j'espérais toujours qu'un jour je croiserais son chemin.

J'ai gardé une partie du trésor, au cas où Jason me retrouverait. La moitié qui lui appartenait.

J'ai mis de côté une petite fraction de l'autre moitié, pour le jour où Osh, Miss Maggie et moi-même, nous en aurions vraiment besoin. J'en ai envoyé une partie à Miss Evelyn pour les lépreux de Carville, en Louisiane, ainsi qu'un collier, en cadeau pour elle toute seule. Je lui ai demandé de ne dire à personne d'où il venait et de dépenser le trésor discrètement et petit à petit.

Avec l'aide de Miss Maggie, j'ai réparti le reste en petits tas que nous avons emballés dans du papier journal et mis dans des boîtes sans signe distinctif et sans l'adresse de l'expéditeur. Nous les avons envoyées à des orphelinats aux quatre coins du pays.

– Tu n'as pas peur que la personne qui ouvrira la boîte se contente de garder le contenu pour elle ? m'a demandé Miss Maggie pendant que nous fabriquions les petits paquets et fermions bien soigneusement les boîtes.

J'ai haussé les épaules.

– Que feriez-vous si vous ouvriez une de ces boîtes et que vous saviez la quantité de nourriture que cela vous permettrait d'acheter pour vos orphelins ?

Miss Maggie a eu l'air choquée.

– Comment peux-tu me poser cette question, Corneille !

– C'est inutile, en effet. Et j'imagine que ceux qui s'occupent d'enfants dans un orphelinat vous ressemblent beaucoup.

Si ce n'était pas le cas, je n'y pouvais pas grand-chose.

Un jour, durant ces longues et belles années, Osh m'apprit qu'au tout début de ma nouvelle vie avec lui il m'avait donné un autre nom.

– En plus de Corneille ?

Il a hoché la tête.

– Et en plus de Corneille dans ton autre langue ?

Nouveau hochement de tête.

– Quel était ce nom ?

– Quel est ce nom, tu veux dire ?

J'ai réfléchi et je lui ai souri.

– Était… est… sera… Quelle importance puisque je suis ici aujourd'hui et que j'ai un nom ?

– Tu ne veux pas le connaître ?

J'ai fait la grimace.

– Mais si, bien sûr, Osh.

Il l'a prononcé. C'était l'un de ses mots étrangers et musicaux, et je me suis promis d'apprendre à le dire comme il le fallait.

– Que signifie-t-il ?

– Tout ce que tu veux. Je te l'ai dit il y a longtemps : on est ce que l'on fait.

J'ai repensé à tout ce que j'avais fait depuis le jour où j'avais aperçu cette lueur à Penikese et que je l'avais laissée allumer une petite mèche en moi.

Et j'ai décidé que je savais ce que ce nom signifiait.

– Fille.

Quand je le lui ai dit, il a souri et a posé sa main ouverte sur ma tête.

– Comme Osh, ai-je ajouté, veut dire « père ».

Note de l'auteure

L'écriture est pour moi la plus belle des aventures. Je n'ai besoin que d'un personnage pour me guider et d'un lieu d'où partir. L'aventure de *Longtemps, j'ai rêvé de mon île* a commencé avec une jeune insulaire nommée « Corneille ». Un beau jour, elle a surgi dans mon imagination. Je l'ai observée quelques semaines, j'ai imaginé d'où elle venait et où elle pourrait aller ensuite. Je savais qu'elle serait un guide incroyable dès qu'elle m'a fait connaître Osh et son cabanon. C'est là que j'ai commencé à écrire, et tout le reste s'en est suivi.

J'ai vécu des moments merveilleux pendant que je lui créais une maison sur une petite île imaginaire au large de Cuttyhunk. L'île et la mer sont non seulement un décor magique, mais des personnages qui interagissent avec Corneille et Osh dès le début. Je suis moi-même familière de la mer, une habitante de Cape Cod, amoureuse des îles qui parsèment ses rivages. J'ai donc pu combiner des détails que je connais très bien avec d'autres que j'ai appris en me documentant sur la vie quotidienne de l'archipel des Elizabeth dans les années 1920. Le fruit de ce travail mêle la réalité et la fiction, il reflète les lieux et l'époque sans en être une réplique exacte.

De même, le capitaine Kidd est un pirate qui a véritablement existé : on a la preuve qu'il a enterré un butin dans les parages des Elizabeth et qu'il a rempli d'or le tablier de Mercy Raymond, qui l'avait aidé à ravitailler son bateau près de Block Island – même si, à ma connaissance, aucun trésor n'a jamais été retrouvé à Penikese.

En revanche, tous les autres personnages du livre – et l'intrigue elle-même – sont le fruit de mon imagination. Miss Maggie est apparue presque dès le début, et j'ai été très heureuse de faire sa connaissance, ainsi que celle de Mia. Je les aime beaucoup toutes les deux.

J'ai visité d'autres îles de l'archipel (Nonamesset, Uncatena, Weepecket, Gull, Naushon, Pasque et Nashawena), et j'ai fait de nombreuses recherches pour savoir à quoi elles ressemblaient, il y a près d'un siècle.

Certains pensent que Shakespeare aurait écrit *La Tempête* après avoir lu le journal de Bartholomew Gosnold, le premier explorateur des îles Elizabeth en 1602. L'île décrite dans la pièce serait ainsi Cuttyhunk, et non les Bermudes, ou l'île de Roanoke. Cuttyhunk était, et est encore, un endroit sauvage et isolé, dont les rivages ont souvent été jonchés par les cargaisons des centaines de navires qui ont fait naufrage dans le Cimetière.

Au début du XXe siècle, Cuttyhunk est aussi devenu

un lieu de villégiature pour de riches touristes. Endroit réputé où pratiquer la pêche au bar, Cuttyhunk attirait des hommes d'affaires qui utilisaient des pigeons voyageurs pour communiquer avec leurs bureaux en ville. Celui qui attrapait le plus gros bar rayé de l'année était appelé le *High Hook* (le Grand Hameçon). La plupart de ces passionnés pêchaient depuis les pontons installés sur les rochers de Cuttyhunk, mais les meilleurs spots pour pêcher en bateau étaient les alentours du récif de la Truie et des Cochonnets – ou, plus simplement, des Cochonnets –, un nom qui leur a été donné parce que, de loin, les rochers ressemblent à une truie entourée de ses petits. Cet endroit n'a cependant rien d'un terrain de jeu : les vents forts, les rochers, les courants, la houle et le brouillard y ont provoqué des centaines de naufrages, d'où le nom de Cimetière.

Mais il n'y a pas de lieu plus austère dans tout l'archipel que l'île de Penikese. Lors de mes recherches sur cette petite île et ses habitants, j'ai éprouvé beaucoup de tristesse et de compassion pour Corneille qui se bat, avec crainte et espoir, afin de retrouver ses racines.

Comme les autres îles, Penikese dans ce roman est un mélange de faits et de fiction. Au cours de son histoire, elle a hébergé, entre autres, une école pour des naturalistes, un élevage de dindes, et elle est devenue un lieu de quarantaine pour les malades de la variole, puis pour les personnes atteintes de la maladie de Hansen, alors connue sous le terme de lèpre. Presque tous les « lépreux » des

États-Unis venaient d'autres pays, dont le Japon, la Chine, le Cap-Vert, Tobago, la Turquie et la Russie, notamment. En 1905, tous les malades de la lèpre qui vivaient au Massachusetts furent rassemblés à Penikese, à l'isolement, le plus à l'écart possible des autres habitants. Ils étaient même consignés sur la partie de l'île qui donnait sur la baie de Buzzards à l'ouest, où furent construits leurs petites habitations, l'hôpital et le cimetière. Aucun d'entre eux n'avait le droit de s'aventurer sur le côté de l'île le plus proche de Cuttyhunk.

Les habitants des autres îles avaient si peur des malades de Penikese que les nounous menaçaient les enfants désobéissants en leur disant que, s'ils n'étaient pas sages, les lépreux s'échapperaient et viendraient les enlever. Un seul bébé naquit dans la léproserie de Penikese et il fut rapidement envoyé sur la terre ferme.

Sous la protection d'un médecin d'une grande bonté et de quelques soignants dévoués, les malades pouvaient passer leurs meilleures journées à jardiner, ou à d'autres occupations, mais quatorze d'entre eux moururent et furent enterrés dans le petit cimetière de l'île où fleurissent toujours des jonquilles et des iris.

En 1921, seize ans après son ouverture, l'État du Massachusetts ferma la léproserie et transféra les treize survivants à l'hôpital fédéral de Carville, en Louisiane. Quelques années après, l'île devint une réserve ornithologique, même si on y préleva des oiseaux et des lapins pour repeupler d'autres territoires de chasse. En 1926, l'État n'ayant pas réussi à vendre les bâtiments et le matériel abandonné, tout ce qui restait de l'ancienne léproserie fut incendié et détruit à la dynamite.

Entre 1945 et 1973, personne ne vécut plus à Penikese, mais les gens continuèrent à y aller pour pêcher, chasser ou camper. Elle abrita plus tard une école pour des garçons en difficulté, qui ferma au bout de trente-huit ans. Elle accueille aujourd'hui un centre de réhabilitation pour jeunes gens victimes d'addictions.

Pour moi, cependant, Penikese restera toujours le lieu où Corneille a commencé sa vie et où d'autres ont fini la leur.

Comme les autres îles de ce roman, Penikese représentait quelque chose de très différent pour ceux qui avaient choisi d'y vivre et pour les autres. En écrivant ce livre, je me suis rappelé que le bonheur consiste à vivre à l'endroit où nous voulons vivre et à être la personne que nous voulons être.

Osh, Miss Maggie, Mia elle-même et surtout Corneille ont tous compris cette vérité. Pour eux, l'île était le plus bel endroit où vivre, d'autant plus qu'ils étaient réunis.

Remerciements

Je suis reconnaissante à de très nombreuses personnes qui m'ont apporté leur aide et leur soutien pendant que j'écrivais Longtemps, j'ai rêvé de mon île. *J'ai une dette toute particulière envers ma famille – ma mère, Mimi McConnell ; mes fils Ryland et Cameron ; mon mari, Richard, et la famille qu'il m'a donnée ; mes sœurs, Suzanne et Cally ; Denise et Ashley Wolk – et en particulier mon père, Ronald Wolk, qui m'a mise à la barre d'un petit dériveur Sunfish quand j'étais petite et m'a désigné la mer avec pour seul conseil celui de « faire attention » et de ne jamais sous-estimer l'océan. L'Atlantique m'a appris tout ce que j'avais besoin de savoir, et j'en suis restée amoureuse depuis.*

Mes remerciements vont aussi aux Bass River Revisionists, un merveilleux groupe d'écrivains, d'amis, d'inspirateurs et de critiques, qui m'ont toujours aidée à voir plus clairement ce dont mon travail avait besoin. Parmi eux, Deirdre Callanan, Susan Berlin, Maureen Leveroni et Julie Lariviere méritent des roses pour le soin et la pertinence avec lesquels elles ont lu et commenté une première version du texte. Je remercie également Patty

Creighton, qui a lu le texte avec attention et l'a partagé avec son mari Jack, un pêcheur qui connaît le Cimetière et les parages des îles Elizabeth et m'a appris à les connaître. Connie Rudman a aussi été un lecteur attentif, et je dois également remercier la jeune Zoë Reese Gameros, qui a lu mon manuscrit deux fois, et m'a fait part de ses réactions de la manière la plus amicale et utile qui soit.

Mes collègues du Centre culturel de Cape Cod – Bob Nash, Amy Neill et Meg McNamara – m'ont soutenue dans cette deuxième carrière, même quand j'avais du mal à jongler avec mes diverses obligations, et je leur dois beaucoup. Mes autres collègues chez Penguin Young Readers sont également un groupe extraordinaire. Julie Strauss-Gabel est l'éditrice dont rêvent tous les auteurs : intelligente, forte, passionnée par les mots et convaincue de leur pouvoir. Elle a la meilleure des équipes, et je dois beaucoup à l'expérience et à l'engagement de tous ceux – éditeurs, graphistes, chargés marketing, commerciaux – qui ont travaillé sans relâche pour bâtir un pont entre *Longtemps, j'ai rêvé de mon île* et ses lecteurs. J'ai un agent d'une énergie extraordinaire en la personne de Jodi Reamer. Elle et ses associés de Writers House forment une équipe idéale.

Les enseignants et les bibliothécaires, tels Christopher Brown de la Philadelphia Free Library, et le spécialiste de la lecture, Matt Halpern, méritent toute notre reconnaissance pour le travail qu'ils accomplissent pour promouvoir les livres et les mettre à la disposition des jeunes lecteurs. Christopher Rose, Vicky Titomb, «Tootsie» McGonagle, Sara Hines et des milliers d'autres libraires partout dans notre pays et dans le monde sont également *des héros : ils savent que la littérature et les arts représentent nos plus belles réalisations et notre plus grand espoir pour l'avenir.*

Enfin, je voudrais exprimer la reconnaissance que j'éprouve pour tous les médecins et les soignants qui se sont dévoués sans relâche auprès des patients atteints de la maladie de Hansen et qui ont été envoyés à Penikese, où beaucoup sont morts. Ma gratitude va aussi aux nombreuses personnes qui ont préservé l'histoire des îles Elizabeth dans tous ses détails – le nom des fleurs sauvages, le récit des naufrages, les coutumes des insulaires –, en particulier I. Thomas Beckley, auteur d'un très précieux ouvrage : Penikese : Island of Hope.

Écrire Longtemps, j'ai rêvé de mon île *a été un véritable bonheur, et je suis émerveillée qu'autant de personnes extraordinaires y aient contribué. Merci.*

Cet ouvrage a été achevé d'imprimer
sur Roto-Page
par l'Imprimerie Floch à Mayenne
en septembre 2019

N° d'impression : 94977
Imprimé en France